GOLDMANN

Buch

Urs ist Mitte dreißig. Eigentlich ist er von Beruf Schlagzeuger, doch er hat schon diverse Jobs wie Taxifahrer, Heftchen-Autor und anderes hinter sich. Als er im Sommer seine Anstellung als Fahrer bei einem Kurier-Dienst verliert, packt er seine Koffer und nimmt den Zug nach Freiburg, wo seine Schwester Irene lebt. Und da Irene gerade dabei ist, ihre eigene Buchhandlung aufzumachen und Hilfe brauchen kann, läßt er sich fürs erste bei ihr nieder, hilft ihr in der Buchhandlung, erkundet die Musikszene in der Universitätsstadt und macht neue Bekanntschaften. Doch die Beziehungen und Verhältnisse sind manchmal ein wenig kompliziert, denn eigentlich ist Irene gar nicht seine Schwester. Und dann ist da auch noch Marie, in die sich beide verlieben und die die Liebe von beiden zu erwidern scheint. Es entspinnt sich eine Dreiecksgeschichte voller Zärtlichkeit und Spannung, die das Lebensgefühl einer ganzen Generation widerspiegelt.

Autor

Thommie Bayer, 1953 in Esslingen geboren, studierte Malerei und war erfolgreicher Liedermacher und Kabarettist. Seit 1985 schreibt er Romane und Kurzgeschichten und ist zunehmend auch als Journalist tätig.

Außerdem bei Goldmann im Taschenbuch erschienen:

Spatz in der Hand. Roman (42313)
Der neue Mann und das Meer. 30 Typen wie du und er (42820)

Thommie Bayer

Der Himmel fängt über dem Boden an

Roman

GOLDMANN VERLAG

Umwelthinweis:
Alle bedruckten Materialien dieses Taschenbuches
sind chlorfrei und umweltschonend.

Der Goldmann Verlag
ist ein Unternehmen der Verlagsgruppe Bertelsmann

Genehmigte Taschenbuchausgabe 7/96

Umschlaggestaltung: Design Team München
Umschlagmotiv: Uli Gleis
Satz: IBV Satz- und Datentechnik GmbH, Berlin
Druck: Elsnerdruck, Berlin
Verlagsnummer: 43026
Ge · Herstellung: Sebastian Strohmaier
Made in Germany
ISBN 3-442-43026-7

1 3 5 7 9 10 8 6 4 2

Für Volker

The birds they sang at the break of day
Start again I heard them say
(L. Cohen)

one · two · three · four …

Eins

Es ist Sommer. Der letzte meiner Kindheit. Wobei ich vielleicht gleich dazusagen sollte: meine Kindheit war rekordverdächtig lang. An meinen achtundzwanzigsten Geburtstag kann ich mich zum Beispiel nur noch sehr vage erinnern – er mag so etwa fünf, sechs, sieben Jahre her sein. Jetzt, in diesem Sommer, bin ich jedenfalls kein Schlagzeuger mehr. Und auch kein Artikelschreiber, der anfangs Schlagzeuge, dann Schlagzeugcomputer und dann nur noch deren Software für ein Musikermagazin testete, um schließlich von einem jungen Streber mit Bürstenschnitt in die Anzeigenabteilung abgedrängt zu werden. Ich schreibe auch keine Science-fiction-Geschichten mehr für einen Heftchenverlag, und mein Taxischein vergilbt irgendwo und verwandelt sich in Staub, aber das nehme ich nur an – ich hatte keinen Grund mehr, nach ihm zu suchen, denn er gilt schon seit Jahren für die falsche Stadt.

Und seit einer Woche bin ich auch kein Fahrer mehr, der Kurierpost, Reinzeichnungen von Grafikern, Dokumente, Unterlagen, Rohschnitte von Filmen oder Masterbänder mit Musik von einem Ort zum andern bringt. Ich bin gerade mal wieder gar nichts mehr.

Ich kenne diesen Zustand gut und fände nichts dabei, wenn nicht diesmal etwas grundlegend anders wäre: Auf einmal schmeckt das alles nicht mehr nach Aufbruch, Neuland oder Endlich-wieder-frei-Sein, sondern muffig und schal, so als hätte ich mir aus Versehen die Zähne mit der anthroposophischen Zahnpasta meiner Eltern geputzt.

Daran erkenne ich, daß meine lange und glückliche Kindheit nun endgültig vorbei ist.

Das ist natürlich Unsinn, ein unhaltbarer Satz – das Endgültige an einem Zustand erkennt nur, wer tot ist, und damit wird's erst recht verzwickt, denn ich glaube nicht an ein Leben nach dem Tod. Nicht für mich jedenfalls. Ich muß es vorher schaffen.

Ich *denke* also nur: Jetzt ist es passiert. Mußte ja so kommen. Jesus hat in meinem Alter schon aus der Hüfte geblutet, und alles hat mal irgendwann sein Ende.

Klar, klar, ich weiß genau, was ihr jetzt altklug einwerfen werdet: Jedes Ende ist der Anfang von etwas Neuem. Danke, nett, daß ihr mich erinnert, und danke auch fürs Wachbleiben, nur: so schlau bin ich selber. Und das Altklugsein könnt ihr euch auch gleich abschminken. In dieser Geschichte hier ist nur einer altklug: ich. Es geht darum, daß der Anfang, wovon auch immer, diesmal schmeckt wie ein ungewürztes Tempotaschentuch.

Aber es ist Sommer, und ich bin nicht wirklich deprimiert, nur so ein Gefühl wie ein ganz leichter aber dafür anhaltender Kreislaufkollaps weicht nun schon seit Tagen nicht mehr aus meinem Körper, genauer gesagt, aus der Gegend zwischen Schlüsselbein und Knie. Die Stadt hier hab ich satt, sie ist mir fremd wie irgendeine, alles, was mich halten könnte, gilt mir nicht mehr viel. Was?

Einen leichten Kreislaufkollaps gibt es nicht? Mag sein. Aber Widerworte von Lesern gibt's auch nicht. Mir steht im Augenblick der Sinn nach einem gewissen Ton grimmiger Heiterkeit, denn ich steuere geradewegs auf die Aussage zu, daß ich ein Versager bin, blauäugig, sentimental, körperlich zu groß geraten, um in der Masse zu verschwinden, aber vom Wesen her zu scheu für einen Platz im Mittelpunkt.

Meine Augen sind im übrigen braun, die Bläue ist bildlich gemeint. Metaphorisch. Also praktisch im übertragenen Sinne.

Gut. Können wir? Geht's wieder? Prima.

Sommer. Ich kann's auch noch genauer: Ein Wochentag im Juni, fußgängerfeindliches Föhnwetter, bronchienfeindliche Ozonkonzentration und gehörfeindliche Straßenmusik an jeder akustisch günstigen Ecke. Und in mir dieses hoffnungsfeindliche Flimmern zwischen Schlüsselbein und Knie.

Ich will meine Schwester besuchen, Sirene, die ich liebe, seit ich denken kann. Das fällt mir immer dann ein, wenn ich unglücklich bin. Sie heißt in Wirklichkeit Irene, aber ich nenne sie Sirene, weil sie jeden in den Abgrund singen kann, wenn sie es darauf anlegt. Früher, als sie noch lange blonde Locken trug, hätte es auch genügt, sich, wie die Loreley, sichtbar und ausführlich zu kämmen – der Gesang dazu hätte vom Band kommen können, so schön ist sie, wenn sie will – aber als ich sie das letztemal sah, trug sie ihr Haar bleistiftkurz und karottenrot, und nur ein armseliges Zöpfchen an der Seite wäre noch kämmenswert gewesen, wenn sie es gelöst hätte. Den Rest ihrer beeindruckenden Erscheinung versteckte sie in unförmigen Pullovern, Blaumännern und Hausmeisterkitteln, weil sie gerade eine avantgardistische Phase hatte und die Männerblicke leid war, die zu nichts als Mißverständnissen führten. Sirene liebt Frauen. Ich war immer stolz auf sie.

Sie ist nicht wirklich meine Schwester. Ihre Eltern adoptierten mich, als meine starben. Ich erinnere mich an nichts, ich mag nur keine engen geschlossenen Räume. Fahrstühle, Nachtschalter mit automatischen Türen, Flugzeuge – alles nicht mein Fall. Bevor ihr euch aber jetzt einen Hitchcockfilm ausdenkt: Schluß damit, vergeßt es, ich war damals eineinhalb Jahre alt. Wenn ich ab jetzt von »meinen Eltern« spreche, dann meine ich damit Sirenes Eltern, Hedy und Armand, die natürlich irgendwann einmal Hedwig und Hermann hießen, aber damit in ihrem Beruf wohl nicht sehr weit gekommen wären.

Ich konnte immer zu Sirene kommen, wenn's mir schlechtging. Da ich, wie alle naiven Kinder gegen Sarkasmus immun bin und sie, bei aller Frechheit, immer Trost für mich hatte, kam ich an als vor Selbstmitleid schlotterndes Häufchen Elend und ging, wenn ich wieder mutig war, mit Muskeln auf der Seele und dem Gefühl, meine Narben seien ein feiner exotischer Schmuck. Und restaurierte das Blau meiner Augen. Bildlich.

Jetzt kann ich's ja zugeben. Ich war schon ein paarmal am Ende meiner Kindheit angelangt, hatte es jedenfalls geglaubt, bis mir Sirene wieder klarmachte: der Himmel ist hoch, die Gegend ist weit, und du hast noch nicht alles versucht. Und dann ging ich gestärkt in eine neue Richtung und traute mir etwas zu, probierte aus, lernte neu, nur aufwärts ging es nie, aber das lag nicht an ihr, sondern vielleicht daran, daß ich keine Fahrstühle mag.

Danke fürs Wachbleiben.

Er schloß das Notizbuch und sah sich um. Skateboardfahrende Jungs mit verkehrtherum aufgesetzten Baseballkappen und weiten bunten T-Shirts flitzten durchs Bild in so regelmäßigen Abständen, als stünde irgendwo ein Turnlehrer, der sie einen nach dem anderen auf die Bahn schubste. Sie schlängelten sich geschickt durch die Menge, um vielleicht einen Kreis zu fahren und sich am Ausgangspunkt in die Schlange für den nächsten Start einzureihen. Eine Zigeunerin saß vor dem Lederwarenladen und verzog ihre Leidensmiene zum Ausdruck noch größeren Elends, wenn sich jemand näherte, der irgendwie christlich, ökologisch oder friedensbewegt aussah.

Noch während er geschrieben hatte, waren die Peruaner abgezogen. Die Menge, die sich immer findet, wenn buntgekleidete Menschen im Kreis hintereinander hergehen, und »El Condor pasa« spielen, hatte sich zerstreut; er wollte gerade aufstehen und sich auf den Weg zum Bahnhof machen, da kamen vier Männer mit einem Handwagen um die Ecke und bauten ihre Instrumente auf. Nach kurzem Stimmen legten sie los mit einer Mazurka. Sie spielten gut.

Das leicht verstimmte Hackbrett mit seinem seltsam indirekten Klang verwandelte den Platz in eine Kirche, der Kontrabassist schlug stampfend und stoisch einen Rhythmus, der viel mehr an Rock 'n' Roll erinnerte als an folkloristische Musik, der zweite Geiger, ein Junge mit glasigem Blick und Pubertätsflaum auf der Oberlippe, fegte Offbeats zwischen die pumpenden Viertel des Basses, so schnell und präzise wie ein Reggaemusiker, dem man statt der Tagesdosis Ganja die doppelte Menge Speed untergeschmuggelt hat, und der Primas ließ die Geige schreien, als hätte er ein verstecktes Wah-Wah-Pedal im Einsatz. Es war faszinierend. Aber niemand blieb stehen.

Doch. Eine junge Frau stellte ihre Reisetasche ab, als wäre sie von dem Klang gestoppt worden. Sie starrte auf die Musiker.

Auf die Passanten wirkte sie wie ein statisch aufgeladenes Stückchen Materie, das alle Staubpartikel in seiner Reichweite anzieht: Immer mehr blieben stehen und lauschten, und immer mehr gesellten sich dazu. Die Kapelle spielte einen Walzer, und da der Kreis der Zuhörer sich dicht und in mehreren Reihen um sie geschlossen hatte, stand Urs von seiner Bank auf, um sich durch die Menge zu schieben.

Obwohl er körperliche Nähe zu Fremden nicht mochte, stellte er sich mitten ins Gedränge, um von dieser Musik keinen Ton und keine Handbewegung zu versäumen. Er sah die Frau sich bücken und etwas in ihrer Reisetasche suchen. Sie wühlte, und gleich darauf kam ihre Hand mit einer schwarzen Baskenmütze zum Vorschein. Sie sah sich suchend um, fand seine Augen und griff, mit einem kurzen, prüfenden Blick auf ihn, nach der Reisetasche, brachte sie her und stellte sie ihm vor die Füße.

»Paß auf, ja?« Die Mütze in der Hand ging sie nun zum Primas, der sie zuerst mißtrauisch ansah, dann aber lächelnd nickte, als sie ihm in Zeichensprache klargemacht hatte, daß sie für die Kapelle kassieren wollte. Urs fischte in seiner Hosentasche nach Geld, und bis er einen Fünfer ertastet hatte, war schon einiges an Silber in der Mütze gelandet. Er hob den Kopf und hörte es klimpern. Sie ging von einem zum andern, und ihr Charme, den sie kokett ausspielte, brachte die Leute dazu, stehenzubleiben und sich nicht, wie sonst, wenn's ans Zahlen geht, verlegen aber schnell zu verdrücken. Jeder wollte dieses Lächeln auch auf sich beziehen können.

Auf ein Zeichen des Primas hin brach die Kapelle den Walzer ab und begann eine schnelle, virtuose Polka. Fiebrig und hetzend der Rhythmus und wie von irrsinnigem, ans Hysterische grenzendem Jubel die Geige des Primas, schien das Stück mit seiner großen Geste als Dank für die spendablen Zuhörer gedacht zu sein.

Die Musik war zu Ende, und die Umstehenden applaudierten lange und laut, als die Frau den Inhalt der schwer zwischen ihren Händen durchhängenden Mütze in einen der Geigenkästen leerte.

Schnell zerstreute sich das Publikum. Noch ehe die Musiker ihre Instrumente verpackt und sich Zigaretten angezündet hatten, war außer Urs und der jungen Frau schon niemand mehr da. Sie war vertieft in eine teils zweisprachige und teils nonverbale Diskussion mit dem Primas, der ihr eine Handvoll des Geldes entgegenhielt. Urs stellte ihre Tasche ab und stupste sie an. Noch bevor sie den Kopf wandte, zuckte ihr linker Arm vor den

Mund, als rechne sie mit Schlägen, und erst als sie Urs erkannte, wich der gehetzte Ausdruck aus ihrem Gesicht.

Sie wehrte den Primas ab, hüpfte wie ein Vögelchen zurück, als er versuchte, Münzen in die Tasche ihres Hemdes zu schütten, und lächelte Urs nur so nebenhin an. »Danke« sagte sie und war schon wieder damit beschäftigt, das Geld abzulehnen.

Er ging zum Bahnhof. Auf der Domplatte stand, von allem Trubel unberührt, ein weißgeschminkter Mann, in pathetisch nachdenklicher Haltung erstarrt, und spielte lebende Statue. Niemand beachtete ihn. Urs hatte den Mann schon öfter gesehen und nie so recht gewußt, ob er ihn bewundern oder belächeln sollte. Oder vielleicht beides. Heute lächelte er.

Er kaufte ein Buch. »Der Fänger im Roggen.« Das wollte er schon lange mal wieder lesen. Dann mußte er sich auf einmal beeilen, denn der Intercity nach Süden fuhr zu jeder vollen Stunde. Es war drei Minuten vor eins.

Er rannte zum Gleis sieben und erwischte den Zug. Erst als er saß, fiel ihm auf, daß er keine Fahrkarte hatte. Egal, in seiner Tasche war genügend Bargeld, die sechs Mark Nachlösegebühr konnte er sich leisten.

Lag es an den vier Jugendlichen, deren großspurige Gespräche ihn ablenkten, an dem Kassettenrecorder, auf dem sie Hardrock spielten, oder an dem seltsamen inneren Lächeln, von dem Urs seit der Szene auf dem Wallrafplatz nicht mehr losgelassen wurde – er schlug das

Buch nicht einmal auf, sondern sah aus dem Fenster und hing seinen Gedanken nach. Und immer wieder schob sich das verschlafene Gesicht der jungen Frau dazwischen. Ja, sie hatte verschlafen ausgesehen. So, als müsse sie sich gleich recken und strecken und gähnend zur nächsten Kaffeemaschine stolpern. Und dann beim Kassieren war sie wie ausgewechselt gewesen. Als hätte diese Frau einen Schalter, mit dem sie eine Art Innenbeleuchtung anknipsen konnte.

Die Jugendlichen stiegen aus. Ein Müllberg blieb auf ihrem Tisch zurück, und ein Aufatmen ging durch den Großraumwagen. Urs schlug das Buch auf, aber schon die erste Seite mußte er zweimal lesen. Er klappte es wieder zu und genoß die Landschaft.

Ich sehe so aus, wie ich heiße. Urs heißt Bär. Meine Eltern, ich meine jetzt die richtigen, verstorbenen Eltern, waren Schweizer. Meine bärige Statur hat mich als Kind vor den Folgen dieses hierzulande leider originellen Namens beschützt. Die Spötter wurden kleinlaut, wenn ich mich vor ihnen aufbaute. So gelang es mir ganz gut, meine dünne Haut zu verbergen. Das kann ich heute noch, wenn ich glaube, daß es sein muß. Aber nicht daß jetzt Mißverständnisse aufkommen. Ich bin kein guter Mensch. Nur eben kein Kämpfer und keiner, der Streit auch nur in Ordnung findet. Ich vermeide ihn wo ich kann, weil ich nicht nur den Körper, sondern auch das Gedächtnis eines Elefanten besitze. Kränkungen heilen bei mir sehr langsam, und die Narben brechen leicht wieder auf. Das war jetzt wieder bildlich.

Meine grimmig-heitere Stimmung ist übrigens einer Art Gelassenheit gewichen. Erstens wirkt Zugfahren beruhigend auf mich, zweitens freue ich mich auf Sirene und drittens hat mir die kleine Pfadfinderin mit ihrer guten Tat eine unzerstörbar gute Laune gemacht. Ach ja, und die Jungs mit ihrem Kassettenrecorder waren zwar gewöhnungsbedürftig, vor allem für Leute wie mich, die ihre Lebensdosis Musik schon abgekriegt haben, aber ein paar der Songs gefielen mir, und drei Nummern waren von Carmine, einer Band, bei der ich getrommelt habe. Ist immer schön, sich zufällig zu hören. Stahlwerke Böhler nannte man mich damals, weil ich einer der Lautesten und Stursten war. Das war höchst angesagt zu dieser Zeit. Laut, weil die Monitoranlagen noch nicht viel taugten und man den Bühnenlärm der Gitarristen übertönen mußte und stur, weil damals gerade alles, was nach Einfallsreichtum klang, verpönt war. Den Beat zu halten, war die Religion.

Der Zug hielt. Urs verstaute das Notizbuch in seinem silberglänzenden Metallkoffer. Ein hektisch an seinem eingeklemmten Gepäck zerrender alter Mann ließ ihn unfreiwillig in die Schlange der zum Ausgang Drängenden. Jetzt schimpfte der Alte, weil just in dem Augenblick, als Urs sich vor ihm einreihte, der Koffer endlich befreit war und der Mann sich um seinen guten Platz geprellt sah. »Den jungen Leuten kann's nicht schnell genug gehen.«

Urs, der sich von dem giftigen Ton nicht die Stimmung

verderben lassen wollte, schob sich zwischen zwei Sitzbänke und ließ den Mann mit ironischer Höflichkeit vorbei. Sein Gemurmel versuchte er erst gar nicht zu entziffern, reichte ihm noch den Koffer auf den Bahnsteig, sagte laut »Gern geschehen«, als er keinen Dank vernahm, und ging dann zielstrebig zum Ausgang.

Es war herrliches Wetter, so heiß, daß die Menschen wieder menschlich rochen, weil keine Chemie und kein Parfüm eine Chance gegen den Flüssigkeitsverlust hatten. Man konnte förmlich den Lack von den Autos dampfen sehen. Am Rollgeräusch der Reifen hörte man, wie schwer sich Gummi und Asphalt voneinander trennten.

Am Kiosk versperrten einige Berber mit Hunden und Plastiktüten, drei Punks und ein verächtlich dreinschauendes Mädchen den Weg, und die indignierten Passanten mußten sich mit künstlich abwesendem Gesichtsausdruck zwischen den unappetitlichen Erscheinungen durchschieben.

Urs blieb stehen. Für ihn waren Bahnhöfe immer etwas Besonderes gewesen. Nadelöhre der Sehnsucht. Schon als Kind hatte er sich dort herumgetrieben, wann immer es ging. Später, auf seinen vielen Reisen, war es ihm hin und wieder gelungen, das Gefühl für diese eigenartige Atmosphäre wiederzufinden: verquirlte Aufbruchs- und Abschiedsstimmung, gestreckt mit Langeweile, gesalzen und gepfeffert mit Kleinkriminalität und dem schlechten Gewissen auf Abwegen schleichender Spießer. Die Formulierung »Nadelöhr der Sehnsucht« benutzte er nur für sich selbst, er sprach sie nie aus, denn so poetisch und gefühlsduselig wollte er sich anderen nicht zeigen.

Dieser Bahnhof war eher ein Schutthaufen. Eine riesige Baustelle, die das armselige Gebäude aus den Sechzigerjahren fast ganz umgab, zeigte allerdings, daß dies nicht so bleiben und demnächst hier ein Palast des Fortschritts seinen Glanz verbreiten sollte. Bis dahin hätte man sicher auch die Berber vertrieben, und keine Dame könnte mehr ihre Achselnässe mit Angstschweiß verwechseln.

Ein schwarzbrauner Welpe stand auf gummiweichen Beinchen im Weg, als Urs durch die Gruppe der Obdachlosen steuerte. Bevor er sich noch bücken konnte, um mit dem Tier über eine Freigabe des Durchgangs zu verhandeln, flog es, von einem Tritt des Mädchens geschleudert, fiepend zur Seite. »Heh, mach Platz«, lallte sie, und Urs ging schnell zu dem Hund, um ihn hinterm Ohr zu kraulen und auf die Flanke zu klopfen, bis er nicht mehr zitterte.

»Spinnst du?« fragte er das Mädchen, das schon wieder apathisch und offenbar sehr betrunken am Geländer lehnte. Ein Mann richtete sich drohend auf, aber als Urs den Hund auf den Arm nahm und dasselbe tat, verschwand die Drohung aus der Gebärde des Mannes. Alle sahen zu ihm her.

»Heh, das ist doch mein Hund«, nölte das Mädchen mit einer Stimme, wie sie Kinder haben, wenn sie andere aufwiegeln wollen.

»Laß den Hund los«, sagte der Mann und versuchte,

wieder drohend zu wirken. Aber auch er war betrunken, und die Hitze tat seiner kampfbereiten Pose nicht gut.

Der Hund leckte Urs inzwischen den Hals und knabberte an seinem Kragen. Jetzt war die Angewohnheit, Geld lose in der Tasche zu tragen, ihm endlich mal von Nutzen, denn Urs konnte einhändig und lässig einen Fünfzigmarkschein hervorziehen und fragen: »Krieg ich ihn?«

Das Mädchen gab ein verächtliches Geräusch von sich und winkte ab, nahm aber dann sofort den Schein und stopfte ihn in ihre Jeans, worauf sich alle Umstehenden ihr zuwandten und die Verwendung des Geldes zu planen begannen. Urs konnte unbemerkt seinen Koffer nehmen und verschwinden. Den Hund behielt er auf dem Arm.

»Was bist denn du für einer?« sagte er leise, und der Hund antwortete mit seiner nassen Zunge. Urs überquerte die Straße und ging in einem kleinen Bogen zurück zu den Taxis, die vor dem Bahnhof standen. Mit Koffer und Hund wollte er nicht durch die Stadt, obwohl der Weg nicht weit war.

»Soll das mal ein Hund werden?« fragte der Taxifahrer und wackelte mit dem Zeigefinger vor der Nase des Welpen.

»Auf jeden Fall«, sagte Urs, »wir sind noch nicht mal bei der ersten Bellstunde angekommen. Im Augenblick übt er das Stehen.«

»Wuff«, sagte der Taxifahrer und fuhr los, nachdem Urs ihm als Ziel die Adelhauser Straße genannt hatte.

Auf das Armaturenbrett des Wagens war ein Mercedesstern geschraubt, genau in der Mitte hinter dem Lenkrad. Dafür war keiner auf der Kühlerhaube. Vom Innenspiegel baumelte ein kleiner Stoffadler, dessen Klauen ein Schildchen umklammerten, auf dem, schief mit Metallbuchstaben aufgeklebt, der Name »Joe« stand.

»Das ist der erste Benz mit Innenstern, den ich sehe«, sagte Urs.

»Vielleicht der einzige.« Die wortkarge Antwort des Taxifahrers paßte zu seinem martialischen Maskottchen. Und zu den langen Koteletten unter dem Haarschnitt eines Elitesoldaten.

Auf einer längeren Geraden beugte er den Kopf, um einen vor ihnen her radelnden jungen Mann zu betrachten. Er schien ihn zu erkennen, denn zufrieden grinsend schaltete er herunter und schwenkte, nachdem er den Mann mit laut aufheulendem Motor überholt hatte, haarscharf vor ihm wieder nach rechts. Automatisch drehte Urs den Kopf und sah, daß der Radfahrer schlingerte, bremste und abstieg. Dabei grinste auch er übers ganze Gesicht und schien überhaupt nicht wütend zu sein.

»Kleiner Privatkrieg«, sagte der Taxifahrer markig.

»Heh, na so was, was machst du denn hier? Seit wann hast du'n Hund?« Irene strahlte und streichelte den Kopf des Welpen. Urs lächelte.

»Ich hab keinen Hund.«

»Dann ist das aber 'ne komische Katze.« Irene zog ihn herein und küßte ihn auf den Mund. Diese Gelegenheit nutzte der Hund, um ihr das Gesicht zu lecken, und gleichzeitig spürte Urs, wie sein Arm und Bauch naß wurden.

»*Du* hast einen Hund. Ab jetzt.« Urs hielt ihr das wollige Bündel hin und lächelte noch breiter.

Sie nahm ihn, drückte ihr Gesicht in sein Fell und rümpfte die Nase. »Du spinnst. Ich kann doch keinen Hund gebrauchen.«

»Aber er braucht dich.«

Irene bekam ihren mütterlichen Blick, schüttelte den Kopf und sah ihn an, als sei er wieder sieben Jahre alt und habe seine ganze Schulklasse spontan zum Kakaotrinken nach Hause eingeladen.

»Er braucht ein Bad, das steht fest«, sagte sie, und Urs hörte an ihrer Stimme, daß ihr die alte Rollenverteilung gefiel, in der sie die Resolute spielte und er den Träumer, der ständig die Karten neu mischt, weil er das Spiel nicht versteht. »Und was zu trinken.«

»Und ich ein frisches Hemd«, sagte Urs, weil er spür te, daß ein kleiner Luftzug die Nässe kühlte.

Als sie aus dem Badezimmer kamen, hatte der Hund erheblich an Umfang verloren. Die Nässe enthüllte eine kläglich zarte Kindergestalt. Aber ein paar Läuse und viel Dreck weniger waren den vorübergehenden Imageverlust wert, fand Urs, zumal der Hund alles geduldig mitgemacht hatte. Wenn auch ohne Begeisterung.

»Wie heißt er?« fragte Irene, die eine Flasche Wein und zwei Gläser auf den Tisch gestellt hatte. »Halt! Sag nichts. Ich nehm die Frage zurück. Du hast schon drei Bären, eine Katze, ein Auto und zwei Puppen von mir Alfons getauft, du eignest dich nicht zum Namenausdenken. Laß mich selber überlegen.«

Sie schnitt den Bleimantel vom Flaschenhals und bohrte den Korkenzieher vorsichtig bis zur Hälfte in den Korken. Dann hielt sie inne und sagte nachdenklich: »Also, er heißt auf jeden Fall nicht Alfons, das macht es schon um etwa ein Tausendstel einfacher.« Sie zog den Korken heraus und schenkte ein. »Ach, das hat auch noch Zeit bis morgen. Erst mal muß er zum Tierarzt.«

»Er?« fragte Urs.

»Es von mir aus. Das Hund muß geimpft werden. Und dann wissen wir auch, ob es ein Er oder eine Sie ist.«

»Wie wär's mit Nachsehen?«

»Geht auch«, Irene lachte und nahm das nasse Ding hoch. Nach einem prüfenden Blick unter seinen Bauch sagte sie: »Hat ein Spitzchen. Ist ein Kerl.«

Urs nahm ihre Hand und küßte sie. »Ich freu mich«, sagte er.

»Ich auch.« Irene legte die Hand auf sein Gesicht und ließ sie dort eine Zeitlang liegen. »Bist mein Lieblingsbruder.«

Kunststück, ich bin der einzige, dachte er, und das noch nicht mal blutsverwandt, aber er fand sich dabei kleinlich und schwieg.

»Ist bei dir grad wieder eine Ära zu Ende?« fragte sie, und Urs wollte schon beleidigt reagieren, als sie hinzufügte: »Das wär das Beste, was mir passieren kann. Ich brauch deine Hilfe.«

»Wozu?«

»Ich mach meinen Laden auf.«

Sie klang so stolz und glücklich, wie eine Frau, die ihrem Mann eröffnet, daß sie ein Kind erwartet, und wie vielleicht dieser Mann bekam Urs zuerst einen Schreck, denn er konnte sie sich nur schwer als Unternehmerin vorstellen, reagierte dann aber sofort auf die Begeisterung in ihrer Stimme und behielt seine Skepsis für sich.

»Was?« fragte er. »Wo?«

Irene sprang auf. »Ich zeig's dir. Ist nicht weit.«

Eigentlich war er müde und hatte eben angefangen, das Gefühl der Erleichterung in seinen ausgestreckten Beinen zu genießen, aber er stand auf und nahm schnell noch einen Schluck von seinem Wein. »Hast du eine Leine für das Hund?«

»Nein«, sagte sie und holte eine Schnur aus der Küchenschublade. »Aber dem hier tut's auch.«

Sie hielten die Schnur gemeinsam, und der Hund zog in alle Richtungen, so daß sie die ganze Zeit achtgeben mußten, nicht über ihn zu stolpern.

»Hund betreten verboten«, sagte Urs, »vielleicht sollten wir ihm ein Schild auf den Rücken binden?«

Irene legte den Kopf an seine Schulter. »Schön, daß du da bist.«

»Wir gehen Hand in Hand wie ein Liebespaar«, sagte er. »Hund in Hund.« Irene wäre fast gefallen, denn die Schnur hatte sich um ihre Beine gewickelt. Urs befreite sie und nahm das tapsige Ding auf den Arm.

Hinter einem imposanten Stadttor bogen sie rechts ab, und nach wenigen Schritten blieb Irene stehen und zeigte auf ein leeres Schaufenster. »Hier«, sagte sie, »meine Buchhandlung.«

Urs starrte durch das Fenster und versuchte, den Raum dahinter zu erkennen, aber es war zu dunkel, und das wenige was er sah, wirkte nicht sehr einladend. »Muß man aber noch entmuffen«, murmelte er, worauf ihn Irene in den Oberarm zwickte. »*Dich* muß man entmuffen. Was ist los? Bist du skeptisch oder was?«

»Das kostet doch ein Höllengeld«, sagte er, ohne sie anzusehen, »hast du das?«

»Bißchen ich, den Rest die Bank. Der Platz ist Spitze, glaub mir. Hier, das ist direkt die Fahrradeinflugschneise in Richtung Uni.«

Er riß sich zusammen. Schließlich war er der Versager in der Familie. Irene war weder leichtsinnig noch dumm. Schon gar nicht bei einer so wichtigen Sache. Und mit fünfzehnjähriger Erfahrung als Buchhändlerin würde sie wissen, was sie tat. »Nörgel-Ende«, sagte er, »tut mir leid.«

»Und?« Sie faßte ihn an beiden Schultern. »Hast du Zeit? Bleibst du?«

»Ja.«

Sie küßte ihn impulsiv und naß auf den Mund, genau so, wie sie wußte, daß er es nicht leiden konnte.

»Welche Ära ist denn nun zu Ende? Die Kurier-Ära oder hab ich schon eine verpaßt?«

»Nein, die war's«, sagte Urs. »So schnell dreht sich's bei mir auch nicht mehr.«

Sie gingen zurück, Irene hakte sich bei ihm unter,

und der Hund eierte auf seinen weichen Beinchen brav neben ihnen her.

»Was war denn vorher drin«, fragte Urs, »ich meine, in dem Laden?«

»Eine Buchhandlung.«

»Eine *Buchhandlung?* Und die hat Pleite gemacht?«

»Du wolltest doch nicht mehr nörgeln.« Irene schloß die Wohnungstür auf. »Die war schlecht geführt.«

Urs holte nur tief Luft und schwieg.

Wenn es nicht so sinnlos wäre, in diese Frau könnte man sich verlieben. Sirene sieht phantastisch aus. Zum Glück ist ihre avantgardistische Phase vorüber, und sie bringt ihre einsachtzig mit souveräner Lässigkeit zur Geltung. Der halblange Haarschnitt steht ihr wunderbar, er unterstreicht ihr schönes scharfes Kinn und paßt zu diesem breiten, klaren Mund.

Und ich? Anstatt ihr Komplimente zu machen und sie zu unterstützen, kriege ich vor lauter Genörgel die Augenbrauen gar nicht wieder vom Haaransatz runter. Dabei gefällt mir die Aussicht, eine Zeitlang hier zu bleiben. In Köln war ich lange genug. Fürs erste jedenfalls. Morgen biete ich meine Wohnung bei der Mitwohnzentrale an und kaufe eine Leine für den Hund.

Ein bißchen ängstigt mich's ja, wie leicht mir das Weggehen immer noch fällt. Habe ich zu lange als Musiker gelebt? Warum finde ich so wenig dabei, einfach abzuhauen, die Freunde in den Wind zu schießen und die Nachbarn, die Gemüsefrau, den Postboten gleich mit?

Oder liegt es daran, daß ich noch immer nicht die Freunde habe, die man nicht mehr in den Wind schießt? Und wessen Schuld ist das? Deren oder meine? Dieser Rotwein ist ein Schraubenzieher, es klappert und rieselt in meinem Kopf, ich schlaf lieber, bevor ich noch vollends besinnlich werde.

Irene lächelte, als sie das Notizbuch vorsichtig zuklappte, um Urs nicht zu erschrecken. Sie legte es neben ihn auf den Boden, damit es aussah wie aus seiner Hand gefallen. Er wollte bestimmt nicht, daß sie darin las, aber das war zuviel verlangt. Sie war schon immer neugierig gewesen. Was man nicht verschloß oder verbarg, war nach ihrer Lesart öffentlich. Der Unterschied zwischen einem herumliegenden Brief und einer Zeitungsannonce war ihr noch nie gravierend erschienen.

Schlaf noch gut, Bär, dachte sie und schloß die Küchentür hinter sich, damit ihn der Lärm der Kaffeemaschine nicht weckte.

Sie hatte schlecht geschlafen. Natürlich war der Hund in ihrem Bett gelandet. Den Versuch, ihn ins Wohnzimmer und auf Urs zu bugsieren, hatte er mit Hecheln und einem höflichen Knicken seines linken Ohres belohnt; es war völlig sinnlos gewesen, auf ihn einzureden und ihm den schlafenden Mann zu zeigen. Zielstrebig war er hinter ihr hergetrottet und wupp, wieder auf ihren Bauch gehopst. Das mußte sie ihm abgewöhnen. Gleich heute nacht.

Während sie versuchte, den Zeitpunkt zu erwischen, an dem ihr der Kaffee nicht mehr die Zunge verbrannte, aber noch heiß genug war, um zu schmecken, schrieb sie eine Liste der Dinge, die sie heute erledigen wollte.

Es klopfte an der Wohnungstür. Sylvie trat gähnend ein und schnüffelte erwartungsvoll. »Kaffee«, sagte sie, »her damit.«

»Danke, daß du kommst.« Irene küßte Sylvie flüchtig neben den Mund. »Hast du was gegen Flöhe?«

»Deine oder seine?« Sylvie deutete auf den Hund, der Irene gefolgt war und jetzt einen ihrer Schuhe zu frühstücken versuchte.

»Gestern waren's noch seine.« Irene kratzte sich in der Armbeuge.

»Du brauchst Jacutin und er ein Halsband.«

Die Zuckermenge, die Sylvie in ihre Tasse schaufelte, war beeindruckend. Vier gehäuft volle Löffel. Irene schüttelte sich bei dem Anblick.

Sylvie, keine Freundin von mütterlichen Ratschlägen oder wohlmeinender Mißbilligung schippte extra noch einen fünften Löffel hinterher.

»Das Jacutin hat den Vorteil, daß du auch gleich deine Filzläuse loswirst.« Sie rührte vorsichtig in ihrer Tasse, damit der fünfte Löffel Zucker sich nicht auch noch auflöste.

»Wie heißt'n die kleine Straßenkreuzung?«

»Nicht Alfons«, sagte eine Männerstimme hinter ihr, »guten Morgen.«

Sylvie drehte sich erstaunt um. Einen Mann hier zu sehen, morgens um halb zehn, brachte sie aus der Fassung.

Sie kannte Irene von »Lila Luder«, einer Lesbengruppe, die sich schon lange nicht mehr traf, seit die meisten von ihnen zum Kinderkriegen wieder heterosexuell geworden waren.

Irene grinste breit. Sie genoß den Anflug von Stirnrunzeln auf Sylvies Gesicht und ließ absichtlich eine kleine Pause entstehen, bevor sie sagte: »Mein Bruder. Urs. Das ist Sylvie. Sie ist Tierärztin und macht einen TÜV beim Hund.«

Sylvie nickte Urs zu, wandte sich aber gleich wieder ab, um den Hund auf ihren Schoß zu heben. »Wollen mal sehen, was wir da haben«, murmelte sie, und man hörte ihrer Stimme noch die Unsicherheit an. »Nicht-Alfons, das ist ein schöner Name für so eine halbe Portion. Du gibst ja noch nicht mal ein Mittagessen.«

Mit ähnlich ruppigen Zärtlichkeiten besprach sie den Hund weiter und untersuchte ihn nebenher. Sie zog seine Augenlider nach unten, schaute ihm ins Maul, tastete ihn ab und betrachtete dann das Löchlein unter seinem Schwanz. »Popo-Putzen mußt du auch noch lernen.«

Urs hatte eine Tasse aus dem Schrank genommen und sich den Rest des Kaffees eingegossen. Er fühlte sich unwohl. Immer wenn Lesbenkolleginnen bei Irene waren, kam er sich verachtet vor. So wie diese Sylvie eben nach einem kurzen Nicken zur Tagesordnung übergegangen war, so benahmen sich fast alle. Abweisend und unfreundlich. Er hatte oft mit Irene gestritten deswegen.

Schnell trank er den Kaffee aus und schlüpfte in die Schuhe. »Ich kauf mal Hundebedarf«, sagte er, »Nicht-

Alfons braucht zwei schöne, seriöse Plastikschüsseln, sonst lachen ihn die anderen Hunde aus. Gibt's hier ein Zoogeschäft mit Chevignon-Artikeln?«

Sylvie mußte lachen: »Ihr fangt ja schon richtig an.«

»Willst du nicht was essen?« rief Irene, als Urs schon im Flur verschwunden war.

»Kann er nicht für sich selber sorgen?« murmelte Sylvie.

»Nein danke, Sirene. Mein Magen schläft noch.« Urs zog die Tür ins Schloß.

»Vor allem kann *ich* für mich selber sorgen«, fauchte Irene. Sylvie versteckte sich hinter dem Hund. Leider war er zu klein, um sie vor Irenes zornigem Blick zu schützen, deshalb entschloß sie sich zur Gegenwehr und parierte in entschuldigendem Tonfall, aber mit ätzender Wortwahl: »Ja Mami, tut mir leid, Mami, hab ich das Männchen beleidigt, krieg ich trotzdem Nachtisch?« Und sie hielt ihre Tasse hoch.

Irene schüttelte den Kopf und schnippte mit Daumen und Zeigefinger ein imaginäres Staubkorn in Sylvies Richtung. »Ich erklär's dir mal, wenn deine Hormone wieder stimmen.«

»Ha, ha, meinst du, der Testosteronspiegel müßte runter?«

»Komm, hör auf.« Irene mußte lachen. Immer gab es Gerangel mit Sylvie ums letzte Wort. Sie benahmen sich wie Streithähne, obwohl sie einander mochten. Einen Nachmittag lang waren sie sogar ein Paar gewesen, aber das war lange her und hatte in Gelächter und einem verheerenden Whiskyrausch geendet.

»Wenn du die Kerle nicht magst, dann benimm dich nicht wie einer«, sagte sie gnädig und machte sich an der Kaffeemaschine zu schaffen.

Nach einer Weile, in der Sylvie wider Erwarten geschwiegen hatte, schaute Irene doch zu ihr hin und sah sie übers ganze Gesicht grinsen. Sylvie deutete mit ausgestreckter Hand zum Spiegel und sagte: »Geh hin und wiederhol's.«

Für einen Junitag war das Licht der Sonne viel zu weiß, und ein kühler Südwestwind aus dem Rheintal blies den Männern die Krawatten um die Ohren und den Frauen ihre Blusen an die Brust.

In der Kaiser-Joseph-Straße hörte Urs einem Straßenmusiker zu, der Knocking on Heavens Door, Judy blue Eyes und Lady in black spielte. Als seien die letzten zwanzig Jahre ein einziger Tag gewesen, den man verschlafen haben konnte. Der Junge mochte zwanzig sein und spielte so schlecht, daß er klang wie ein aufgetautes Siebzigerjahre-Original. So sah er auch aus mit seinen langen Haaren, der Weste überm offen hängenden Hemd und den Sandalen, von denen in schöner Symmetrie je ein Riemchen lose abstand. Nur die Hose war nicht ausgestellt und die Gitarre keine Höfner oder Klira, sondern eine Ibanez, die es damals in Deutschland noch nicht gab.

Ein alter Mann verbog sich zu einer Art von Tanz, hob mit pathetischer Langsamkeit Arme und Beine in die Luft und hielt sie gespreizt in lächerlichen Winkeln. Er genoß die Aufmerksamkeit der Zuschauer und stahl dem

Musiker die Show. Zeitmaschine, dachte Urs, bloß weg hier. Wir haben die Neunzigerjahre und Judy blue Eyes hat Aids.

In den letzten zehn Tagen hatte sich einiges getan. Der Laden war renoviert, ein neuer Boden gelegt und die Regale waren in freundlichem Hellgrau gestrichen worden. Urs hatte seinen Wagen aus Köln geholt, einen Kombi, das einzige Relikt aus der Musikerzeit, von dem er sich nicht trennen wollte; seine Wohnung war aufgeräumt und vermietet, das Telefon abgestellt und ein Nachsendeantrag bei der Post hinterlegt.

Über dem Laden lagen zwei Zimmer, von denen eines das Büro werden sollte. Ins andere konnte Urs einziehen. Es hatte eine Dusche und ein Waschbecken.

Mit Farbspritzern in den Haaren und vom Duschen geröteter Haut fielen sie jede Nacht erschöpft ins Bett, nachdem sie bei Pizza und Rotwein die Errungenschaften des Tages besprochen hatten. Aber bald, vielleicht in zwei, drei Wochen, würde das Schlimmste vorüber sein, und dann brauchte Irene ihre Wohnung wieder für sich.

Urs war unterwegs, um sich nach Computerkassen umzusehen. Er hatte einen Stapel Prospekte in der Hand und suchte ein Café, wo er sie in Ruhe studieren konnte.

Am Münsterplatz fand er einen Tisch, auf dem eine vergessene Zeitung lag. Der Kaffee schmeckte nicht, aber der Blick auf den Münsterturm, das Gewusel des

Marktes, die schlendernden Touristen und die Sonne, die sein Gesicht wärmte, taten ihm so gut, daß er die Tasse einfach zur Seite schob und den Preis als Kurtaxe verbuchte.

Seit Tagen hatte er nicht mehr die Beine von sich gestreckt, jedenfalls nicht vor zehn Uhr abends, wenn sie sich beeilen mußten, um noch irgendwo eine Pizza zu bekommen. Baumarkt, Schreiner, Geschäfte, Köln, Ikea, Kaufhäuser – er war überhaupt nicht zur Besinnung gekommen.

Irene, die manchmal bleich und unglücklich dastand, weil ihr buchstäblich schlecht wurde vor Entscheidungsdruck, hatte ihm immer mehr Kompetenzen übertragen, ließ ihn machen und leistete Handlangerdienste, wenn sie sich nicht gerade um die buchhändlerische Seite des Ganzen kümmerte.

Auf seinem Computer, den er aus Köln mitgebracht hatte, schrieb sie Briefe an alle Verlage und Vertreter und bat um Besuche und gnädige Konditionen.

Im Laden gab es noch kein Telefon, deshalb war Urs oft allein, während sie zu Hause buchhändlerte. Ihm gefiel das. Die Räume hatten eine Atmosphäre, die er mochte, und es machte ihm großen Spaß, mit den wenigen Möglichkeiten, die sie hatten, den Innenarchitekten zu spielen.

Er schloß die Augen und genoß das Farbenspiel der Nachbilder auf dem Inneren seiner Lider. Halt, das war gefährlich. Er würde sofort einschlafen. Also sah er eine Weile zwei Blumenverkäuferinnen zu, die den Eindruck machten, als hinderten die Kunden sie am Träumen. Gelassenheit lag in ihren Bewegungen, sie beeilten sich nicht, machten keine Bücklinge und wirkten trotzdem einladend. Sind sicher stille Wasser, dachte Urs. Wie ich.

Irgendwann würde er auf diesen beeindruckenden Kirchturm steigen. Er schlug die Zeitung auf und blätterte sie durch bis zum Anzeigenteil. Wie immer studierte er die Sparten »Auto«, »Computer« und »Musikinstrumente«. Drei interessante Schlagzeuge standen darin. Eigentlich wär's schön, mal wieder zu trommeln, dachte er, Tischplatten und Schenkel federn einfach nicht so zurück wie Felle und Becken.

Mensch. Erst jetzt merke ich, daß mir das Gerumpel fehlt. Seit vier Jahren habe ich keinen Hickory-Stock mehr zwischen den Fingern gehabt und nie was vermißt, und jetzt auf einmal macht es boing und die Schicksalsfee sagt mir durch eine Anzeige, daß ich an der Trommlerfront eine Lücke hinterlasse. Unter der Buchhandlung ist ein riesiger Keller, den braucht Sirene nie und nimmer ganz für sich. Und wenn erst mal genügend leere Kartons darin lagern, dann dröhnt er auch nicht wie ein Pissoir mit zuwenig Schimmel an den Wänden, sondern klingt vermutlich richtig gut. Geil, hätte ich noch vor vier Jahren gesagt, als die Adressaten meiner Werturteile noch überwiegend Musiker waren. Dieses Tama-Set für zwölfhundert Mark könnte brauchbar sein. Vielleicht sollte ich's mir ansehen. Wenn die Becken was taugen, ist es geschenkt. Hurra! Ich mache wieder Krach. Ich werde wieder jung. Vielleicht gibt es in der Gegend sogar den einen oder anderen Studiojob für mich. Wenn ich in Übung bin und die richtigen Kontakte knüpfe. Echtes Getrommel kommt wieder in Mode, die Leute haben die sturen Computerbeats satt. Gibt's hier interessante Bands? Die einen versierten Drummer suchen? Und wenn nicht hier, dann vielleicht in der Schweiz? Nach Basel ist es eine halbe Stunde. Ich werde wieder jung.

Er riß die Anzeige heraus und legte sie in sein Notizbuch. Die angegebene Telefonnummer konnte man erst am Montag anrufen, zwischen vierzehn und siebzehn Uhr. Bis dahin war noch Zeit, herauszufinden, ob die Euphorie nicht wieder sang- und klanglos verfliegen würde. Möglich wär's. Er war damals so froh gewesen, aus dieser ganzen Szene herauszukommen, das konnte jetzt auch nur einfach ein Strohfeuer sein. Weil ihm ein Tama aus der Zeitung entgegenblinzelte und sagte, besuch mich, vielleicht bin ich deins, das schwarze, das du bei Westernhagen gespielt hast und bei all den Jobs im Ruhrgebiet. Ich war dein Liebling. Du hast tagelang an mir herumgeschraubt und geleimt und gefummelt, bis ich so klang, wie du wolltest. Und ich klang so. Geil. Jedes Plop, Klick und Ping an mir war für dich eine Offenbarung. Na ja, Offenbarung mag übertrieben sein, aber es hat dir leid getan, als ich in Hannover aus dem Bandbus geklaut wurde. Du hast sogar eine Prämie ausgesetzt für den, der mich findet. Aber die Diebe lesen wohl kein Fachblatt. Ich kam nie zu dir zurück.

Er stand auf. Eine Bewegung, die er aus dem Augenwinkel wahrnahm, ließ in seinem Kopf das Wort »anmutig«

aufblitzen. Eine der Blumenverkäuferinnen schob sich beim Binden eines Straußes immer wieder ihre glatten blonden Haare hinters Ohr. Anmutig. Das Wort blinkte in wechselnden Farben, kursiv und kleingeschrieben, wie Teil einer auf jugendlich gemachten Werbung in MTV.

Ich war kein Mensch mehr, dachte er im Gehen. Ohne Musik war ich kein Mensch und hab's nicht mal gemerkt. Jetzt werde ich wieder einer. Vielleicht. Wenn das Tama was taugt.

Der Wind hatte nachgelassen und die Hektik zugenommen. Die Menschen, die sich durcheinander schoben und drängelten, sahen aus wie Statisten in einem nur ein wenig zu schnell ablaufenden Film. Urs paßte sich dem Tempo an.

Der Hund ist tot, durchfuhr es ihn, als er die Küche betrat und Irenes tränennasses Gesicht sah. Aber Nicht-Alfons lag neben dem Tischbein, und sein Schwanz klopfte auf den Boden.

»Was ist passiert?«

»Die erpressen mich.« Irene sah nicht auf. Sie strich sich über die Wange, und ihre Finger knickten dabei kraftlos nach innen weg, als wären sie aus Gummi.

»Wer?«

»Das Barsortiment. Der Großhandel, auf den ich angewiesen bin. Sie verlangen achtzehntausend Mark, bevor sie mich beliefern.«

»Wieso denn das?«

»Die Schulden meines Vorgängers.«

Urs beugte sich zu ihr und küßte sie auf die Schläfe. Irene brauchte ihm nicht zu erklären, was das bedeutete. Er wußte, wie knapp sie kalkulieren mußte, er sparte ja beim Einrichten an allen Ecken und Enden. Sie würde, wenn alles gutginge, vielleicht noch sechzigtausend für die Erstausstattung an Büchern haben. Das war knapp und mußte mit langen Zahlungszielen gestreckt werden. Diese Verbrecher! Für Irene führte kein Weg am Barsortiment vorbei. Wenn sie bestellte Bücher nicht am nächsten Tag liefern konnte, dann hatte sie keine Chance.

»Halten die dich für einen Strohmann?«

Er sah, daß Irene die Schultern straffte und sich mit den Händen von der Tischkante abstemmte, als halte sie ein schweres Gewicht in Balance.

»Ich meine, denken die vielleicht, du bist bloß ein Trick der alten Besitzer, um ihre Schulden loszuwerden?«

»Aber nein«, sagte sie ungeduldig,« das geht doch gar nicht. Ich hab den Laden gekauft, ich bin im Handelsregister eingetragen, ich krieg 'ne eigene Verkehrsnummer vom Börsenverein – das wäre voll kriminell.«

Urs kam eine Idee: »Hast du den Vorbesitzern schon alles bezahlt?«

»Nein, es fehlen noch zehntausend. Die werden erst nächsten Monat fällig.«

»Gut, dann kannst du die schon mal streichen.«

»Das geht nicht, die sind total am Ende. Die sind auf das Geld angewiesen.«

»Soll ich noch mal mit dem Barsortiment verhandeln?« Urs wußte, es war sinnlos, ihr zu widersprechen.

»Du kennst dich doch nicht aus.«

»Und wenn ich versuche, sie zu überreden, daß das Geld verrechnet wird? Daß du's bloß als Vorschuß hinlegen mußt?«

»Hab ich doch. Die sind eisern. Vergiß es. Ich kann den ganzen Laden vergessen. Bei der Bank ist kein Pfennig mehr zu holen. Mein eigenes Geld steckt ratzeputz drin – es ist alles im Arsch. Ohne Großhandel geht's nicht, und ohne Geld krieg ich kein einziges Buch von den Wichsern.«

Urs zuckte zusammen, wie immer, wenn sie vulgäre Worte benutzte. Normalerweise tat sie das, um ihn zu ärgern. Sie fand seine Abneigung dagegen komisch und vergab nur selten eine Gelegenheit, sich wie ein Fuhrmann auszudrücken. Protestierte er, dann machte sie sich lustig über sein »adliges Getue.« Diesmal protestierte er nicht.

»Ich hab noch dreißigtausend«, sagte er nach einer kleinen Pause. »Du kannst zwanzig davon haben.«

Irene sah ihn schweigend an. Dann streckte sie eine Hand aus und berührte ihn am Arm.

»Kann ich dafür in deinem Keller trommeln?« fragte er.

Sie lächelte: »Nach Ladenschluß.«

Ich kann keine Tränen sehen. Das können wir alle nicht, wir bärigen Jungs. Zum Glück ist Sirene meine Schwester, nicht meine Geliebte, sonst hätte ich mich vielleicht hilflos abgewandt. Aber ihre Tränen waren bisher nie Zeichen des Vorwurfs, deshalb wecken sie in mir auch nur Beschützerinstinkt und Tatkraft und nicht, wie so oft, Verzweiflung und Wut über die Falle, in der man als Übeltäter noch durch Anteilnahme die eigene Schlechtigkeit bestätigen soll.

Ich bin froh, daß ich das Geld habe und froh, daß sie es nimmt. Drei Monate halte ich mit den übrigen zehntausend durch. Dann müßte ich wieder was verdienen. Oder weiter als Sirenes stiller Teilhaber auf Taschengeldbasis hier rumlungern. Vielleicht wär das gar nicht so übel? Bis jetzt gefällt mir Freiburg. Ich fange schon an, mich auszukennen, bin ja andauernd zu Handwerkern und Läden unterwegs. Wenn ich erst mal schlendern kann, das Nachtleben, die Musikschuppen und die Umgebung kennenlernen, wer weiß, vielleicht will ich dann hierbleiben.

Tatsächlich bin ich froh, aus Köln wegzusein. Dort war ich mal jemand. Ein Has-been. Fast alle, die ich kenne, gehören zur Musikszene. Und ich nicht mehr. Und obwohl ich mich für innerlich unabhängig halte, für einen Einzelgänger, der keine Uniform braucht, ist es doch ein ekelhaftes Gefühl, wenn mir Wolfgang zum Beispiel nur eben mal so zunickt, obwohl wir fast ein halbes Jahr miteinander im Proberaum waren und ich aus langen Gesprächen von ihm Dinge weiß, mit denen ich ihn erpressen könnte. Aber es geht nicht um Wolfgang allein. Die ganze Szene dreht sich um sich selbst. Das ist in Ordnung, solange man dazugehört, solange die anderen sich auf den Zuschauerplätzen drängeln. Aber wehe, man ist plötzlich ohne Backstage-Paß.

Es gibt noch einen Grund, Köln nicht zu vermissen. Ich

brauche mir nicht mehr anzutun, wie toll sich Sarah fühlt, wann immer sie mich sieht. Wie laut sie lacht, um irgendwen die Arme wirft und ihre aufgedrehte, lebensfrohe Tour abzieht, von der sie eigentlich wissen müßte, daß ich sie als Schwindel durchschaue. Aber vielleicht tut sie es gerade deswegen? Vielleicht sagt sie mir damit ja gar nicht, sieh mal, was du versäumst, so gut geht's mir jetzt, und so gut könnte es dir gehen, sondern: ich muß dieses peinliche Theater spielen, weil du hersiehst. Warum gehst du nicht woanders hin, dann muß ich mich hier nicht so blamieren? Auf Sarahs Tränen hätte ich ein Magazin leerschießen können.

Apropos erpressen: Den Großhändlern zahlen wir das auch noch heim. Und wenn wir die Geschichte ins Börsenblatt bringen. Irgendwann. Wir haben Geduld.

Ich glaube, Sirene ist froh, mich dazuhaben. Sie überläßt mir so viel, fast die ganze Einrichtung, bis zur letzten Lampe. Sogar den Namen habe ich vorgeschlagen. »Sirene Buchladen.« Ihre Idee war »Buchhandlung Boehler.« Komisch, sie ist sonst so impulsiv und kraftmeierisch, und beim Namen ihrer Buchhandlung fällt ihr nur das Allerspießigste ein.

Sie tut mir leid. Sie ist so erschöpft. Wird Zeit, daß der Laden aufmacht. Morgen sind schon wieder zwei Verlagsvertreter angesagt.

Ich brauche ein Bett. Ich will in mein Zimmer ziehen. Wieso schreibe ich das eigentlich alles auf? Zeilenhonorar?

Er war noch eine Runde mit Nicht-Alfons gegangen, denn Sirene hatte Besuch von einer Freundin, einer dunkelhaarigen, scheu wirkenden Frau mit Brille und blitzendem Lächeln, und Urs wurde das Gefühl nicht los, er störe. Er wußte gar nichts über Irenes Liebesleben. Vielleicht gab es auch keins. Wie bei mir, dachte er. Auf seine vorsichtige Frage vor einigen Tagen hatte ihre Antwort so abschließend geklungen, daß er verstummt war: »Alle, die mir gefallen, sind hetero.«

War diese hier vielleicht eine davon? Möglich wär's denn sie hatte ihn beachtet, also konnte sie keine Lesbe sein. Lesbe, was für ein ekelhaftes Wort. Klingt wie Wespe. Unfreundlich. Man müßte ein schöneres dafür finden.

Als er zurückkam, waren beide verschwunden, und er hörte dem Knistern der Bodendielen zu. Nicht-Alfons schnaufte hin und wieder wie ein kleines Walroß, und sein Schwanz klopfte auf den Boden, wenn Urs zu ihm hinsah. Sie waren an der Dreisam gewesen, dem Flüßchen, das mitten durch die Stadt fließt, und wären fast Nicht-Alfons' Vorbesitzerin begegnet. Urs war rechtzeitig abgebogen. Um Nicht-Alfons den Loyalitätskonflikt zu ersparen.

Es war tiefe Nacht. Er wünschte, er wäre nicht so müde. Er liebte die Nacht. Und er wurde betrunken. Und freute sich auf Montag. Hoffentlich war das Tama nicht weg. Gleich um vierzehn Uhr würde er anrufen.

Er wollte schlafen, aber immer, wenn er die Augen schloß, wurde ihm schwindlig. Also starrte er die Decke an und studierte die Zeichnung des von der Straße hereinfallenden Lichts. Irgendwann hörte er Irene nach Hause kommen. Sie gab sich Mühe, leise zu sein, aber Nicht-Alfons jaulte und hüpfte an ihr hoch, wie es sich für einen richtigen Hund gehört. »Sei still«, flüsterte sie, »der Bär schläft.«

Aber der Bär konnte nicht schlafen. Noch als das leise Chopin Prélude aus Irenes Schlafzimmer verklungen war, lag er da und erinnerte sich daran, wie er sie zum erstenmal hatte weinen sehen.

Herbst vor zwanzig Jahren. Sie war siebzehn, er fünfzehn. Weil er sie gebeten hatte, sich einen Auftritt seiner Band anzuhören, war sie übers Wochenende aus dem Internat nach Hause gekommen. Er hatte mit den anderen »Fly like an Eagle«, Irenes Lieblingslied, und »Carmelita« von Linda Ronstadt eingeübt, weil er hoffte, sie würde sich überreden lassen, es zu singen.

Urs hatte sich verspätet, er kam direkt aus dem Proberaum und erwartete, Irene vor dem Fernseher vorzufinden, weil ein alter Theo-Lingen-Film lief, in dem Hedy und Armand ein Dienerehepaar spielten. Die beiden waren gerade, wie jeden Herbst, in der Schweiz und in Österreich auf Tournee.

Irene starrte auf den Bildschirm. Statt des Films gab es eine Reportage über Hinrichtungen in den USA. Beim Eintreten sah Urs, wie einem gefesselten Mann eine Kapuze über den Kopf gelegt wurde und ging sofort aus dem Zimmer. Er hatte gelernt, schnell zu schalten und zu fliehen, wenn ihm Bilder vor die Augen kamen, die aus seinem Kopf nie wieder verschwinden würden.

In der Küche trank er ein Glas Milch und biß gerade in ein Butterbrot, als Irene hereinkam, die Augen fassungslos geweitet und mit einem fast irren, wie blind nirgends Halt findenden Blick. Ihr Gesicht war naß von Tränen, aber aus ihrem Mund kam kein Geräusch. Kein Schluchzen, kein Wimmern, nichts. Sie lehnte sich an den Küchenschrank und sagte: »Kannst du mich bitte festhalten?«

Er spürte seine eigenen Tränen, als er sie in die Arme nahm und versuchte, mit festen Bewegungen seiner Hand über ihr Haar, ihre Schulter, ihren Oberarm, die krampfartige Steifheit aus ihrem Körper zu streicheln. Es dauerte eine ganze Weile, bis ihm das gelang.

Gerne hätte er Dinge gesagt wie, ist doch nur ein Film, oder, das wird schon wieder, vergiß es, aber er wußte, daß sie es nicht vergessen würde, daß es nicht nur ein Film war und daß es keinen Trost gab.

Nicht beim Tod der Großmutter vor einem Jahr und nicht, als der sich in Agonie ein letztesmal in ihren Armen streckende Kater Alfons starb, hatte Urs Irene weinen sehen. Auf ihrem Gesicht war ein zärtlicher und verträumter Ausdruck gewesen, so, als konzentriere sie noch einmal alle Kraft für den Abschied und die Schmerzen des Verlustes.

Irgendwann löste sie sich von ihm, ging zum Kühlschrank und trank mit geschlossenen Augen den Milchkarton leer. Dann wusch sie ihr Gesicht, trocknete es ab und sagte: »Komm, wir gucken uns die Alten an.«

Später, vor dem Fernseher murmelte sie schon wieder aufgeräumt »hallo Onkel«, als Theo Lingen auf dem Bildschirm erschien. Er war ihr Patenonkel. Urs brauchte noch einige Zeit, bis er ihr die demonstrative Gelassenheit wieder glaubte.

Nachts kam sie in sein Zimmer, legte sich neben ihn und küßte ihn auf die Wange. Eine Zeitlang lag sie schweigend da, dann stand sie wieder auf, sagte »danke« und ging.

Am nächsten Abend sang sie Carmelita. Die Band strahlte, der Saal tobte, und Urs war stolz auf seine große Schwester. Bei den Zeilen »Carmelita hold me tighter, I think I'm sinking down« fühlte er sich ihr nah wie seit der Zeit nicht mehr, als er fünf gewesen war und sie ihn vor den anderen Kindern in Schutz genommen hatte.

Nur einmal noch hatte sie seither so geweint, und auch da war es ihm gelungen, den Krampf aus ihrem Körper zu streicheln. Wieso hatte er das heute nicht mal versucht? Weil es keine Tränen des Kummers waren, sondern der Wut und Enttäuschung? Oder war da etwas in ihrer Haltung gewesen, das gesagt hatte: mach mich nicht klein?

Urs eröffnete ein Konto und ließ sich sein Kölner Guthaben überweisen. Mitte nächster Woche sollte es da sein, und er konnte Euroschecks abholen. So, jetzt bin ich angekommen, dachte er, und ging zu dem Schreiner, der die neuen Regale und Auslagekästen gebaut hatte, um sich ein Bett zu bestellen.

Die Lampen waren heute morgen installiert worden, um die Kasse würde er sich nächste Woche kümmern, die Büroeinrichtung war fast komplett, die wichtigsten Vertreter schon dagewesen; der Laden war fertig, nur die Bücher fehlten noch. Und die Verkehrsnummer, ohne die im Buchhandel überhaupt nichts geht. Und die VLB-Kataloge. Auch die Schrift auf den Fenstern war noch nicht gemalt, aber das war für nächste Woche versprochen. In Rosa. Das würde wunderbar zu dem lichten Hellgrau der Regale passen.

Irene saß mit einem Vertreter im Laden. Für Urs, der im Büro ein Stück Gummiboden zuschnitt, um es auf den Schreibtisch zu kleben, war es ein Vergnügen, den beiden zuzuhören. Zwei Profis bei der Arbeit, dachte er, als er die Inhaltsangaben des Vertreters und Irenes knappe Fragen und Kommentare hörte, die sie immer mit einer Zahl abschloß. »Elf-Zehn«, oder »Fünf-PE.« Das klang wie ein Geheimcode.

»Komm, wir gehn in die Markthalle«, sagte sie, als der Mann gegangen war, »ich hab Hunger.«

Es war noch früh, und sie bekamen einen Stehplatz an einem der Tischchen. Über Mittag herrschte hier Hochbetrieb. Urs liebte die Atmosphäre dieses Imbißtempels, in dem die verschiedensten Gerüche ineinanderwehten und sich zur Essenszeit die halbe Stadt studieren ließ.

Vom schlabbrigen Unidozenten mit den lässigen Schuppen auf der Schulter bis zur Bankerin im engen Pepita-Kostüm, von der Schauspielerin im schwarzen Omakleid aus dem Fundus bis zum glänzend bebrillten Designer mit der Gemüseswatch; von der jungen Mitläuferin, die nur Augen und Figur in die Waagschale warf, bis zu Schülern und Studenten mit bunten Rucksäcken und teuren Jeans, die immer in Gruppen beieinanderstanden, schien sich hier jeder als Vertreter einer bestimmten Kaste zu präsentieren.

»Das ist die C & A-Reklame«, sagte Urs nach einem ausführlichen Blick in die Runde. »Gleich kommt der Traumprinz und entführt uns alle ins Reich der Phantasie.«

»Und du bist das Publikum.« Irene sah an sich herunter. »Ich bin auch bei den Statisten.«

»Wieso?«

»Das ist alles ein Mißverständnis, glaub ich.« Sie deutete mit der Gabel auf eine Frau am Nachbartisch, die ihnen den Rücken zugewandt hatte. »Guck mal, die zum Beispiel, die macht's wie alle. Sie tritt auf. Sie schaut niemanden an, denn sie glaubt, daß jeder *sie* anschaut. Und die da«, sie deutete auf eine andere, etwas weiter entfernte Frau, »genauso. Hier, die, dort, alle, sie treten alle auf und niemand ist das Publikum. Du bist hier vielleicht der einzige, der seine Augen rumgehen läßt. Alle anderen spielen Angeregtes-Unterhalten und gehen davon aus, daß jemand sich für ihre Posen interessiert.«

»Du auch?«

»Ein bißchen schon. Das macht man so als Dame.«

»Wirst du jetzt eine Dame?«

»Bin ich denn noch keine?«

»Doch. Vielleicht. Du hast noch nicht mal gerülpst, seit ich hier bin. Und erst einmal Scheiße gesagt.«

»Siehst du?« Sie strahlte ihn fröhlich an, »und das lag an den arschgefickten Furzgesichtern mit ihrem brunzdummen Erpressungsangebot.«

Urs lachte laut. So oft zusammenzucken konnte er gar nicht, wie es bei diesem Satz nötig gewesen wäre. Er schüttelte den Kopf und schaute in die Runde.

»Also nur Häuptlinge und keine Indianer«, sagte er, »so sieht's aus.«

»So sieht's aus.«

»Sag mal, das interessiert mich schon länger, falls du doch mal guckst, guckst du dann bloß nach den Frauen?«

»Du vielleicht nicht?«

Er holte zwei Tassen Cappuccino, und sie bewachte den Tisch. Dann rührte sie versonnen im Schaum und sagte: »Ich hab heut morgen bei den Erpressern angerufen. Sie schenken uns dafür die Kataloge.«

»Großzügig«, sagte Urs. »Schade, daß du den Herrn damals nicht einfach rausschmeißen konntest.«

»Das hab ich vorhin mit einem Vertreter gemacht.«

»Ersatzweise?«

»Nein«, lachte Irene, »der hat's verdient. Ein yuppiehaftes Arschgesicht. Hat keine Ahnung, fängt grade an als Verlagsvertreter und benimmt sich wie die Tochter vom Papst.«

»Wieso, ich meine, wie?«

»Na, er kommt rein und macht einen auf gnädig, so à la

›Haben Sie aber ein Glück, daß ich Ihre unwichtige kleine Klitsche besuchen komme, daß ich mich überhaupt mit einem Hühnchen wie Ihnen abgebe.‹ Er hat mir auf den Busen geglotzt, was ich nicht ausstehen kann, aber ich hab nichts gesagt. Bis er mir das dritte Buch gebunden andrehen wollte, obwohl es schon als Taschenbuch draußen ist, da hab ich seine Mappe zugeklappt und gesagt, er soll seine Ausbildung woanders machen.«

»Sind das Ladenhüter?«

»Ja. Kein Mensch kauft mehr ein Hardcover für vierzig Mark, wenn er denselben Titel für zehn als Taschenbuch kriegt.«

»Kannst du so was dann nicht zurückschicken?«

»Nur in gewissen Mengen. Der Typ wollte mich einfach betrügen. Das kleine Frettchen.«

»Und jetzt?«

»Bestell ich die Bücher direkt beim Verlag. Der Mann kommt mir nicht mehr in den Laden.«

»Und warum nicht beim Barsortiment?«

»Weil die Gewinnspanne viel geringer ist. Wenn ich beim Vertreter bestelle, krieg ich die besten Konditionen. Barsortiment ist ein Service, kein Geschäft, das darf man nicht übertreiben. Manche kleinen Läden ruinieren sich so. Sag mal, interessiert dich das wirklich?«

»Ja.«

»Warum machst du nicht eine Lehre bei mir und steigst ein?«

»Ich überleg's mir.« Urs lächelte. »Wenn alle Stricke reißen.«

»Der letzte reißt nie«, sagte sie nachdenklich und so leise, daß Urs den Satz erst nach einem Augenblick begriff.

»Wie bitte?«

»Nix. Vergiß es. Entschuldigung. Komm.«

Sie zog ihn am Arm mit sich und redete ununterbrochen. Sie überlege, ob sie einen Brief an bestimmte Berufsgruppen schreiben sollte, Anwälte, Mediziner, Psychologen und so weiter, in dem sie auf die Buchhandlung aufmerksam machte und sich anbot, auch komplizierte Bestellungen schnell zu erledigen.

»Wie kriegst du die Adressen?« fragte er unkonzentriert.

»Telefonbuch, Vorlesungsliste, einschlägige Verzeichnisse, das geht schon.«

»Und das Porto? Das kostet ein Saugeld.«

»Porto?« Sie zwickte ihn in den Oberarm. »Du trägst die aus.«

»Ein paar tausend Briefe?«

»Nur die, die in der Stadt wohnen. Die anderen schick ich per Post. Komm«, sie zog ihn wieder am Arm, »ich hab 'ne Überraschung für dich.«

In der Tiefgarage, an sein Auto gelehnt, stand ein Mountainbike mit Gepäckträger und Schutzblechen. Es war glänzend schwarz, nur der Lenker und die Lampen waren silbern. Urs wollte sich schon ärgern, daß jemand sein Rad so einfach an ein Auto lehnt, da sagte Irene: »Nicht aufregen, das ist deins.«

»Meins?«

»Geschenk.«

Auf das vordere Schutzblech waren Sockel und Ring eines Mercedesemblems montiert und darin eingeschweißt, statt des Sterns, ein großes A.

»Was ist denn das? Ein Politbike?«

»Sieht so aus.« Irene zupfte an dem seltsamen Zeichen. »Das kann man ja abmachen.«

»Wo hast du das her?« Urs freute sich. Das Rad war gebraucht, aber phantastisch in Schuß. Die Kette geölt und blitzblank, nirgends das kleinste bißchen Rost, auch nicht an den Felgen, und nichts klapperte, als er vorsichtig daran rüttelte.

»Von Sylvie, die hat noch acht oder neun«, Irene kicherte. »Und alles Herrenräder.«

»Verdient die so gut, oder klaut sie die alle?«

»Ja und nein.«

»Was?«

»Ja, sie verdient sehr gut, und nein, sie klaut sie nicht. Sie rettet sie.«

»Sie *rettet* Fahrräder? Wie geht'n das?«

Urs kurvte in engen Kreisen durch die Tiefgarage und war begeistert. Es fuhr sich hervorragend. Irene lehnte am Heck seines Wagens und fummelte mit dem Fingernagel den Rest eines Aufklebers ab, auf dem einmal gestanden hatte »Stefan Moninger Band – Tour 86.«

»Das geht so, daß sie mit dem kleinen Kombi, den sie für die Praxis hat, herumfährt und Ausschau hält, ob sie nicht irgendwo ein mißhandeltes oder ausgesetztes Fahrrad sieht. Das hier zum Beispiel hat sie aus der Dreisam gefischt.«

»Und warum bringt sie's dann nicht zur Polizei?«

»Weil die Bullen so ein Fahrrad als Sache behandeln, und für Sylvie kommen Räder gleich nach Tieren. Sie kann sie nicht leiden sehen.«

Urs schüttelte den Kopf, stellte das Rad ab und küßte Irene. »Danke«, sagte er, »das ist ein Klasserad. Und du bist eine Klassefrau.«

»Weiß ich«, sagte sie und hob das Kinn, wie als Kind, wenn sie vor dem Spiegel versucht hatte, in Hedys Kleidern die blasierte Pose eines Fotomodells nachzuahmen.

»Und Sylvie wird mir auch sympathischer«, sagte Urs und hielt die Tür zum Treppenhaus auf.

»Magst du sie nicht?«

»Erst nicht so, aber jetzt, wo ich weiß, daß sie gegen Fahrradversuche ist, schon mehr.«

»Sie ist in Ordnung«, sagte Irene. »Sie spielt nur das Klischee. Das ist wie bei manchen Schwulen, die sich extra tuntig geben. So haben wir welche, die auf Blaustrumpf machen, nur um eine stolze Lesbe zu sein und kein Weibchen.«

»Ich glaub, *sie* kann *mich* nicht leiden.«

»Das gehört zur Maskerade. Man darf keinen Mann mögen. Ist alles nur Theater. Sie ist nett. Wenn ich dich nicht als Bruder hätte, würd ich sie als Schwester wollen.«

»Na gut«, sagte Urs, »ich geb mir Mühe, sie gernzuhaben.«

Nicht-Alfons hatte das Wohnzimmer und den Flur in eine Achterbahn verwandelt und damit deutlich ausgedrückt, daß er es nicht schätzte, so lange allein gelassen zu werden.

»Verstehe«, sagte Irene, als er mit geknicktem Ohr vor ihr stand, und befestigte die Leine an dem hübschen roten Halsband mit silbernen Kühen, das Urs ihm gekauft hatte. »Gehn wir. Aber nur kurz. Ich muß noch telefonieren.«

»Komm, gib ihn mir«, sagte Urs, »wir machen eine Radtour. Brauchst du mich heute noch?«

»Um sieben. Zum Essen. Sylvie kommt, und noch ein paar Leute.«

Leider konnte Urs nicht so in die Pedale treten, wie er wollte, weil er den Hund, der kreuz und quer vor ihm her sprang, nicht aus den Augen lassen durfte. Sonst würde er ihn überfahren. Nach einer Weile gab er entnervt auf und setzte sich auf eine Bank. Stöckchenwerfen. Das war weniger gefährlich. Er versuchte weite Würfe, damit er, bis Nicht-Alfons ankam, das schöne Fahrrad wenigstens ansehen konnte, aber der war zu flink, oder Urs ein zu schlechter Werfer.

Gelegentlich, wenn andere Hunde vorbeikamen, war Nicht-Alfons eine Zeitlang abgelenkt, und Urs konnte träumen. Am Himmel türmten sich gewaltige Wolken, zwischen denen kleine Bündel von Sonnenstrahlen scharf und gleißend durchstachen. Es sah aus wie das üppige Deckengemälde einer Barockkirche. Auf dem Uferweg tummelten sich Spaziergänger, Hunde, Radfahrer und Jogger. Ist wie am Rheinuferweg, dachte Urs, nur kleiner. Überhaupt hatte Freiburg Ähnlichkeit mit Köln.

Er wußte nicht genau, wieso, denn Köln war viel häßlicher, größer und lauter. Und Köln war eine Metropole. Eine provinzielle allerdings, in der jeder jeden kannte, und wehe, wenn nicht.

Vielleicht gab es hier alles im Kleinformat? Die Dreisam für den Rhein, das Münster für den Dom, den Südwestfunk für den WDR, die Wiehre für Sülz und den Stühlinger für die Südstadt? Aber wenn Köln provinziell war, was war dann Freiburg? Der Umzug aus der Hundehütte in den Briefkasten?

Ein Fahrrad bremste schleudernd, und Nicht-Alfons verbellte den absteigenden Mann. Er versuchte sogar zu knurren, aber der Mann sah nur kopfschüttelnd zu ihm herab und sagte: »Das glaub ich dir nicht.«

Urs lächelte, aber sein Lächeln verschwand, als der Mann ihn scharf und unfreundlich durch seine randlose Brille ansah und wie ein Polizist fragte. »Wo hast du das Rad her?«

»Was?«

»Das Rad. Das gehört mir. Wo hast du's her?«

»Von meiner Schwester.« Urs war wider Willen eingeschüchtert.

»Und deine Schwester, wo hat die's her?«

»Von einer Freundin.«

»Und die?«

»Aus der Dreisam.«

»Hier, aus der Dreisam?«

»Weiß nicht, ob hier. Auf jeden Fall hat sie's rausgefischt und gerettet.«

»Gerettet?«, fragte der Mann, und seine Stimme klang

unsicher. Nach und nach machte sich ein kleines Grinsen auf seinem Gesicht breit. »Hast du gerettet gesagt?«

»Ja.

»Sylvie?«

Jetzt grinste auch Urs. Der Mann kratzte sich an den spärlichen Haaren hinterm Ohr und ging in die Knie, um Nicht-Alfons zu streicheln. Dann setzte er sich auf die Bank.

Das Grinsen im Gesicht des Mannes hatte Urs auf eine Idee gebracht. Er kannte dieses Gesicht. Das heißt, er kannte das Grinsen! Genau dieses Grinsen hatte er gesehen, im Taxi, auf dem Weg vom Bahnhof zu Irene. Diesen Mann hatte der Taxifahrer mit seinem ruppigen Überholmanöver fast von der Straße gedrängt.

»Das ist ein Problem«, sagte der Mann, »ein echtes Problem.«

»Juristisch?« fragte Urs.

»Quasi«, sagte der Mann. »Ich heiße Yogi«, und hielt ihm die Hand hin.

»Urs.«

»Urs? Bist du der Bruder von Sirene?«

Urs war einen Moment sprachlos. Diesen Namen kannte doch nur er.

»Wieso nennst du sie Sirene?«

»Wieso nicht, so heißt doch ihr Laden? Das kommt doch von ihrem Namen, oder? Außerdem paßt es.«

Urs war verwirrt. Das ging alles ein wenig zu schnell. Der Mann kannte Irene, Sylvie hatte sein Fahrrad gerettet, er wäre fast von Urs' Taxi angefahren worden – was war denn das für ein Knäuel?

»Sind wir vielleicht verwandt oder so was, bist du ein verschollener Halbbruder von uns, oder ein Onkel?«

»Fast«, sagte Yogi und deutete auf Urs wie der Moderator einer Gameshow. »Ich bin seit fünf Jahren in deine Schwester verknallt.«

»Ach du Scheiße.«

»Ja. Ach du Scheiße«, sagte Yogi und nickte dazu mehrmals mit dem Kopf.

Nicht-Alfons bedrängte sie mit seinem naßgekauten Stöckchen. Yogi ließ sich erweichen und warf es ins Wasser. Wie der Blitz fegte Nicht-Alfons los und landete platschend und spritzend direkt neben dem Stöckchen, bekam es zwischen die Zähne und trieb ab! Er war noch zu klein zum Schwimmen!

»Oh nein«, murmelte Urs und spurtete los. Er bekam den Hund gleich zu fassen, aber dann rutschte er aus und fiel der Länge nach hin. Er schluckte Wasser und wußte für einen Augenblick nicht, ob er das Fell des Hundes noch in der Hand hatte, aber sowie seine Füße wieder Halt gefunden hatten, sah er, daß Nicht-Alfons direkt neben ihm paddelte und warf ihn mit Schwung aufs Ufer.

»Beherzt.« Yogi lachte übers ganze Gesicht. »Medaillenverdächtig. So was wollen wir im Fernsehen haben. Dramatische Hunderettung in dreißig Zentimeter Tiefe.«

»Ha, ha«. Urs rappelte sich vollends auf und watete ans Ufer. »Du siehst in deiner Freizeit sicher Dick-und-Doof-Filme.« Er war ärgerlich. Schadenfreude, schon gar auf seine Kosten, mochte er nicht.

»Freizeit?« sagte Yogi, »kenn ich nicht.«

Urs versuchte, sein Hemd am Körper auszuwringen. Nicht-Alfons schüttelte sich schon zum drittenmal und Urs beneidete ihn um diese effektive Methode. Er wünschte, er könnte die Nässe auf dieselbe Art loswerden. »Ich muß heim«, sagte er schlechtgelaunt. »Was ist jetzt mit dem Rad?«

»Das schenk ich dir. Für die spektakuläre Hunderettung. Und als Entschuldigung, weil ich so gelacht habe.«

»Danke«. Urs war erstaunt. Seine Laune besserte sich sofort. »Das ist aber hochherzig.«

Yogi grinste schon wieder. »Du hättest dich sehen sollen. Ein Held wie im Comic.«

»Jetzt hör auf, sonst werd ich sauer.«

»Na ja, ich kann mich ja noch ein bißchen allein darüber amüsieren.« Yogi schwang sich auf sein Rad und fuhr ein paar Meter, dann hielt er noch einmal an, drehte sich um und sagte: »Ach könntest du mir den Anti-Stern überlassen?«

»Klar.«

»Kannst ja statt dessen auf die Stange schreiben: ich bin zwei Räder. Stimmt ja auch. Hast sie beide geschenkt gekriegt.«

»Ich denk drüber nach.«

Yogi trat wieder an, stoppte aber noch einmal und fragte: »Wie heißt der Hund?«

»Nicht-Alfons.«

»Wie dann?«

»Das ist der Name. Nicht-Alfons, mit Bindestrich.«

»Mhm«, Yogi nickte wie gegenüber einem Irren, den man nicht reizen will und fuhr los.

Zum Glück war es warm, und ich hatte keine Angst, mich zu erkälten. Aber die Blicke, die mich mal streiften und mal direkt trafen, gingen mir auf die Nerven. Wäre nicht neben mir der rührende Nicht-Alfons getrottet, ich glaube, die meisten Leute hätten schadenfroh gefeixt. So war das Lächeln, das mein Anblick allenthalben auslöste, wenigstens eher mitleidig. Na, ja, nach einigen hundert Metern mußte ich selber grinsen. Eine Andeutung von Hund und ein pitschnasser Berg von Mann, der ein Fahrrad mit Anarcho-Signet vor sich herschob – das war doch auch wirklich eine Entschädigung für die alltäglichen Mühen.

Irene war nicht zu Hause, und ich konnte, ohne etwas erklären zu müssen, mit Nicht-Alfons unter die Dusche. Das stellte sich allerdings als Fehler heraus, denn hinterher mußte ich das ganze Badezimmer aufwischen.

Ich hörte Irene und Sylvie reden und schlang mir ein Handtuch um die Hüfte, denn meine Kleider lagen im Wohnzimmer. Natürlich pfiff Sylvie, als ich die Küche betrat, und natürlich störte mich das, und ich vergaß meinen Vorsatz, sie zu mögen. Aber ich schluckte auch die bissige Bemerkung, die mir auf der Zunge lag, denn ich sah, daß Irene einen mißbilligenden Blick in Sylvies Richtung warf. Sie kennt mich. Und will mich noch immer beschützen.

»Bist du während dem Duschen mal kurz rausgegangen? Zigarettenholen oder so was?« fragte sie. Also war meine Tropfenspur im Treppenhaus noch nicht getrocknet.

»Das geht nicht«, sagte ich. »Eins von beidem geht.

Während dem Duschen kann man nur unter der Dusche stehen. Oder glaubst Du, ich hab die Dusche mit ins Treppenhaus genommen?«

»Es heißt während *des* Duschens«, sagte Irene.

»Den Dativ hast du eingeführt«, gab ich ärgerlich zurück.

»Da hat er recht«, sagte Sylvie und war mir auf einmal doch sympathisch.

»Danke.«

Sie packten ihre Einkäufe aus, und ich ging ins Wohnzimmer, um mich anzuziehen. Vor Sylvie wollte ich nicht halbnackt herumstehen, obwohl sie mich nach dem frechen Pfiff wieder kaum eines Blickes gewürdigt hatte. Oder vielleicht gerade deswegen. Ich bin ein bißchen eitel mit meinem Oberkörper. Das jahrelange Trommeln war ein gutes Training. Ich mag es, wenn ich kleine helle Blitze in den Augen der Frauen entdecke. Sylvies blieben gleichmäßig braun.

Eigentlich hatte ich im Wohnzimmer bleiben wollen, denn die beiden kicherten und alberten herum wie zwei Schulmädchen, und ich wollte sie nicht stören, aber da mir einfiel, daß das Wohnzimmer ohnehin demnächst für das Fest hergerichtet würde, ging ich zurück in die Küche und bot meine Hilfe an.

Die beiden fühlten sich durch mich kein bißchen gestört. Im Gegenteil. Hin und wieder gelang mir eine Bemerkung, mit der ich sie zum Lachen brachte, und ich entdeckte eine Eigenschaft an Sylvie, die mich mehr als jeder gute Vorsatz für sie einnahm: Sie hatte so eine Art, jeden Handgriff, den Irene oder ich ausführten, aus den

Augenwinkeln zu bemerken und, wenn es sein mußte, zu unterstützen. In dem Augenblick, als ich eine Gurke gewaschen hatte und darüber nachdachte, wo Irene ihr Schälmesser aufbewahren würde, zog Sylvie, ohne groß herzusehen, die entsprechende Schublade neben mir auf, und später, ich nahm gerade eine Melone in die Hand, um sie zu schneiden und den Parmaschinken damit zu dekorieren, schob sie einen Haufen Papierreste zur Seite. Noch bevor ich überlegt hatte, wo ich Platz für das Schneidebrett fände. Dieser Frau würde eine winzige Bewegung genügen, um unter den vier oder fünf Plastiktüten, die jemand schleppt, genau die herauszugreifen, deren Henkel eben reißt.

Leider hat sie, wie Irene, den Hang, sich vulgär auszudrücken, und ich mußte ein ums anderemal die Zähne zusammenbeißen, wenn sie zum Beispiel eine frühere Kollegin »ein Klistier« nannte und Irene sie verbesserte: »Nein, das, wofür man's braucht.«

Irgendwann hielt ich es nicht mehr aus. Gerade hatte Irene gesagt: »Margret hab ich nicht eingeladen, weil sie immer noch glaubt, ihre Scheiße stinkt nicht.«

»Wer kennt schon den eigenen Mundgeruch«, erwiderte Sylvie, und da platzte mir der Kragen: »Habt ihr euch eigentlich bei einer Holzfällerlehre kennengelernt?« fragte ich, »oder warum klingt hier jeder Satz nach Rita Mae Brown?«

»Na so was«, sagte Sylvie, »er liest Bücher.«

»Von Rita Mae Brown«, ergänzte Irene.

Sie grinsten mich beide zufrieden an, und erst da merkte ich, daß ich in eine Falle gelaufen war. Sie hatten bloß herausfinden wollen, wie lange ich brauchte, um aus der Haut zu fahren. Sylvie boxte Irene in die Seite und sagte: »Schade, die besten haben wir noch gar nicht losgelassen.«

Ich mußte wider Willen lachen. Das Ganze erinnerte mich an Szenen aus Irenes und meiner Kindheit. Sie liebte dieses Spiel und fing immer wieder damit an. Von meiner Entrüstung konnte sie nicht genug kriegen.

»Zum Beispiel den mit der Brille in der Möse«, sagte sie und wandte mir den Rücken zu.

»Es heißt Votze.« Sylvie drehte sich ebenfalls um. So wie ihre Schultern sich bewegten, mußten sie beide Tränen lachen.

Tatsächlich wischte sich Irene die Augen, als sie sich wieder umdrehte. Ich hatte schweigend abgewartet und schüttelte nur den Kopf.

»Entschuldigung«, gluckste sie, ohne mir in die Augen zu sehen, »es macht so Spaß.«

»Das muß ein bleibender Internatsschaden sein«, sagte ich versöhnlich. »Vielleicht hilft eine Therapie?«

»Wir fragen Regina.« Auch Sylvie hatte sich gefaßt und wieder umgedreht. »Vielleicht macht sie's uns billiger.«

»Sie macht's uns überhaupt nicht«, prustete Irene wieder los, und ich gab auf. Hier war nichts mehr zu retten. Man sah den beiden förmlich an, daß sie ihre inneren Kloaken nach besonders prachtvollen Schmuckstücken durchsuchten.

Bevor sie wieder fündig werden konnten, verzog ich mich ins Wohnzimmer, aber das Gekreisch und Gekicher aus der Küche stört mich beim Schreiben und hält in mir die Befürchtung wach, die Tür könnte aufgehen und ich müßte mir die Highlights der letzten halben Stunde anhören.

Ich mag nicht warten, bis die Gäste endlich kommen. Ich geh noch mal raus.

Im Treppenhaus mußte er Nicht-Alfons vor der Angriffslust zweier Yorkshire-Terrier schützen und nahm ihn auf den Arm. Die Hundekarikaturen wurden von einer mageren Blondine in die Wohnung gezogen, und Urs erhaschte noch einen Blick auf eine Eichenkommode und einen schnurrbärtigen Mann, der die Tür schloß.

Warum ist hier alles so perfekt, dachte er, warum erfüllt jeder das Klischee so hundertprozentig, daß er sich noch im Spiegel mit anderen verwechseln könnte? Die Macho-Lesben lassen die Muskeln spielen, das Ex-Model hat zwei Putzhunde, Eichenmöbel und einen Leutnantsbart, ein Blumenmädchen ist anmutig, ein Straßenmusiker zottelig und Yogi ist bestimmt ein demotivierter Lehrer, der seinen VW-Bus mehr liebt als die Schüler. So sieht er jedenfalls aus.

Er setzte sich in ein Straßencafé, bestellte Cappuccino und sah sich den späten Samstagnachmittag an, während Nicht-Alfons von Tisch zu Tisch zockelte und sich mit allen anfreundete. Hin und wieder fiel auch für Urs ein Lächeln ab, wenn er versuchte, den Hund vom Betteln abzubringen. Aber es war sinnlos, und die Leute konnten ebensogut für sich selber sorgen.

Wäre sein Plastikstuhl ein Sofa gewesen, er hätte einschlafen können, so wohlig versank er nach und nach im Klanggewirr der Stimmen ringsumher. Manchmal kam Nicht-Alfons und setzte ihm eine Pfote auf den Schuh, als wollte er sagen: Das ist meiner. Dem darf ich in die Hose beißen, wenn ich will.

Ein Junge sprühte Rasierschaum in die Löcher einer Sandsteinskulptur, die aussah wie ein in regelmäßigen Abständen perforierter Menhir. Urs überlegte, ob ihm die weißen Schaumknöpfe nun besser gefielen als die dunklen Bohrlöcher, da stürmte ein erboster Mann herbei, faßte den Jungen am Arm und schüttelte ihn. Der Junge ließ sich das stoisch gefallen und wartete, bis der Herr ihn fertiggeschüttelt haben würde. Tatsächlich hörte der nach kurzer Zeit auf und schaute ratlos umher. Eigentlich müßte jetzt die Polizei kommen und den Übeltäter verhaften. Statt dessen kam ein gutgekleidetes Ehepaar, der Herr in Loden und die Dame in etwas, das ihr weich von den Schultern fiel, und riß den Jungen an sich. Urs konnte den Wortwechsel nicht verstehen, aber er sah den erbosten Herrn auf die geschändete Skulptur deuten und den gutgekleideten arrogant abwinken. Dann trollte sich die Familie, und der Herr blieb allein mit ein paar Gaffern und seiner Entrüstung.

So unsympathisch ihm der empörte Mann zuerst gewesen war – er erinnerte Urs an den schlimmsten Lehrer der schlimmsten Schule –, so leid tat er ihm auf einmal angesichts der dümmlichen Arroganz des Lodenheinis, der nichts dabei finden konnte, daß sein Sohn ein Kunstwerk nach eigenem Gutdünken umgestaltete. Er sah sich schon aufstehen, zu dem Verteidiger der Kunst hingehen und ihn trösten. »Der Herr mag die Skulptur nicht«, hörte er sich sagen »die Skulptur hat keinen Arsch.« Aber mittlerweile war der Mann verschwunden und Urs fühlte ein Grinsen auf seinem Gesicht. Das ist Sirenes Einfluß, dachte er, eine halbe Stunde von ihrem Seemannsdeutsch und ich sage schon Arsch. Oder denk es immerhin.

Er grinste den ganzen Rückweg über, weil er sich nicht von der Vorstellung trennen konnte, er mache die Tür auf, die Wohnung sei voller Gäste und er rufe fröhlich in die Runde: »Hallo, ich bin Urs. Hat jemand vielleicht Lust, mir einen zu blasen?« Was würde Sirene dann tun? Bestimmt nicht mehr lachen. Und falls doch, dann ausnahmsweise mal nicht auf seine Kosten.

Die Wohnung war tatsächlich voll, und Urs verzog sich in einen Winkel der Küche, denn außer Sylvie und der schönen Frau mit Brille, die vor einigen Tagen zu Besuch gewesen war, kannte er niemanden. Irene kümmerte sich nicht um ihn. Er war kein Gast. Er gehörte dazu. Irgendwann verzog er sich auf den Balkon und schaute auf die leeren Fenster der Schule gegenüber.

»Bist du noch beleidigt?« fragte Sylvie und zog hinter sich die Tür zu. Ungefragt goß sie Wein aus der mitgebrachten Flasche in sein Glas.

»Wieso?«

»Weil wir die zotigen Weiber gespielt haben.«

»Nein. Ach was. Ich kenn das schon. Sie macht das mit mir, seit ich denken kann. Manchmal glaub ich, sie wälzt hin und wieder ein Lexikon, oder schreibt sich sonstwo die besonders fiesen Ausdrücke auf, bloß um sie mir bei passender Gelegenheit vorzusingen.«

Sylvie grinste: »Da könntest du recht haben.«

Sie trank einen Schluck und schaute versonnen durch die Glastür nach drinnen. »Ich entschuldige mich jedenfalls. Tut mir leid.«

»Ach was, wofür denn?«

»Na ja, ist ja fast schon ein sexueller Übergriff so was. Wenn ich mir vorstelle, ich müßte mir das andersrum anhören...«

Urs hielt sein Glas an ihres und ließ ihr einen Millimeter Platz, um anzustoßen. »Prost«, sagte er. »Vergeben.«

Offenbar hatte Sylvie nichts weiter gewollt. Sie wandte sich zur Tür, als diese aufging und eine Stimme sagte: »Ist hier noch Platz für uns oder müssen wir euch vertreiben?«

Es war Yogi, der die schöne Frau hinter sich herzog. »Mich mußt du nicht vertreiben«, sagte Sylvie, »ich geh freiwillig.«

»Halt. Du schuldest mir zweihundert Mark.«

»Wieso das denn?«

»Du hast mein Fahrrad verkauft.«

Sylvie sah Urs an, dann Yogi, dann lächelte sie amüsiert: »Im Ernst? Das war deins?«

»Mhm«, Yogi nickte wie ein Amerikaner mehrmals hintereinander mit dem Kopf.

»Die zweihundert hab ich reingesteckt.«

Yogi machte eine Handbewegung, die sagen sollte,

war eh nicht mein Ernst und wandte sich an Urs. »Kennt ihr euch? Regina, das ist Urs, Irenes Bruder.«

»Ja«, sagte Urs und nickte der Schönheit zu.

Sylvie, die schon mit einem Bein drinnen stand, drehte sich noch einmal um und schubste Yogi leicht am Oberarm: »Die Hochsitze in letzter Zeit, bist du das?«

»Wie kommst du bloß darauf?« Yogis Grinsen und die gespielte Entrüstung in seiner Stimme sprachen Bände. Deutlicher konnte man etwas nicht zugeben, ohne ja zu sagen.

Sylvie schüttelte den Kopf. »Was machst du, wenn sich mal einer den Hals bricht?«

»Schmeiß 'ne Party für die Hirsche und laß mich als Ehrenmitglied aufnehmen.«

»Du spinnst«, sagte Sylvie eindringlich. »Hör auf damit.« Und ging nach drinnen.

Nach einiger Zeit, in der sie schweigend am Geländer lehnten und auf die ausgestorbene Straße hinuntersahen, sagte Regina, die sich eine Zigarette angezündet hatte und das Streichholz noch in der Luft hin und her bewegte, obwohl es schon längst nicht mehr brannte: »Stimmt das? Sägst du die Hochsitze an?«

»Nicht mehr«, sagte Yogi, »ich hab Angst gekriegt, als der Typ sich den Haxen gebrochen hat.«

»Gut.« Regina entdeckte das Streichholz in ihren Fingern und warf es auf die Straße. »Sylvie hat nämlich recht.«

»Ach.« Yogi klopfte nervös mit drei Fingern auf das Geländer. »Die soll nicht so staatstragend tun. Ich kenn sie vom Strommastenumlegen. Da hat sie jedesmal gesagt, schon wieder die Landschaft um einen Phallus kürzer gemacht.«

Regina lachte.

Wieder schwiegen sie einige Zeit, bis Regina unvermittelt in die Nacht hinaussprach: »Ich träume manchmal von einem Hochsitz.«

»Hoffentlich hab ich den stehenlassen«, sagte Yogi und drehte sein Weinglas um, wie ein Zauberkünstler, der sich wundert, wo das Kaninchen bleibt.

Regina hatte ein kleines Lächeln auf dem Gesicht, und als ihr dies bewußt wurde, senkte sie den Kopf und ließ ihre Haare zwischen Urs' und Yogis Blicke und dieses Lächeln fallen.

»Gefällt dir Freiburg?« fragte sie nach einiger Zeit, und Urs nickte.

»Stimmt es, daß du mal bei Ulla Meinecke gespielt hast?«

»Nur im Studio«, sagte Urs, »als ihr Schlagzeuger mit jemand anders auf Tournee war. Und auch nur zwei Stücke. Woher weißt du das?«

»Von Irene. Sie ist stolz auf dich.«

Urs lächelte. »Ich auch auf sie.«

Yogi lächelte ebenfalls. »Kannst du auch.«

»Eine glückliche Familie«, sagte Regina.

»Der Rest.« Urs hörte selber, daß das traurig klang.

Er ging in die Küche und half Irene. Später ging er mit zwei Weinflaschen herum und schenkte den Gästen nach. Irgendwann setzte er sich zu einer Gruppe auf den Boden und versuchte, in ein Gespräch einzusteigen. Es ging um Ausländerfeindlichkeit. Er stellte eine Frage, später noch eine, aber ein Mann mit wirrem Haar hatte das Thema in wenigen Minuten an sich gerissen und dozierte eloquent und ausdauernd, bis jedermann in Hörweite zuerst verstummt, dann ermüdet und schließlich aufgestanden war, um sich anderswo zu beteiligen.

Urs nahm sich vor, Irene nach ihren Erfahrungen zu fragen. Er hatte noch keinen Skinhead gesehen und wollte so gern glauben, daß es hier keine gäbe. Aber aus der Zeitung wußte er, daß erst vor kurzem in der näheren Umgebung ein jüdischer Friedhof verwüstet und Feuer an Ausländerheime gelegt worden war. Ob nun mit oder ohne Skins, das hier war keine Insel.

Kurz nach ein Uhr morgens waren fast alle gegangen, nur Sylvie, Regina und ihr Mann, ein stiller, dunkelblau gekleideter Mensch mit ein paar grauen Haaren, räumten Geschirr und Gläser in die Küche. Auf dem Sofa schnarchte sturzbetrunken der Eloquente und rutschte langsam aber sicher immer näher an die Kante. Urs schob den Tisch weg, damit er sich beim Fallen nicht verletzen konnte.

»Den muß noch jemand entsorgen«, sagte er leise zu Irene, als Regina ihre Jacke von der Garderobe nahm.

»Räumt ihr noch Arndt auf?« fragte sie und Reginas Mann sagte seufzend: »Müssen wir ja.«

Sie hievten den verwirrt um sich blickenden Mann hoch und versuchten, ihn möglichst möbelschonend auf den Flur zu bugsieren.

Irene sah müde aus. Sie öffnete die Fenster in der ganzen Wohnung und startete die Spülmaschine. »Ich fall um«, sagte sie dann und zog sich im Gehen schon ihr T-Shirt über den Kopf. »Schlaf gut Bär.« Sie schloß die Tür hinter sich.

Der Nachgeschmack der Zahnpasta machte ihm Lust auf noch ein Glas Wein. Er fand eine angebrochene Flasche, schenkte sich ein und löschte das Licht in der Küche. Dann machte er sein Bett und zog sich aus. Er setzte sich auf den Balkon. Unten fuhr ein Range Rover aus der Tiefgarage. Ein Mann stieg aus und koppelte einen großen und offenbar schwer beladenen Anhänger an den Wagen. Urs hörte den Mann vor Anstrengung keuchen und leise fluchen, weil irgendwas nicht klappte. Komische Zeit für Transporte, dachte er, nachts um halb drei, und zog sich zurück in den Schatten. Auf Irenes Balkon mußte nicht unbedingt ein nackter Mann gesehen werden.

Er genoß die Stille und den warmen, manchmal in jähen kleinen Böen fauchenden Wind auf seiner Haut. Es war ein seltsames Gefühl, mitten in einer Stadt nackt auf einem Korbstuhl zu sitzen und sich von einem zärtlichen und fordernden Wind berühren zu lassen. Ein sehr schönes Gefühl.

In einem Fenster der Schule ging Licht an. Nein, es spiegelte sich nur dort. Das Fenster mußte im Haus nebenan sein. Eine Frau und ein Mann betraten das Zimmer und zogen sich aus. Gleich ziehen sie den Vorhang zu, dachte Urs, aber die Frau löschte das Deckenlicht, und er wollte sich schon enttäuscht zurücklehnen, da ging eine Nachttischlampe an, und er sah die Frau sich neben dem

Mann ausstrecken. Eine Zeitlang wälzten sich die beiden umher, lagen mal nebeneinander und mal übereinander, aber es dauerte nicht lang, bis der Mann oben blieb und sein Hintern sich in gleichmäßigem Rhythmus hob und senkte. Das Bild war leicht verschwommen, so als trüge Urs zwei Brillen voreinander, denn die Schule hatte Doppelfenster.

Das ist ja ein Klassefilm, dachte er, das will ich jeden Abend, und legte die Arme auf die Brüstung, als könne er besser sehen, wenn er einige Zentimeter näherrückte. Aber bald war klar, daß es bei der Missionarsstellung bleiben würde, und er lehnte sich wieder zurück. Das war kein Klassefilm. Ein hüpfender Männerhintern und eine gequetschte Brust, das war doch wohl ein bißchen wenig. Jetzt schmeiß ihn schon runter, dachte er und mußte lächeln. Los, reite ihn, tanz auf ihm, laß dich doch nicht einfach in die Matratze nieten, aber schon stemmte sich der Mann mit den Armen ab und warf den Kopf ins Genick.

Fertig, dachte Urs, schade, und nahm einen großen Schluck von seinem Wein. Jetzt ließ der Mann sich auf die Frau sinken. Ganz offenbar wurde nicht daran gedacht, auch für ihre Lust zu sorgen. Richtig, jetzt setzte sich der Mann auf, griff neben das Bett und suchte bestimmt nach Zigaretten. Die Frau stand auf, schüttelte ihr Haar und verschwand durch die Tür. Soviel zum Thema Klischee, dachte Urs und spürte, daß selbst das schon genügt hatte, ihn zu erregen. Das war ihm peinlich vor sich selbst, aber er lachte sich aus, als es ihm klarwurde.

Er sah den glühenden Punkt, den die Zigarette des Mannes jetzt in die Dunkelheit stach. Die Frau war zurückgekommen und hatte das Licht gelöscht. Vielleicht schlief sie schon. Wenn der Rauch der Zigarette sie nicht störte. Noch immer wurde Urs von diesen kleinen Böen in die Rippen geboxt, als wollten sie sagen, komm, jetzt werd nicht melancholisch. Du siehst doch, daß die Welt noch funktioniert. Sie treiben's noch, sie rauchen hinterher, es ist Samstagnacht und Vollmond. Sei nicht kleinlich. Nur weil du selbst niemanden hast, mußt du nicht für andere anspruchsvoll sein.

Tatsächlich, es war Vollmond. Als Urs nach oben sah, tauchte eben die dicke runde Scheibe über dem Dach auf. Der Wind trieb Wolkenfetzen vor sich her, und es wurde Zeit, nach drinnen zu gehen, denn in wenigen Minuten konnte der Balkon hell erleuchtet sein.

Nach einem Frühstück im Café radelten sie über Feldwege zu einem Baggersee. Irene ließ sich über die Gäste vom Vorabend ausfragen. Urs erfuhr, daß Regina Dozentin für Psychologie war, ihr Mann Schriftsteller, Yogi eine Art Privatier, der von einem geerbten Mietshaus lebte und so etwas wie der letzte Sponti war, daß Arndt sich immer so betrank und immer so viel redete, aber abgesehen davon ein liebenswürdiger und großherziger Mensch und überdies als Verlagsvertreter ein Star sei, daß Regina zehn Jahre lang seine Freundin gewesen war und eine Zeitlang mit ihm und dem Schriftsteller zu dritt gelebt hatte. Die anderen Gäste waren Buchhändlerkollegen gewesen, ein Klavierlehrer und zwei Schauspielerinnen vom Stadttheater.

»Wie heißt der Schriftsteller?« fragte Urs. »Der kommt mir irgendwie bekannt vor.«

»Allmann«, sagte Irene und stieg vom Rad. »Robbi Allmann.«

»Hat der mal Musik gemacht?«

»Keine Ahnung.«

Sie zogen sich aus und setzten sich auf die Decke. Irene rollte ihr Handtuch zusammen und legte den Kopf darauf. »Ich schwimm später vielleicht«, sagte sie, »bin so müde.«

Nicht-Alfons, froh, endlich aus dem Fahrradkorb entkommen zu sein, erkundete die nähere Umgebung. Er versuchte auch, die Gegend als Revier zu markieren, aber er markierte sich hauptsächlich selber, denn das Beinheben klappte noch nicht so, wie es sollte.

Als Irene eingeschlafen war, ging Urs ins Wasser. Das brauchte er jetzt. Ganz dringend. Er schwamm lange, vielleicht eine halbe Stunde, bevor er sich wieder auf den Weg zum Ufer machte, zu Irene, die schlafend und nackt seinen Schutz brauchte. Und wenn es nur Schutz vor Männerblicken war.

Vor fremden Männerblicken. Er durfte sie ansehen. Mit ihren siebenunddreißig Jahren war sie schöner denn je. Sie lag auf dem Rücken, und ihre Brüste fielen ein klein wenig zur Seite. Über ihren Bauch schwang sich eine sanfte Kerbe. Ihre Schamhaare waren die schönsten, die Urs je gesehen hatte. Ein dichter, dunkelblonder

Busch in Form eines Dreiecks, dessen Spitze zwischen ihren Beinen verschwand und dessen Seiten in einigem Abstand von den Kerben zwischen Oberschenkeln und Bauch verliefen. Man müßte dich malen, dachte er, schade, daß ich das nicht kann.

Lag das an dem Film gestern nacht? An der Privatvorführung, die ihn daran erinnert hatte, wie stumpf und leblos er die letzten Monate Tag für Tag nur umgeblättert hatte, ohne erwartungsvoll auf die nächste Seite zu schauen, weil er wußte, sie würde leer sein? Vielleicht war es auch dieser Nachtwind auf seiner Haut gewesen. Irgendwas war passiert, und er spürte wieder, daß er noch mehr wollte, als nur jeden Abend müde ins Bett fallen.

Vorsichtig nahm er Irenes Hand und küßte ihre Fingerspitzen, bevor er sich auf den Bauch drehte und den Kopf auf die Arme bettete, um ebenfalls zu schlafen. Sie machte eine kleine Bewegung mit den Schultern und brummte wie Nicht-Alfons, wenn er träumte.

Er wußte nicht, ob er geschlafen hatte, als er ihre Stimme hörte: »Trauerst du dieser Sonja noch nach?«

»Sarah.«

»Trauerst du ihr nach?«

»Nein. Ich glaub nicht.«

Eine Weile schwieg er, und sie fragte nicht weiter. Sie wußte, er dachte nach und brauchte Zeit, um nach den nächsten Worten zu suchen. Schon mit neun hatte sie manchmal zu ihm gesagt, ich hör, daß du denkst.

»Ich bin aus dem Gleis.« Seine Stimme war leise. »Es stimmt alles nicht mehr.«

»Was?«

»Das ganze Leben. Ich hab umgelernt mit ihr. Ich hab gelernt, nicht mehr im Offenen zu leben. Die ganze Zeit vorher hab ich im Offenen gelebt. Im Freien. Auf der Bühne, im Studio, auf Tour, in Kneipen, in Hotels, immer da, wo viele sind. Ich hab nicht gewohnt, ich hab nicht gekocht, ich hab nicht ferngesehen, ich war immer draußen. Da, wo die andern auch sind. Und dann, mit Sarah, na ja, so richtig fast verheiratet. Drinnen. Ich hab irgendwann plötzlich das Wort ›Ausgehen‹ verstanden.«

Irenes Arm kam zu ihm herüber, und sie streichelte seine Schulter. Ganz leise sagte sie: »Hast versucht, erwachsen zu werden.«

»Ja. Und jetzt müßte ich wieder jung sein und weiß nicht mehr, wie's geht.«

»Es geht auch nicht mehr. Weil jetzt nämlich andere jung sind.«

Sie schwiegen eine Weile. Irenes Finger spielten einen kleinen Flohwalzer auf seiner Schulter.

»Wir sind jetzt groß«, sagte sie dann, »wir leben drinnen.«

»Aber das zerreißt dich doch, wenn du allein bist.«

»Ja.«

»Sirene?«

»Ja?«

»Ich bin froh, daß du mich grad brauchst.«

»Ich auch.«

Nicht-Alfons schnaubte und stupste seine Schnauze zwischen Irenes Hand und Urs' Schulter.

»Schon klar«, sagte sie, »dich brauchen wir am allerdringendsten.«

»Gehst du gar nicht schwimmen?« fragte Urs.

»Nein. Ist so schön so. Ich laß mich von der Sonne streicheln.« Ihre Stimme war schon wieder schläfrig. »Wenn mich sonst niemand streichelt.«

Urs nahm ihren Arm und fuhr mit der Spitze seines Zeigefingers daran entlang.

»Gut?« fragte er.

»Schon«, die Schläfrigkeit in ihrer Stimme bekam einen anderen Ton. Rauher, tiefer, wie das Schnurren einer Katze. Einer großen Katze. »Aber nicht genau das, was ich meine.«

»Nicht genau da, wo du meinst?«

»Mhm.«

»Wir sind nicht genau da, wo das ginge.«

»Mhm.«

Er nahm seine Hand weg und schloß die Augen. Sie schauen alle nach dir, dachte er, sind alle scharf auf dich. Zwei Drittel aller Männer in Sichtweite würden ihrem Auto die Lichter eintreten für eine Nacht mit dir. Sie würden auf dich sparen, wenn sie dich für Geld bekämen, und du liegst da, bist einsam und so durcheinander, daß du dem Spatzen in der Hand einen Antrag machst.

Er stützte sich auf die Ellbogen und sah um sich. Tatsächlich senkten zwei Männer den Blick und sahen angestrengt woanders hin. Ein dritter setzte eine Sonnenbrille auf, und zwei hatten ihre Lektüre so vor sich liegen, daß sie jederzeit unauffällig davon aufblicken konnten. Direkt in Irenes Richtung. Keine einzige Frau sah her. Du bist umsonst so schön, dachte Urs, was für ein Fehlschuß. Er merkte, daß er sich ablenken wollte mit diesen Gedanken, sich selber ausreden, was Irene eben angedeutet hatte.

»Vergiß es, bitte«, mischte ihre Stimme sich leise in seine Gedanken, »oder nimm's als Kompliment.«

Er beugte sich wieder hinüber und küßte ihr Handgelenk. »Schon klar, Große«, sagte er, »du kennst doch meine ritterliche Beherrschung.«

»Ja, kenn ich.« Er hörte ihrer Stimme das Lächeln an.

»Sag, mal«, er legte sich wieder auf den Rücken und schloß die Augen, »soll ich dir eine aufreißen? Du zeigst mir, welche dir gefällt, und ich bring sie auf dem Silbertablett.«

»Quatsch.«

»Wieso? Das würdest du für mich doch auch tun, wenn ich dich darum bitte.«

»Willst du einen Mann?«

»Nein.«

»Na also.«

»Du weißt doch, was ich meine.«

»Ich will keine Aufgerissene.«

»Anspruchsvoll.«

»Natürlich.«

»Regina?«

Irene seufzte, und das war ihm Antwort genug. Er schwieg und stellte sich die beiden Frauen in liebesverrückter Umarmung vor. Das würde ich gerne voyeursmäßig begleiten, dachte er, und schämte sich gleich ein bißchen dafür. Aber nur ein bißchen. Die Gedanken sind frei.

»Weiß sie es?«

Irene seufzte wieder, aber als sie sich aufrichtete, klang ihre Stimme wach und alarmiert: »Nein. Und wehe, sie erfährt's. Paß bloß auf. Außer Sylvie und noch einer Frau weiß hier niemand, daß ich andersrum bin. Und ich will's auch nicht.«

»Sag, mal, was glaubst du denn?« Urs war beleidigt.

»Nichts, ich will bloß, daß du aufpaßt.«

Sie fuhren schnell und schweigend zurück in die Stadt. Der Mißton war noch nicht verklungen, als Urs die Räder in die Tiefgarage brachte. Er kam nicht mit hinauf in die Wohnung, denn er wußte, Irene brauchte Zeit. Statt dessen sah er sich im Kino zwei Filme an und ging dann noch für eine Weile in den Laden, wo er sich auf den Boden setzte und die erwartungsvolle Stille der leeren Räume genoß.

Die Wohnung war verlassen, als er zurückkam, aber sein Bett war gemacht, und auf dem Kissen saß ein kleiner struppiger Bär, den Irene seit ihrer Kindheit besaß.

Urs wachte einige Male auf, weil ihn das Fell des Bären in der Nase kitzelte, aber er konnte sich nicht entschließen, ihn aus der engen Umarmung zu entlassen.

An der Kaffeemaschine klebte ein kleiner gelber Zettel. Bin im Laden, Vertreterbesuch. Nicht-Alfons kommt mit. Urs schaltete die Kaffeemaschine ein und schlug die Zeitung neben seinem Teller auf. Er blätterte unkonzentriert durch den politischen Teil, Wirtschaft, Sport, Kultur und las einen Artikel im Lokalteil, in dem von Kostensteigerungen beim Bau des Kongreßzentrums die Rede war. KTS wurde es genannt, das klang wie eine Band der frühen Achtzigerjahre, hieß aber Kultur- und Tagungsstätte. Er hatte die Baustelle zwischen Bahnhof und Theater gesehen und gedacht, in Köln wäre da jetzt eine alte Römersiedlung aufgetaucht, und man müßte ein Museum im Keller einrichten. Wie beim Parkhaus am Dom. Da hätten sie schon gleich die Kultur.

Als er den schmalen Anzeigenteil aufschlug, wußte er, weshalb er so unkonzentriert las. Heute war Montag. Er konnte anrufen wegen des Schlagzeugs. Allerdings erst ab vierzehn Uhr.

Er holte das Bett beim Schreiner, Matratze und Bettwäsche bei Ikea und hatte schon all seine Sachen aus der Wohnung transportiert, als Irene kurz nach zwei in den Laden zurückkam. Er baute gerade das Bett zusammen, und hörte ihren Schlüssel in der Ladentür.

Sie hielt ein Bild in den Händen. Einen gerahmten Miro, sehr blau, mit einem schwarzen Strichgesicht und dicken roten Tränen.

»Für dich«, sagte sie, »zum Einzug.«

Er nahm es, hielt es gegen die Wand und streckte die Hand nach hinten aus, ohne sich umzusehen. Wie ein Chirurg sagte er dann »Nagel« und hörte sie lachen und nach nebenan ins Büro gehen.

Als das Bild hing, half sie ihm, sein Bett zu beziehen und warf sich dann mit ausgebreiteten Armen hinein. »Jetzt geht's los«, sagte sie glücklich, »Morgen kommen die ersten Bücher.«

»Und der Nachtwächter ist auch da«, sagte Urs.

»Ja?« sagte die Stimme am anderen Ende der Leitung.

»Ich rufe wegen dem Schlagzeug an, bin ich richtig?« Urs brauchte einen Moment, um zu reagieren. Dieses knappe »Ja« hatte ihn aus dem Konzept gebracht.

»Ja.«

»Ich will's ansehen, geht das?«

»Ja.«

Er wollte schon ärgerlich werden, da raffte sich die Stimme endlich zu einem vollständigen Satz auf. »Hast du'n Auto?«

»Ja.«

»Und jetzt in der nächsten Stunde Zeit?«

»Ja.«

»Dann hol mich doch im Babeuf ab. Wir müssen ein Stück fahren.«

»Wo?« Urs grinste. Jetzt hatte er den Part mit den knappen Antworten.

»Im Babeuf. Das ist eine Kneipe. In der Klarastraße. Kennst du das Café Einstein?«

»Nein.«

»Hm, da ist es jedenfalls daneben.«

»Ich find's schon. Ich frag mich durch.«

»Klopf an die Tür. Die Kneipe ist noch nicht auf. Ich bin drin und hör dich.«

»Bis gleich.«

Sympathische Stimme. Vor allem, als die ganzen Sätze dran waren. Eine helle Frauenstimme. Komisch eigentlich, seit wann verkauften Frauen ein Schlagzeug? Vielleicht ein Scheidungsrelikt? Die Stimme hatte jung geklungen. Keine Mutter, die den Augapfel ihres Sohnes zur Strafe für seine schlechten Zensuren verkloppt.

Er war eigens noch einmal in den Laden zurückgegangen, um sich von Irene den Weg erklären zu lassen. Trotzdem verfuhr er sich und landete vor der riesigen Baustelle der KTS. Das Babeuf lag hinter dem Bahnhof, und zur Zeit führte nur eine Straße unter den Gleisen hindurch. Die verpaßte er noch zweimal, aber schließlich fand er das Lokal und parkte auf einem Platz für Anwohner, weil er nicht riskieren wollte, noch einmal bis kurz vor die Kliniken zu fahren.

Das Mädchen, das auf sein Klopfen hin öffnete, hatte einen Lappen in der Hand und sagte »komm rein.« Sie hatte sich schon umgedreht, um vorauszugehen, da stutzte sie, wandte den Kopf und sah ihn an. Es war die Frau vom Wallrafplatz! Die Pfadfinderin, die für die Straßenmusiker kassiert hatte! Er lächelte, als er sah, daß sie ihn erkannte. Sie deutete mit der Hand, die den Lappen hielt, auf ihn, klappte einen Finger daraus hervor und sagte. »Du hast meine Tasche bewacht.« Sie lächelte breit und schubste mit der anderen Hand die Tür noch weiter auf.

»Ja.«

»Komm rein.«

Sie ging hinter die Theke und stellte die Musik leiser. Laurie Anderson, dachte Urs, guter Geschmack, aber den hat sie ja schon in Köln bewiesen.

»Ist das deine Kneipe?«

»Mittags von drei bis vier gehört sie mir, da putze ich sie. Willst du was trinken?«

Er sah, daß Kaffee in der Maschine war und deutete darauf. Sie goß ihm eine Tasse voll.

»Zucker? Milch?«

»Milch.«

»Ich brauch noch 'ne Viertelstunde, muß nur noch aufräumen und den Müll rausbringen, dann können wir los.«

»Ich helf dir.« Urs stand auf.

»Wenn du die Stühle runterstellst und die Klofenster zumachst, dann räum ich schon mal die Küche auf.«

Sie nahm die Kaffeekanne mit und verschwand hinter dem Küchenvorhang. Bevor er die Stühle in Angriff nahm, ging Urs zur Anlage und drehte die Musik lauter, weil gerade »The Dream before« anfing, eines der schönsten Stücke. Der Vorhang bewegte sich, und für einen Augenblick erschien ihr zustimmend lächelndes Gesicht.

Als er fertig war, nahm er einen herumliegenden Lappen und wischte die Theke. Sie kam mit einem blauen Müllsack, den er ihr abnahm und draußen in die Tonne stopfte.

Sie schloß die Fenster und ging zur Stereoanlage, drehte langsam die Lautstärke herunter, bevor sie ausschaltete, die CD herausnahm und in der Hülle verstaute, den Hauptschalter für das Licht umlegte und nach einer großen, vollen Handtasche griff. »Fertig«, sagte sie und ging zur Tür.

Am Stühlinger Kirchplatz dirigierte sie ihn nach links, aber er stoppte und fragte: »Geht's auch rechts rum?«

»Wieso?«

Er deutete auf ein großes Gemälde auf dem Asphalt vor ihnen. Eine grüne Fläche, übersät mit knallblauen, knallroten, knallgelben und weißen Krokussen. Es konnten auch Herbstzeitlosen sein. Am unteren Rand stand etwas geschrieben, aber Urs konnte es nicht entziffern. Das Bild war mit Kreide gemalt und nahm die gesamte Straßenbreite ein. »Ich hab Skrupel, drüberzufahren«, sagte er.

Sie lächelte: »Dreimal rechts. Nein, viermal, dann kommen wir auch hin.«

Sie fuhren zum Autobahnzubringer, den sie ein Stück stadtauswärts hinter dem Gaskessel wieder verließen, und immer weiter, bis keine Häuser mehr zu sehen waren.

»Was ist das, Mundenhof?« fragte Urs, nachdem sie schon zum zweiten Mal einem Schild mit diesem Namen gefolgt waren.

»Ein kleiner Zoo. Daneben wohn ich.«

»Im Zelt?« Sie waren umgeben von Wald und Wiesen, und die Stadt lag weit hinter ihnen.

»Fast.«

Eine Wohnwagenkolonie. Etwa fünfzehn Bauwagen und ein Bretterverschlag standen kreuz und quer auf einem von Büschen und Bäumen umsäumten Areal. Kinder und Hunde sprangen um eine rauchende Feuerstelle. Vor einem der Wagen saßen zwei Männer auf der Treppe und schälten Kartoffeln.

Urs fühlte sich seltsam. Als sei er in einem Fünfzigerjahrefilm gelandet, als brause gleich die Musik auf und bunte, kastagnettenschwingende Zigeunerinnen tanzten herein.

Sie ging auf einen gelb und hellblau gestrichenen Wagen zu, kramte einen großen Schlüssel aus ihrer Tasche und schloß auf. »Komm rein«, sagte sie und lächelte über sein verdutztes Gesicht.

Er verwandte nur wenig Aufmerksamkeit auf die Einrichtung. Es war gemütlich, alles mit dunkelroten Dekken und Stoffen drapiert, eine richtige Höhle mit einem kleinen arabischen Teetischchen, einer Propangaslampe, Sitzkissen, einer alten Seemannskiste und einem Bett. Aber all das registrierte er eher aus dem Augenwinkel, denn auf der anderen Seite stand das Schlagzeug und strahlte ihn richtiggehend an, so gut schien es in Schuß zu sein.

Es war dunkelbraun, hatte vier Becken, zwei Crashein Ride und ein Splash, zwei Hängetoms und ein Standtom, und ihn juckten die Finger, es auszuprobieren.

»Kannst ruhig spielen«, sagte sie. Seine Gedanken zu lesen war wohl nicht schwierig.

»Hast du'n Stimmschlüssel?« fragte er, und sie zog die Augenbrauen hoch: »Probier doch erst.«

Er zog zwei Stöcke aus dem Futteral an der Baßdrum und zögerte. »Was ist mit deinen Nachbarn? Kriegst du keinen Platzverweis, wenn ich hier Krach mache?«

»Spiel«, sagte sie.

Er ließ die Stöcke leicht auf jede Trommel und jedes Becken fallen, sah auf und bemerkte gerade noch, daß sie ihm etwas zuwarf. Einen Stimmschlüssel. Er reagierte zu langsam und mußte ihn vom Boden aufklauben. Sie grinste breit, als er das Fell des Standtoms mit sechs winzigen Rucken des Schlüssels höherstimmte.

»Das war ein Viertelton«, sagte sie, »nicht mal ganz ein Viertelton. Du bist anspruchsvoll.«

Sie verwirrte ihn. Das Schlagzeug war tatsächlich, bis auf diesen Viertelton, gut gestimmt gewesen. Außerdem hingen die Becken richtig, so, daß sie perfekt ausschwingen konnten. Sie ergänzten sich gut, das Ride-Becken war ein Meisterstück – das Ganze war mehr als zwölfhundert Mark wert.

Er spielte ein paar Rolls über die Toms, drehte dann den Teppich der Snare ein wenig lockerer und probierte verschiedene Grooves aus. Weil er sich beobachtet fühlte, spielte er nur sichere Sachen, nichts, was schiefgehen konnte. Er war ziemlich eingerostet, aber es war so schön, wieder zu spielen, daß er am liebsten sofort mit konsequentem Aufbautraining angefangen hätte, um spätestens in einer Woche wieder fit zu sein. Es lag sicher auch an dem Raum mit seinen vielen Decken, Stoffen und Kissen, daß alles, was er spielte, so gut klang.

Er war gerade in einen Shuffle verfallen und genoß es, sich selber zuzuhören, da drückte sie sich an ihm vorbei, zog zwei Stöcke aus dem Futteral und klingelte federleichte Paradiddeltriolen auf den Beckenglocken dazu. Sie lachte ihn an, und gleich gerieten sie in ein ausgefuchstes Frage-und-Antwort-Spiel. Was immer er ihr auf Hihat und Snare vorgab, kopierte, kommentierte oder ergänzte sie auf den beiden Glocken.

Sie spielte so gut, daß er Lust bekam, sie herauszufordern. Immer vertrackter wurden seine Vorgaben, und lange, lange hielt sie mit fast blasierter Lässigkeit mit, bis er sie endlich mit einer Quintole überfordert hatte. Sie lachte, ließ die Stöcke fallen und trat ihm blitzschnell auf den Fuß, so daß er mit den Baßdrumschlägen aus dem Takt kam.

Die Tür wurde aufgerissen, und eine rothaarige Frau mit Rastalocken keifte wütend herein. Bevor sie noch recht die Worte verstanden hatten, war die Tür schon wieder zu und das wutverzerrte Gesicht verschwunden. Urs steckte die Stöcke zurück ins Futteral und stand auf.

»Wie heißt du?« fragte er.

»Marie.«

»Nur Marie? Bist du Französin?«

»Nein«, sie lachte und schüttelte den Kopf. »Es war mal Annemarie, aber ich hab's abgekürzt. Und du.«

»Urs.«

»Urs?«

»Ja.«

»Boehler?«

»Ja?«

»Du warst mein Vorbild. Stahlwerke Boehler.« Sie strahlte ihn an und schnipste mit dem Mittelfinger auf seinen Oberarm. »Heh«, sagte sie, »das ist mir eine Ehre.«

Sie kochte Tee auf einem kleinen Propangaskocher. Urs war verwirrt und ein bißchen verlegen. Daß sie ihn kannte und sogar bewunderte, oder zumindest mal bewundert hatte, gefiel ihm natürlich, es schmeichelte ihm, aber es störte auch die Selbstverständlichkeit, und er fühlte sich beobachtet, so, als müsse er sich irgendeines Status', irgendeiner Würde entsprechend verhalten.

Quatsch, dachte er, vergiß es, und versuchte, sich auf etwas anderes zu konzentrieren. Zum Beispiel ihr Aussehen. Ihre Haare hatten einen kastanienbraunen Ton, ganz ähnlich wie das Schlagzeug übrigens, ihre Augen waren dunkel, sicher braun, und sie hatten etwas Mausiges, Knopfiges, Lebendiges, als könnten sie überall gleichzeitig sein. Wie dicht die buschigen Brauen beieinanderstanden, bemerkte er erst jetzt. Es erinnerte ihn an Frida Kahlo. Sie war hübsch, oder schön auf eine Art, die keine Fernwirkung hat, die nur sieht, wer sich auf das Gesicht konzentriert. Wenn sie lachte allerdings, dann ging das Licht an, das hatte er in Köln gesehen.

Sie wirkte jetzt, da sie im Halbdunkel des Bauwagens mit dem Teegeschirr hantierte, kein bißchen verschlafen, nur etwas Schusseliges, Junges, war in ihren Bewegungen. Als hätte sie noch keine Routine mit den Alltagshandgriffen, als müsse sie noch mitdenken, vielleicht jede Bewegung mit gedachten Selbstgesprächen kommentieren.

»Drehst du dich mal um?« fragte sie, nachdem sie zwei

Tassen auf das Teetischchen gestellt hatte. »Ich will mich umziehen.«

»Ich müßte sowieso mal aufs Klo«, sagte er. »Wenn du mir sagst, wo das ist?«

»Richtig oder Pinkeln?«

»Pinkeln.«

»Einfach hinterm Gebüsch. Egal wo, bloß außerhalb der Wagenburg.«

Die Sonne blendete ihn, und er wäre fast von der Treppe gefallen, weil er einen viel zu großen Schritt machte. Er ging hinter dem Wagen an den Büschen entlang und suchte einen Durchgang, denn er wollte nicht übers ganze Gelände stiefeln. Er schob sich durchs Unterholz, weil er helles Grün blitzen sah, und kam auf der anderen Seite direkt neben einem Haufen aufeinandergestapelter junger Nadelbäume heraus, deren Wurzeln mit Stoff umwickelt waren. Es mochten etwa fünfzig Bäumchen sein, der Stapel ragte ihm bis über den Kopf. Die können Flüssigkeit brauchen, dachte er sich, und ging um die Ecke.

»Eh, geh weg«, sagte eine Stimme, und ihm wurde klar, daß er direkt neben einer Frau stand, die, die Jeans in den Kniekehlen, vor den Bäumchen hockte.

»Entschuldigung«, stammelte er und verzog sich schnell. Sie hatte nicht zu ihm aufgesehen, aber er kannte die roten Rastalocken. Er ging so weit um die Wagenburg, daß sie ihn nicht mehr sehen würde.

Marie trug ein enganliegendes schwarzes Trikotkleid. Vielleicht war es auch ein viel zu langes T-Shirt. Er überlegte, ob sie sich extra für ihn so verführerisch zurecht machte. Nein. Unsinn. Sie wollte einfach ihre Putzjeans ausziehen, was denn sonst. Er trank den Tee und versuchte, seine Augen nicht tiefer als bis zu ihren Schlüsselbeinen wandern zu lassen. Das war schwierig.

»Nimmst du das Kit?« fragte sie.

»Sofort. Wenn du es wirklich hergeben willst. Ich find's ein ziemliches Schmuckstück.«

»Ich will's hergeben.«

Ihre Antwort klang falsch. Der Ton sagte »ich muß«, nicht »ich will«.

»Weil du hier nicht üben kannst?«

»Auch«, sagte sie, »aber ich hab's auch satt. Ich bin da raus und will nicht wieder rein.«

Eine Weile schwieg sie, als horche sie den eigenen Worten hinterher und prüfe sie auf ihren Wahrheitsgehalt. Dann fügte sie noch hinzu. »Ist nichts für erwachsene Leute.«

»Wie erwachsen bist du denn?«

Sie lächelte: »Siebenundzwanzig.«

Er lächelte auch: »Ich hab vor vier Jahren aufgehört. Und jetzt halt ich's auf einmal nicht mehr aus. Ich will wieder spielen. Und wenn's nur im Keller für mich selber ist.«

»Das blüht mir dann ja vielleicht auch«, sagte sie leise. Aber sie zuckte dazu mit den Schultern, als käme es darauf nicht mehr an.

Während sie gemeinsam das Schlagzeug abbauten und im Wagen verstauten, erfuhr Urs, daß sie ein paar Jahre lang als Profi unterwegs gewesen war. Unter anderem auch bei Herwig Mitteregger.

»Da hab ich dich gehört«, sagte er, »in Hamburg. In der Fabrik. Aber du warst blond.«

»Stimmt genau«, sie grinste. »Ende achtundachtzig war ich blond.«

»Ich fand dich gut.«

»War ich auch.« Sie holte ihre Tasche und schloß den Wohnwagen ab. »Aber ich war keine Ruth Underwood und keine Bobbie Hall, und selbst wenn, kein Mensch braucht so was. Hier nicht. Hier bist du eine Verzierung. Was fürs Fernsehen, zum Aufmerksamkeit-Erregen.«

»War das Herwigs Grund, meinst du?«

»Ich glaub schon. Eine Frau am Schlagzeug. Geil. Ist ja fast noch besser als ein Neger bei der Blasmusik.«

»Ach komm, du bist vielleicht ungerecht.«

»Vielleicht.« Sie schlug die Autotür zu. »Aber vielleicht auch nicht.«

Die erste Nacht im neuen Zimmer. Ich bin aufgeregt. Nicht wegen des Zimmers – wie oft habe ich schon Zimmer und Wohnungen gewechselt – auf jeden Fall mehr, als ich mit Frauen zusammen war, nein, es ist dieses Gefühl, wieder angekommen zu sein, endlich wieder hinter Fellen und Becken zu sitzen. Ich habe drei Stunden gespielt, und obwohl der Keller dröhnt und alles grell und laut nach Heavy-Pop klingt, habe ich Musik in meinem Kopf gehört und mir vorgestellt, ich säße in der umbrausten Einsamkeit eines Lichtdoms auf meinem Podest und pumpte einer guten Band das Blut in die Adern.

Jetzt, in meinem Zimmer, nach einem weiteren Versuch, den »Fänger im Roggen« zu lesen, um wieder runterzukommen von meinem rhythmischen Hyperventilieren, wird mir auch klar, daß es nicht ums Jungsein geht. Es ist was anderes: Etwas tun, was nur ich allein so tue, nicht einen Job erledigen, der Geld bringt, und den jeder, der sich auskennt, gleich gut machen würde, sondern ein lebendiges Wesen erschaffen. Musik ist ein Wesen, in das man sich verliebt oder nicht, das man besucht, verläßt und womöglich adoptiert – es lebt und hat sein eigenes Gesetz.

Auf einmal wird mir klar, daß ich ohne Musik nicht leben kann. Ganz egal, in welcher Form ich sie mache, ob als Profi oder überqualifizierter Amateur; es ist sogar egal, ob ich nur hier in diesem Keller trommle, Hauptsache, ich trommle und bleibe nicht so leer und überall fehl am Platz wie in den letzten vier Jahren.

Marie tut mir leid. Sie hat sich gezwungen, aufzuhören. So wie ich damals, als ich es auf einmal nicht mehr auszuhalten glaubte mit all den wortlosen Musikern und dieser ganzen stumpfen und denkfaulen Szene. Plötzlich empfand ich die Popmusik als riesengroße Umweltverschmutzung, fiel mir auf, daß man fast nirgendwo mehr freiwillig Musik hört und vor allem nirgends Stille. In jeder Kneipe, im Klo, im Flugzeug, am Strand, im Supermarkt, wo immer ich war, wurden die Originalgeräusche mit Musik vermengt. Und ich war einer der Täter gewesen. Einer der Erzeuger.

All das interessiert mich jetzt nicht mehr. Ich bin wieder zu Hause, das ist alles, was zählt. Und mir geht auf, daß meine Abneigung gegen akustische Umweltverschmutzung und jeder Einwand, den ich auf einmal gegen die Popmusik hatte, nur dazu gut war, mich vor Heimweh zu beschützen.

Als ich den Wagen geparkt hatte und mit Marie zur Bank ging, sah ich, wie sie noch einen Blick auf ihr Schlagzeug warf. Ich hätte sie am liebsten in den Arm genommen und gesagt: behalt's doch, ich such mir ein anderes. Aber ihr Kummer ist mein Glück, und ich wollte in Wirklichkeit nichts weiter, als schnell nach Hause, aufbauen und loslegen. Und die sinnlos verplemperten letzten vier Jahre meines Lebens aufholen.

Er legte das Notizbuch zur Seite und ging noch einmal in den Keller. Da er nicht wußte, ob über Heizungsrohre oder Luftschächte vielleicht Lärm in irgendeine Wohnung dringen konnte, nahm er sich zusammen und spielte nicht mehr. Er sah das Schlagzeug nur an – bis er fror.

Die folgendenden Tage waren heiß und blau, aber Urs und Irene hatten wenig Zeit, sich unter freiem Himmel aufzuhalten. Täglich kamen Bücher und mußten ausgepackt werden, sortiert, mit Preisen ausgezeichnet und Laufkarten versehen, dann wurden sie, nach Sparten geordnet, in die Regale eingereiht, in ein sich ständig verschiebendes Alphabet.

Wenn Urs nicht im Laden gebraucht wurde, rieb er Folienbuchstaben ab auf schmale rosa Schildchen, die die losen Zettel ersetzen sollten, auf denen jetzt noch die Sachgebiete standen. Er holte die Kasse, kaufte Stoff für die Auslage, malte zwei Schilder für die Schaufenster »Eröffnung demnächst« und versuchte, wie er es bei Sylvie bewundert hatte, das Richtige zu tun, bevor ihn Irene darum bat. Hin und wieder gelang es ihm, und er freute sich über ihr anerkennendes Brummen.

Manchmal, wenn keine oder nur wenige Bücher ankamen, waren sie zur Untätigkeit verurteilt. Das heißt, nur Urs, dessen Mangel an buchhändlerischem Wissen seine Nützlichkeit beschränkte. Irene hatte immer was zu tun.

Zweimal war er an solchen Nachmittagen schon zum Babeuf gegangen, denn er wollte Marie einladen, ihr Schlagzeug zu besuchen. Ihre Augen beim letzten Blick durchs Heckfenster des Kombis waren in seiner Erinnerung immer größer geworden, dieser Blick unter den buschigen Brauen hervor verfolgte ihn schon, aber niemand hatte reagiert auf sein Klopfen an der Kneipentür, und kein Geräusch war von drinnen zu hören gewesen.

Einmal fuhr er zur Wagenburg, die er erst nach längerem Suchen fand, aber auch dort klopfte er vergeblich an die Fensterläden. Ein junger Mann, den er nach Marie fragte, zuckte nur desinteressiert die Schultern.

Manchmal glaubte er sich selber, dieser Blick sei es gewesen, dieser Blick verpflichte ihn, Marie den Abschied zu erleichtern. In Wirklichkeit wollte er sie wiedersehen, und ihr offensichtlicher Trennungsschmerz war ein guter Vorwand.

Schließlich ging er abends zum Babeuf, um zu fragen, wann sie wieder putzen würde. Auf dem Weg dorthin sah er das mittlerweile stark verblaßte Bild wieder. Die Inschrift darunter lautete: »May she will stay, resting in my arms again.« May she will stay? Was war denn das für ein seltsames Englisch? Mag sie wird bleiben? Er ging diesmal nicht um das Bild herum, sondern geradeaus darüber hinweg, denn auf seine Schritte kam es jetzt auch nicht mehr an.

»Ist nicht da«, sagte der Mann hinter der Theke.

»Wann wieder?«

»Die Woche nicht mehr. Hat frei.«

Das ist wohl hier der Wortkargentreff, dachte Urs und ging, nach einem kurzen Blick in die Runde. Er beschloß, am nächsten Morgen noch einmal zur Wagenburg zu fahren und dort einen Zettel zu hinterlassen. Dann sollte sie sich melden, wenn sie wollte. Schließlich mußte er ihr ja nicht nachlaufen wie ein verliebter Schuljunge, oder?

Er ging durch den Bahnhof zurück. In der Unterführung, die nach Bier, Urin und nassem Staub stank, lärmten zwei angetrunkene Fußballfans, und er sah im tristen gelben Licht neben einem der Fahrpläne an der Wand ein weiteres Bild mit Krokussen. Er stutzte und blieb stehen, um es in Ruhe zu betrachten. Es war vom selben Maler, da gab es keinen Zweifel. So groß wie der Fahrplan, mit Kreide auf die Kacheln gemalt, die Krokusse blau, weiß, rot und gelb, der Hintergrund grün, in den gleichen fröhlichen Spielzeugfarben, wie das auf der Straße am Kirchplatz. Diesmal stand, gut lesbar am unteren Rand die

Zeile: »July she will fly and give no warning to her flight.«

»May she will stay« hatte also den Monat Mai gemeint. Ob es für jeden Monat ein Bild gab? Irgendwo in der Stadt? Aber man würde ohnehin nur die letzten finden, die Halbwertzeit von Kreidebildern ist gering.

Die beiden Fußballfans waren zu einem der Gleise abgebogen, und Urs beeilte sich, aus der engen Unterführung nach draußen zu kommen. Vor dem Bahnhof wandte er sich nach rechts, er wollte sehen, ob im Jazzhaus irgendwas los war.

An der Großbaustelle parkten zwei alte Hanomag-Laster, auf deren Ladeflächen eine Gruppe junger Männer und eine Frau stand, die kleine Tannen, eine nach der anderen über den Bauzaun warfen. Es begann zu regnen, und Urs wollte gerade seinen Schritt beschleunigen, als ihm die Bäumchen bekannt vorkamen. Er blieb stehen. Aber ja! Das waren die von der Wagenburg! Jedenfalls die Menge und Größe der Bäume schien ihm gleich. Er sah sich die Leute genauer an und entdeckte Yogi.

Der hatte auch ihn erkannt. »Willst du helfen?« rief er, »dann pack an.«

»Ja«, sagte Urs und ging zu der Gruppe. »Worum geht's?«

»Alle Bäume über den Zaun und dann da hinten hin«, sagte Yogi und deutete auf die Mitte der Baustelle. Dabei ließ er die Augen unruhig hin und her schweifen, als rechne er mit unangenehmen Überraschungen.

Urs kletterte über den Zaun, nahm ein Bäumchen und

erkannte die Rothaarige mit den Rastalocken wieder, als er es mit ihr zur Baugrube trug.

»Was gibt das denn?« fragte er.

»Eine Tannenschonung.« Die Frau grinste ihn an.

»Hübsch«, sagte Urs und grinste auch.

Jetzt fiel der Regen in Strömen. Yogi, der an ihnen vorbeikam, sagte: »Klasse, das Wetter macht mit« und zog sich eine Kapuze über den Kopf.

Sie waren zu neunt und arbeiteten in großer Eile. Es wurde so gut wie nichts geredet, nur hin und wieder, wenn jemand ein Werkzeug tauschte, oder einem anderen im Weg stand, fiel ein Wort oder ein knapper Satz. Nach wenig mehr als einer Stunde hatten sie inmitten der Baugrube eine akkurat in Reihen gesetzte Baumschule aufgemacht. Genau vierundsechzig junge Bäumchen standen jetzt in Achterreihen und bildeten ein sauberes Quadrat. Urs war klatschnaß.

Die beiden Lastwagen waren verschwunden. Yogi winkte einem Ford Transit, der ohne Licht heranfuhr und sie warfen ihre acht Spaten und vier Spitzhacken auf die Ladefläche. Die Rothaarige stieg ein, und der Wagen fuhr an. Urs hatte die Frau nach Marie fragen wollen, aber jetzt war es zu spät.

Alle übrigen schwangen sich auf Fahrräder, die am Bauzaun lehnten und strampelten in verschiedene Richtungen davon. Yogi grinste breit und griff nach dem letzten verbliebenen Rad. »Das hat mal wieder generalstabsmäßig hingehauen«, sagte er zufrieden und zog sich die

Kapuze vom Kopf. Der Regen hatte aufgehört. »Willst du was trinken?«

Yogi schob sein Rad, und sie gingen zu einer Kneipe in der Nähe.

»Bestell mir ein Bier«, sagte Yogi, »ich muß noch telefonieren.«

Er kam zurück und trank durstig das halbe Glas leer, klopfte mit der flachen Hand auf die Theke und sagte: »Danke fürs Helfen. Das war deine gute Tat für heute.«

»Direkt im Auftrag der Baufirma war das aber nicht, oder?«

»Nicht direkt, nein.«

»Und wenn die Bullen jetzt morgen früh vor deiner Tür stehen und was von Hausfriedensbruch murmeln? Oder Baustellenfriedensbruch?«

»Diese ganze verbonzte Kultur- und Tagungsstätte ist ein einziger riesengroßer Stadtfriedensbruch«, sagte Yogi, »und seit wann ist Bäumepflanzen was Böses? Prost.«

Er trank aus und sah sich nach dem Kellner um. »Außerdem findet mich morgen früh kein Bulle, weil ich nach England fahre.«

»England?«

»Ja. Kornkreise machen. Die Saison hat begonnen.«

»Im Ernst?« Urs konnte nicht ganz glauben, was er da hörte. »Machst du wirklich Kornkreise?«

»Mhm. Meine sind die schönsten. Ich kann dir ja mal paar Fotos zeigen. Die einschlägigen Fachpublikationen sind voll mit meinen Werken.«

Urs lachte und schüttelte den Kopf. »Du verarschst mich doch, oder?«

»Nein«, Yogi wedelte mit dem leeren Glas in der Luft herum, »glaubst du, ich halt dich für blöd?«

Urs zuckte nur mit den Schultern.

»Ach, was soll's, ich hab eh keine Zeit mehr.« Yogi stellte sein Glas ab. Er zog einen Zehnmarkschein aus der Tasche und legte ihn auf die Theke. »Ich muß los.«

Urs schob das Geld zurück unter Yogis Finger. »Laß, ich lad dich ein.«

»Na gut«, sagte Yogi und steckte den Schein weg. »Danke noch mal. Morgen stehst du in der Zeitung. Das heißt natürlich am Montag. Morgen gibt's ja keine Zeitung. Und wie sich's prima trifft, auch keine Bauarbeiter, die unseren schönen Babywald vor der Zeit wieder niedermachen können.« Er klopfte auf den Tisch. »Grüß deine Schwester, ich drück ihr die Daumen für den Laden. Ab September bin ich ihr Stammkunde.«

»Glaub ich sofort«, sagte Urs. »Mach's gut und iß keine Kuh mit BSE.«

»Bin eh Vegetarier«, sagte Yogi und ging. An der Tür drehte er sich noch einmal um und rief: »Von Gemüsewahnsinn hat noch keiner was gehört.«

Alle Augen waren Yogis Blickrichtung gefolgt und starrten jetzt auf Urs, denn jeder wollte wissen, wem dieser kryptische Satz gegolten hatte. Ihm wurde unwohl, und er bezahlte und ging. Sein Weinglas ließ er halbvoll stehen.

Vor dem Lokal lehnte ein Mann an der Wand und erbrach sich direkt neben die Tür. Urs ging schnell um ihn herum und hörte das Mädchen, das den Mann stützte, in breitem Schwäbisch sagen: »So isch's recht. Du du no schee Bröckele lache.«

»Was ist denn mit dir passiert?« fragte Irene, als er vorsichtig, mit den Schuhen in der Hand, einen Schritt in die Wohnung machte.

»Ich hab gelandschaftsgärtnert.«

»Landschaftsgegärtnert?«

»Oder so.«

»Berge versetzt«, sagte sie, »mindestens. So, wie du aussiehst.«

Sie knöpfte seine Jacke auf und brachte sie ins Bad. Dann verlangte sie die Hose, und er zog sie aus, leerte die Taschen und nahm den Gürtel ab. Sie öffnete die Waschmaschine und drehte das Wasser der Badewanne auf. »Werd erst mal das nasse Zeug los«, sagte sie, »sonst bist du morgen krank.«

»Du bemutterst mich«, sagte er leise und zog sich nackt aus. Sie nickte nur lächelnd und stopfte die nassen Sachen in die Maschine.

Urs ging in die Küche, nahm ein Glas aus dem Schrank und fühlte sich seltsam, ein bißchen lächerlich, ein bißchen gerührt, wie er da, nackt und von Irene herumkommandiert, nicht wußte, wohin mit sich selbst. Er goß Rotwein aus der halbvollen Flasche in sein Glas. Ihn fror.

Er lehnte an der Küchenzeile, denn auf die kalte Sitzfläche eines der Stühle wollte er sich nicht setzen.

»Was hast du denn *wirklich* gemacht?« rief Irene aus dem Bad, und er hörte, wie die Waschmaschine startete.

»Darf ich nicht verraten. Hab ich versprochen.«

Sie stand in der Tür und hielt ihm einen Bademantel hin. »Du siehst jedenfalls aus, als hätte man dich erst ein- und dann wieder ausgegraben. Und zwar in der Mitte eines reißenden Flusses.«

Er nahm das Glas mit ins Bad und streckte sich in der Wanne aus. Irgendwann, er wußte nicht, wie lange er so dagelegen und innerlich schmunzelnd über die Baumpflanzaktion auf der Baustelle nachgedacht hatte, streckte sie den Kopf herein und reichte ihm die Weinflasche.

»Danke«, sagte er und schenkte sich nach. Er hörte, daß sie im Wohnzimmer den Fernseher einschaltete, und das melodische Murmeln der Stimmen irgendeiner Talkshow schläferte ihn ein.

Er wachte auf, weil er ein schmerzhaft lautes Plätschern hörte. Das Badewasser war abgekühlt, und er schauderte, als er eine kleine Bewegung machte.

»Oh, ich hab dich aufgeweckt«, sagte Irene, die neben ihm auf dem Klo saß. »Tut mir leid. Ich dachte, ich kann heimlich pinkeln, ohne daß du's merkst.«

»Spätestens die Spülung hätt ich gehört«, sagte er und stand auf, um sich abzutrocknen. »Ich hab richtig geschlafen.«

»Und wie richtig. Du liegst da seit anderthalb Stunden.« Sie stand auf, betätigte die Spülung, zog die Jeans hoch und schloß nur deren obersten Knopf. »Ich hab dir's

Bett gemacht im Wohnzimmer. Kannst gleich weiterschlafen.«

»Ohne meinen Bär?«

»Muß ich auch.«

Sie küßte ihn auf den Mund und knipste das Licht aus, als er die Decke über sich zog.

Er war schon fast wieder eingeschlafen, als ihm plötzlich auffiel, daß der Hund fehlte.

»Wo ist Nicht-Alfons?« rief er halblaut, und Irene antwortete: »Mit Sylvie in der Schweiz. Fahrräder retten. Schlaf.«

Er träumte: Eine Wohnung, die er nicht kannte und die Stimmen Sarahs und ihrer Mutter aus der Küche. Er durfte das Zimmer nicht verlassen, fühlte sich schlecht behandelt, war wütend und unglücklich. Sarah und ihre Mutter lachten. Über ihn? Es war Nacht. In seinem Zimmer brannte nur eine Kerze, bei deren Schein er versuchte, einen Brief zu schreiben. Bisher hatte er nur die Anrede. Liebe Sarah, stand da und ein Komma dahinter, sonst nichts. Für einen Moment wurde es hell im Zimmer und Sarahs kleine Schwester schlüpfte zur Tür herein. Sie starrte ihm kurz in die Augen, als suche sie dort ein Zeichen, von dem alles Weitere abhinge, und dann, als habe sie dieses Zeichen gefunden, sagte sie: »Schnell, wir haben keine Zeit«, drehte sich zum Schreibtisch, beugte sich darüber und hob ihren kurzen schwarzen Rock. »Mach, beeil dich.« Er war nackt und gehorchte ihr. Sie hatte die Ellbogen aufgestützt und ihre Brüste fielen weich in seine Hände. Sie gab kleine, tiefe Brummlaute von sich, deren Amplitude sich immer zum Ende hin steigerte. Er spürte die Kühle ihrer Haut an seinen Lenden, und schon zog sich alles in ihm zusammen, da hörte er sie sagen: »Das war immer ich, immer ich, nie Sarah, immer ich«, und auf einmal war Licht im Zimmer und Sarah stand lachend in der Tür und rief, «Mama komm mal, das mußt du gesehen haben.« Er war gelähmt vor Schreck und Peinlichkeit und stand starr, ohne sich zu rühren, während Sarahs Schwester unbekümmert mit ihren kleinen Bewegungen und Lauten fortfuhr. Neben Sarah erschien Marie und sagte: »Ich weiß nicht, was daran so komisch sein soll.« Er wachte auf.

Eine Zeitlang war noch alles an ihm steif und entsetzt, aber dann lockerten sich seine Muskeln, und er stellte sich ans Fenster. Es dauerte eine Weile, bis die Anspannung allmählich aus seinem Körper wich. Es war vier Uhr.

Das gegenüberliegende Fenster war leer. Ich hab den Film verpaßt, dachte er, Samstagabend, heute hätte es eigentlich wieder Kino geben müssen. Er lag noch lange wach.

Zudringliches Klingeln an der Tür weckte ihn, und er hörte Irenes Schritte im Flur. Männerstimmen im Wechsel mit Irenes, die eine Zeitlang redete und dann rief: »Urs, kommst du mal?«

Er zog sich den Bademantel über, sah auf die Uhr – es

war Viertel nach acht – und erschrak, als er zwei Polizisten in der Tür stehen sah. Die Baumpflanzaktion!

»Ja?« sagte er, und es klang kleinlauter, als er wollte.

»Ob du vielleicht unsere Nachbarn von unten mal gesehen hast?« fragte Irene mit amüsiertem Lächeln. »Sie sind heimlich ausgezogen.«

»Nein«, sagte Urs, »vor einer Woche das letzte Mal, wieso?«

Der Mann hatte eine betrügerische Pleite hingelegt. In seinem Geschäft für Büroelektronik hatte er so lange Waren verkauft, bis die Lieferanten endlich ihr Geld sehen wollten, und war dann einfach verschwunden. Die Konten leer, die Geschäftsräume voller Verpackungsmaterial, und in der Wohnung kein einziges Möbelstück.

»Das hätt ich dem nicht zugetraut«, sagte Urs, »der sah so spießig aus.«

»So sehen die immer aus«, sagte der eine Polizist. »Vielen Dank. Falls Ihnen noch irgendwas einfällt, das uns helfen könnte, bitte rufen Sie auf dem Revier an.«

»Das ist ja 'ne richtige Großstadt hier«, sagte Urs, als die Tür hinter den beiden Beamten zugefallen war.

»Na, was denkst du denn. Schließlich ist der SC in der Bundesliga.«

»Seit wann interessierst du dich für Fußball?«

»Gar nicht. Bist du wach?«

»Ja.«

»Komm, wir machen Frühstück.«

Der Platz war leer, die ganze Wagenburg verschwunden! Nur noch braune Flecken abgestorbenen Grases und tiefe

Reifenspuren zeugten von der bunten Kolonie. Kein Fitzelchen Müll war zu sehen. Und natürlich auch keins der Bäumchen. Deprimiert fuhr Urs in die Stadt zurück. Das regnerische Wetter paßte zu seiner Stimmung. Er verkroch sich im Keller und baute aus Kartons zwei schalldämmende Wände, dann trommelte er und hörte erst auf damit, als er fürchtete, seine Sehnenscheiden und Gelenke zu überfordern.

Am späten Nachmittag schrieb er einen Brief für Marie, den er abends im Babeuf hinterlegte. Darin lud er sie ein, ihr Schlagzeug zu besuchen, wann sie wolle. Er bot ihr praktisch an, es mit ihr zu teilen. Sie könne üben, schrieb er, wann sie Lust hätte, müsse es nur mit ihm absprechen. Hoffentlich war sie nicht zu stolz oder zu desinteressiert, um sich zu melden.

Wo ist eigentlich Sirenes freche Schnauze geblieben? Sie hat schon tagelang keine Obszönitäten mehr abgelassen. Wenn ich daran denke, wie sie früher keine Gelegenheit verpaßte zu sticheln und mich vorzuführen, dann kommt es mir gespenstisch vor, wie lieb und wohlerzogen sie auf einmal ist. Hat sie ihren alten Schwung verloren? Ist sie so unglücklich? Warum findet sie keine Freundin? Die Frauen müßten sich doch um sie reißen. Gibt es denn hier keine Szene? Die Stadt ist groß, hier muß es doch Hunderte lesbischer Frauen geben. Ist es das Alter? Und bei mir? Es gibt hier Tausende, Hunderttausende heterosexueller Frauen, und ich komme auch mit keiner in Berührung. Wer jetzt keine Liebste hat, findet keine mehr? Sind wir zu starr? Zu eigenartig geworden? Zu streng in unserer Auswahl? Eins steht fest, irgendwas ist abgeknickt bei Sirene, und ich weiß nicht, was. Und trau mich nicht zu fragen. Meine schöne, starke Schwester weht irgendwie auf Halbmast, und ich weiß nicht, wo ich ziehen soll. Und ob ich ziehen darf. Sicher darf ich nicht. So wie sie mich angefahren hat, als ich nach Regina fragte. Überhaupt, wo sind die alle? Yogi in England, Sylvie in der Schweiz, sind das alle? Hat sie nicht mehr Freunde? Ich weiß gar nichts von ihr. Dabei ist sie meine ganze Familie. Seit November fünfundsiebzig.

Der Anruf kam morgens. So wie die Polizisten heute. Es war wenige Tage, nachdem wir diesen Theo-Lingen-Film gesehen hatten. Zwischen uns war durch meinen Beschützerstolz und ihre Weichheit eine ganz neue Stimmung aufgekommen. Irene lag in der Badewanne, und ich suchte gerade im Kühlschrank nach irgend etwas Eßbarem, womit wir das alte Brot verschönern konnten, da klingelte das Telefon und ich nahm ab.

Ob ich mit Herrn Hermann Boehler, genannt Armand verwandt sei? Man habe ihn tot in der Badewanne gefunden. Im Hotel Burgenland in Baden bei Wien. Ich hörte den ganzen Bericht stumm an und fragte am Ende, ob ich kommen solle. Nein, sagte der Mann, ist nicht nötig. Die Leiche sei identifiziert, die Überführung werde, nach Abschluß der gerichtsmedizinischen Untersuchung, in zwei oder drei Tagen stattfinden. Ein Herr Grabowski habe sich erboten, alle notwendigen Schritte in die Wege zu leiten. Ich bedankte mich und legte auf.

»Was ist?« rief Sirene aus dem Badezimmer, und ich ging hin und setzte mich auf den Wannenrand. Ebenso stumm, wie ich eben am Telefon gewesen war, hörte sie zu. Seine Pulsadern waren aufgeschnitten. Es war der Morgen nach dem letzten Gastspiel. Er war voll mit Tabletten und Alkohol, das nahm man jedenfalls an, nach den leeren Schachteln und Flaschen im Zimmer urteilend, und neben ihm auf dem Boden lag ein Zettel, auf dem er Sirene und mich zu Alleinerben bestimmte.

»Wo ist Hedy?« fragte Irene sachlich, »wieso ruft *sie* nicht an?«

Eine Zeitlang saßen wir so da und starrten stumm vor uns hin, sie in der Badewanne und ich auf dem Rand, bis ich mich aufraffte und ans Telefon ging, um einen der beiden Chefs des Tourneetheaters in der Schweiz anzurufen. Das Telefon klingelte unter meiner Hand. Ich hatte den Hörer noch nicht abgenommen.

»Boehler?«

»Ja.«

»Sind Sie verwandt mit Hedwig Boehler?«

Mir wurde schwarz vor Augen, und ich konnte nicht sprechen. Aber ich muß irgendwelche Geräusche von mir gegeben haben, denn Irene kam nackt aus dem Badezimmer gestürzt und nahm mir den Hörer aus der Hand. Sie sei die Tochter, sagte sie, und dann schwieg sie, wie ich vor einer halben Stunde geschwiegen hatte.

Ich weiß nicht mehr, ob ich ohnmächtig war, oder in einer Art von Trance, die mich den Augenblick einfach ausblenden ließ. Ich erinnere mich weder daran, Irene irgend etwas sagen gehört zu haben, noch, daß sie den Hörer auflegte oder sich anzog. Das nächste, was ich weiß, ist, daß sie mir erzählte, Hedy sei zusammen mit einem Herrn Waltersham bei Rott am Inn in einen Sattelschlepper gerast und augenblicklich tot gewesen. Vor zweieinviertel Stunden.

Wir vergossen keine einzige Träne. Nicht auf der Fahrt nach Rott am Inn, nicht im Hotelbett, in dem wir eng aneinandergeschmiegt lagen und versuchten, unsere Schlaflosigkeit voreinander zu verbergen, nicht während der ganzen nächsten Woche, und nicht auf der Beerdigung, wo uns die zahlreichen berühmten Freunde, die Hedy und Armand die Ehre gaben, für Steine gehalten haben müssen. Rolf Boysen schluchzte, Will Quadflieg trug eine dunkle Sonnenbrille, Heinz Rühmann, Erik Ode, Inge Meysel und Cornelia Froboess hielten die Köpfe gesenkt, als die Särge nebeneinander in die Münchner Erde gelassen wurden, und wir, die Kinder, standen nachdenklich in der vordersten Reihe. Wir nahmen die Beileidsbezeugungen entgegen wie normale Begrüßungshandschläge, und in einigen der mir nahekommenden Gesichter lag Befremden. Irene improvisierte sogar eine kleine Pressekonferenz, bei der sie gelassen von Hedy und Armand sprach, als hätte sie ihr Leben lang nichts anderes getan.

Erst zwei Wochen später bekam sie einundvierzig Fieber und lag tagelang schweigend im Bett. Ich schwänzte das Internat, pflegte sie gesund, und wir redeten wie losgelassen, so viel wie nie bisher und nie wieder in unserem Leben. Dann wurde *ich* krank.

»War das deine Landschaftsgärtnerei?« fragte Irene, die wie immer vor Urs aufgestanden war, und hielt ihm die Titelseite der Montagszeitung entgegen. »Fichtenschonung auf KTS-Gelände« stand da, und darunter war ein Bild des Babywaldes.

»Es sind Tannen, soviel ich weiß«, murmelte Urs, »keine Fichten.«

»Das ist doch wieder Yogis Werk, oder?« Irene schob ihm die Kaffeekanne hin.

Urs zuckte die Schultern.

»Dann frag ich ihn halt selber, wenn du soviel auf deine Indianerehre gibst.«

»Er ist in England. Kornkreise machen, behauptet er.«

»Du weißt, daß du dich damit verraten hast«, Irene lächelte und biß in ihr Marmeladenbrot.

»Glaubst du das? Daß er Kornkreise macht?«

»Das glaub ich sofort. Er hat schon die unglaublichsten Dinger gedreht.«

»Magst du ihn?«

Jetzt zuckte Irene die Schultern und sah Urs dabei forschend an. »Hat er dir etwa sein Herz ausgeschüttet?«

»Weißt du davon?«

»Ja, natürlich weiß ich davon.«

»Und?«

»Was und? Er ist keine Frau.«

»Er macht 'ne Geschlechtsumwandlung«, sagte Urs, »du brauchst bloß mit dem Finger zu schnippen.«

»Ja, ja.« Sie sah nachdenklich auf die Tischplatte. Dann hob sie den Kopf und auf ihrem Gesicht breitete sich ein Grinsen aus. »Dann heißt er Yoga.«

In der Nacht war Urs eine Idee gekommen. Er wollte Irene eine Freude machen. Ihr was schenken. Etwas Besonderes, das über seine Hilfe beim Ladenaufbau hinausginge. Er würde alle Freiburger Buchhändler, oder wenigstens alle, die er zu fassen bekäme, nach ihrem derzeitigen Lieblingsbuch fragen und daraus eine Fensterdekoration machen. Er wußte nur noch nicht, wie er die Bücher beschaffen sollte, aber vielleicht hatte sie ja manche ohnehin am Lager und er müßte nur das eine oder andere bestellen. Oder kaufen. Kam auf den Preis an.

Irene wollte diese Woche eröffnen. Die Regale waren schon voll, und bis auf die Schrift am Fenster war alles fertig. Für Urs gab es nur noch wenig zu tun.

Er trommelte eine Stunde morgens und eine Stunde nachmittags und klapperte dazwischen die Buchhandlungen ab. Es machte Spaß. Er hatte sich Irenes Polaroidkamera ausgeliehen und knipste von jeder Person, die ihm Auskunft gab, ein Bild, das er zu den Büchern ins Fenster legen wollte. Die meisten waren freundlich und von seiner Idee angetan, nur hin und wieder traf er auf Ablehnung und mußte sich Sprüche anhören wie »Noch eine Buchhandlung? Das unterstütze ich nicht«, oder »Kümmern Sie sich doch um Ihre eigenen Angelegenheiten.«

Gerade kam er aus einem modernen Antiquariat neben der Markthalle und wollte einen Kaffee trinken gehen, als er einen Mann mit einer schwarzen Jack-Nicholson Mütze überholte, der ein großes Bild mit Krokussen unterm Arm trug.

»Was steht diesmal drunter?« fragte Urs den scheu lächelnden Mann. Der blieb stehen, drehte das Bild und sah es an, als müsse er selber erst herausfinden, was da stand.

»August, die she must«, sagte er mit einem kleinen Stirnrunzeln.

»Malst du die?«

»Ja.«

»Sie sind wunderschön.«

»Danke.«

Er lud den Mann zu einem Kaffee ein und fragte, ob er das Bild kaufen könne. Nein, das ginge nicht, sagte der Mann, der sich als Sig vorstellte, aber er könne ihm eines malen. Ohne Text. Die mit Text seien reserviert für die Stadt, dieses hier, das vorletzte, hänge er in einen eigens dafür gemieteten Schaukasten vor dem schwarzen Kloster.

»Wieso das vorletzte«, fragte Urs.

»Die Aktion geht nur bis September.«

»Sind das Krokusse oder Herbstzeitlosen?«

»Im April sind es Krokusse«, sagte Sig nachdenklich, fast traurig, »und im September Herbstzeitlosen.«

»Und was ist das für ein Text?«

»April come she will. Ein Lied. Von Simon und Garfunkel.«

»Und warum machst du das?«

»Das erklär ich dir nicht.« Jetzt sah Sigs Gesicht eindeutig traurig aus.

»Entschuldige«, sagte Urs, »falls ich dich kränke.«

»Nein, tust du nicht. Ist nur privat.«

Urs bestellte zwei gleich große Bilder, denn er wollte

sie Irene für die Fenster schenken. Als Herbstdekoration. Sig brauchte einen Vorschuß, um das Material zu kaufen. Er sei ziemlich pleite, sagte er, Leinwand und Rahmen kosteten Geld. Urs grub in seiner Tasche und fand zweihundertfünfzig Mark. Sig nahm zweihundert und versprach, die Bilder vorbeizubringen. Eine Woche, vielleicht zwei, dann hätte er sie fertig. Als Urs ihm die Adresse gab, strahlte Sig auf einmal übers ganze Gesicht.

»Das ist doch alles... ich weiß auch nicht, ich werd jetzt dann doch religiös. Da hab ich gewohnt! Ist da immer noch die Galerie drin? Ich war nie wieder dort.«

»Nein, eine Buchhandlung.«

»Ich brauch noch 'n Kaffee.«

Sig verhaspelte sich beim Erklären. Erst nach und nach wurde Urs aus seinen Worten schlau. Vor die Buchhandlung, das heißt natürlich die ehemalige Galerie, wollte er das nächste, letzte Kreidebild malen. Direkt auf den Asphalt. Mit der Zeile »September, I'll remember, a love once new has now grown old.« Er war begeistert von der Idee, es in Tempera zu malen und im Schaufenster aufzuhängen. Da latsche ihm niemand drüber. Das täte nämlich weh.

»Wieso grad an der Stelle?« fragte Urs.

»Ist wieder privat.«

Er gab Urs das Geld zurück und sagte, es koste nichts. Aber dafür male er kein zweites Bild. Nicht für diesen Platz. Nur das eine. Mit Text.

»Wo war das erste?« fragte Urs.

»Vor dem Kandelhof«, sagte Sig. »April come she will,

when streams are ripe and swelled with rain. Ist aber längst gelöscht. Weggelatscht und weggeregnet.«

»Machst du das jedes Jahr?«

»Nein, nur dieses. Sieben Monate nach sieben Jahren. Vielleicht in siebzig Jahren wieder.«

»Das klingt anthroposophisch«, sagte Urs.

»Ist es nicht«, sagte Sig und hatte wieder dieses scheue Lächeln um den Mund.

»Dich schickt mir der Himmel«, sagte eine Stimme neben Urs, »bist du frei, hast du Zeit?« Er drehte sich um, und da stand Hellmut Hattler, der Bassist von Kraan, mit denen Urs vor Jahren zwei Tourneen lang gespielt hatte.

Sie umarmten sich, und Urs glaubte, den Geruch von Hellmuts Rasierwasser wiederzuerkennen. Sig verabschiedete sich schnell. War er eingeschüchtert von dieser lebenden Legende? Dann mußte er in etwa ihrem Alter sein. Niemand unter Dreißig kannte noch Hellmut Hattler.

In wenigen Minuten hatte Urs einen Job für die nächsten Wochen. Gestern in Basel war Jan, der Schlagzeuger, von einer Virusinfektion geschwächt, auf der Bühne zusammengebrochen, und der Arzt hatte ihm strikte Ruhe verordnet. Für mindestens drei Wochen. Hellmut hatte ihn nach Freiburg in die Klinik gebracht. »Wir können in Basel üben«, sagte er, ein die Woche über geschlossener Club, in dem jetzt die ganze Anlage stand, war frei. »Übermorgen sind wir in Schaffhausen.«

»Übermorgen schon spielen?« Urs bekam es mit der Angst.

»Ja. Pack your bags, get your gear. Du kannst auf Jans Gerümpel spielen. Dir erlaubt er's bestimmt.«

»Hab ein eigenes. Klein, aber gut. Wo ist dein Wagen?«

»Im Parkhaus.«

Irene hatte nichts dagegen, daß er bis in den September hinein unterwegs sein würde.

»Gibt eh keine Arbeit mehr für dich«, sagte sie, »drück mir die Daumen, daß es gut anfängt.«

Er versprach, alle paar Tage anzurufen, und sie winkte, als er in Hellmuts Wagen stieg.

»Spiel schön«, rief sie. Wie eine Mama, die ihren Sohn zu den Pfadfindern schickt.

Irgend etwas wirkte schon herbstlich, als sie über die Autobahn nach Süden rasten. Waren es die reifen Felder, das klare Licht, oder hatte der Himmel schon ein anderes Blau als in den letzten Tagen? Vielleicht war es auch das alte, wiedererkannte On-the-road-Gefühl. Die meisten Tourneen fanden im September und Oktober statt. Wer weiß, dachte Urs, vielleicht tickt jetzt meine innere Uhr wieder wie früher, und ich bin deshalb melancholisch? Bin ich überhaupt melancholisch? Könnte auch Lampenfieber sein. Ich hab vier Jahre nicht getrommelt, und davor eine Zeitlang nur Rock und Pop gedroschen, was ist, wenn ich überhaupt nicht mehr in der Lage bin, so subtiles Zeug zu spielen? Oder hab ich einfach nur ein schlechtes Gewissen, weil ich Irene sitzenlasse?

Die nächsten Tage verbrachte er in einer Mischung aus Anspannung, Überforderung und Euphorie. Es fühlte sich gut an, wieder zu spielen, aber er war längst nicht in der notwendigen Form. Zum Glück spielte die Band einige der Stücke aus ihrer gemeinsamen Zeit, und er mußte nur die neuen Arrangements begreifen. Aber einige Male beschlossen sie, Nummern zu vereinfachen, weil er anders nicht mehr mitgekommen wäre. Das beschämte ihn zwar, aber er sagte sich, ich helfe ihnen ja schließlich.

Den ersten Auftritt brachte er im Blindflug hinter sich, bemerkte nur, wenn er etwas falsch machte, Breaks versiebte oder Schlüsse verpaßte, aber da sie alle Fehler professionell überspielten, war das Publikum begeistert. In der Pause nahm ihn Peter in den Arm und sagte: »Das war Klasse.«

Ingo murmelte durch das verschwitzte T-Shirt, das er sich gerade über den Kopf zog: »Man kann mit dir also wieder rechnen.«

Nachts fiel er hellwach und todmüde zugleich ins Bett, und nur dem Alkohol, von dem er mehr als üblich trank, verdankte er, daß die Müdigkeit jedesmal irgendwann die Oberhand gewann.

Beim vierten Auftritt endlich, in Verbania im Tessin auf einem seltsamen kleinen Festival, löste sich der Knoten. Urs merkte auf einmal mitten im Stück, daß er nicht mehr mitdachte, sondern einfach nur spielte, und zwar schon seit einer Viertelstunde, denn er konnte sich nicht erinnern, die letzten beiden Nummern eingezählt zu haben. Auch aus Hellmuts ausgelassenem Lachen und einigen Verrücktheiten, die sich Ingo und Peter gegenseitig zuspielten, konnte er schließen, daß der Teppich, den er knüpfte, endlich trug.

An diesem Abend rief er Irene an, bevor er ganz betrunken war, aber es meldete sich nur ihr Anrufbeantworter. Er ging zurück zu den anderen und nahm sich vor, es am Morgen vor der Weiterfahrt im Laden zu versuchen.

Ich wäre lieber bei Sirene. Was soll das alles? Jetzt bin ich wieder da, wo ich vor vielen Jahren aufgehört habe. Das ist doch wohl ein Witz. Ja, es ist toll, wieder zu spielen, aber es ist auch stumpf. Alles außerhalb der Auftritte ist stumpf. Ich kann wohl noch ganz ordentlich trommeln, aber ich bin kein Musiker mehr. Ich empfinde einen Mangel. Einen Mangel an Anblick, an Nachdenken, an Kommunikation. Ich lebe schon wieder ohne Gegenwart. Schon wieder schalte ich ab, bewege mich vom Frühstück bis zum Soundcheck nur als Körper durch die Welt, und erst ab dann bin ich bis zum Vollrausch nachts ein Mensch. Und überhaupt, wo bleiben die Groupies? Wo ist die Belohnung? Vierhundert Mark Abendgage und das Gefühl, aus der Emigration in eine ungeheizte Wohnung zurückzukehren, soll das etwa alles sein? Ja komisch. Es ist wirklich wie Nachhausekommen, und ich kenne alle Möbel, aber es ist unwirtlich. Ich fühle mich erst recht heimatlos. Und jetzt? Jetzt glotze ich blöd und habe den guten alten Weiß-nicht-wie-ich-leben-soll-Blues.

Ich hatte vergessen, wie sehr ich Hotels hasse, an denen nachts das Leben vorbeibraust. Vorbei, nicht hindurch. Da draußen steuert ein Liebespaar nach dem anderen auf ein Bett, eine Parkbank oder einen dunklen Hauseingang zu, sie werden sich ineinanderwühlen, vergraben, verbeißen und klammern, sie werden übereinander gleiten, aufeinander tanzen, aneinander klatschen, sie werden schreien, stöhnen, quieken, maunzen, brummen, ganz Verbania ist vermutlich eine leise, verstohlene Kakophonie von Liebesgeräuschen, und ich höre nichts, weil meine Ohren überanstrengt sind vom Bühnenlärm, und ich erzeuge kein Geräusch, weil kein Engel kommt und mich in seine Flügel schließt. Ich füge diesem Leben nichts hinzu, außer Getrommel, Geklingel und traurige Gedanken. Ich bin ein Dummkopf. Ich hätte nein sagen müssen, als Hellmut mich fragte, ich hätte bei Sirene bleiben müssen. Nach dieser Tour verkaufe ich das Kit und steige bei ihr ein.

Er konnte nicht einschlafen. Unmöglich. Er zog sich wieder an und ging nach draußen. Die Stadt war ausgestorben, kein Liebesgeräusch von irgendwoher zu hören; nur in seinem Kopf, da stöhnte der Jazz.

Er saß lange am Seeufer und wartete geduldig, bis das ironische Glucksen der Wellen die Führung übernahm und der Jazz in seinem Innern endlich nach und nach verklang.

»Sirene Buchladen, Boehler?«

»Auch Boehler, wie läuft's?«

»Heh, du bist das! Es geht. Ein paar Taschenbücher hab ich schon verkauft. Sind ja noch Semesterferien. Tagesumsatz so etwa siebzig Mark am ersten Tag, hundertzwanzig gestern und heute schaff ich die Hundertfünfziger-Grenze. Wie geht's Musikmachen?«

»Seit gestern, glaub ich, auch gut. Aber es ist nicht mehr dasselbe. Macht Spaß, aber fühlt sich komisch an.«

»Komisch?«

»Komm, keine Sprachpflege bei mir. Nur halbgeil, oder teilgeil, gefällt dir das besser?«

Irene lachte: »Von dir gefällt mir das besser, ja.«

»Ich hab Sehnsucht nach dir und deinem Laden. Ich will oben von der Treppe linsen und die Kunden zählen.«

»Innen.«

»Innen von der Treppe linsen?«

»*Kund*innen!«

»Ich freu mich jedenfalls auf den Laden. Was ist eigentlich mit den Briefen, die ich austragen sollte? Hast du die geschrieben?«

»Nein, das laß ich, bringt nichts. War eine Furzidee.«

»Wie geht's Nicht-Alfons?«

»Gut, er ist gestern gekommen. Aber nur zu Besuch. Sylvie hat ihn wieder mitgenommen. Sie hat noch frei. Ich nehm ihn übers Wochenende. Er tut mir leid, wenn er den ganzen Tag allein ist.«

»Hat sie Fahrräder mitgebracht?«

»Drei. Und noch zwei hat sie deponiert und holt sie später ab.«

»Also Schwester, ich hör auf. Mach's gut. Ich muß jetzt weiter nach Österreich.«

»Ach, hör mal, da war ein Mädchen und hat nach dir gefragt.«

»Mhm.«

»Sie ist süß.«

»Mach's gut, ich meld mich in ein paar Tagen wieder, ja?«

»Tu das.«

Duschen, Frühstück, Autobahn, Raststätte, Hotel, Soundcheck, Spaziergang oder Kaffee, Auftritt, Essen, schöne Frau am Nachbartisch, Wein, Witze, Wein, Diskussionen, Wein, Wein, Schlaf.

Graz, Linz, Wien, Passau, Ulm, München, Darmstadt, Heidelberg, Marburg, Kassel, Hannover, Bremen, Bielefeld, Braunschweig, Hamburg, Dresden, Frankfurt.

In München besuchte Urs das Grab seiner Adoptiveltern. In Marburg spielte er ein Schlagzeugsolo, bis die Roadies eine Sicherung in Hellmuts Verstärker ausgetauscht hatten. In Hannover verfolgte ihn tatsächlich ein halbwüchsiges Mädchen bis vors Hotel, und er hatte Mühe, es abzuschütteln; in Bielefeld mußte er sich beherrschen, die Frau des Managers nicht auf dem Weg zum Klo abzupassen und an die Wand zu drücken; so sehr verschlangen ihn ihre Augen und widmete sie jede ihrer unauffälligen Bewegungen ihm, nur ihm, bis er aufstand, als ihr Knie an seinem lag, und sich im Hotel wütend und verzweifelt seine Lust vom Leibe riß.

In Hamburg stolperte er am Bühnenrand, verletzte sich den linken Unterschenkel und spielte die letzten drei Konzerte mit geschlossener Hihat.

Von Frankfurt fuhr er mit dem Zug nach Hause. Günter, der Roadie, wollte das Schlagzeug nächste Woche vorbeibringen. Urs hatte sechseinhalbtausend Mark in der Tasche und stand mit einem Blumenstrauß vor dem Laden. Es war halb sechs.

»Was kann ich für Sie tun?«

Er war so darauf eingestellt, Irene um den Hals zu fallen, daß er kein Wort herausbrachte.

»Glotz, glotz.« Marie strahlte.

»Was machst du denn hier?«, brachte er heraus, zwar ohne zu stottern, aber dafür war es auch nicht sonderlich intelligent. »Und wie siehst du überhaupt aus?«

»Hat meine Mami auch immer gefragt. Wie seh ich denn aus?«

»Wie ein Junge.«

Ihr Haar war streichholzkurz, knallrot gefärbt und bog sich über der Stirn zu einer kleinen, frechen Tolle. Statt einer Antwort warf sie einen Blick zur Ladentür und hob den Saum ihres Pullovers bis vor den Mund, so daß ihre kleinen, hellen Brüste für einen Augenblick in seine Seele stachen. Dann, ebenso blitzartig, wie sie ihn hochgezogen hatte, ließ sie den Pullover wieder fallen und grinste mit aufgerissenen Augen und einem ironischen Kopfnicken: »Wie ein Junge, ja?«

Er sah sich verlegen um. »Wo ist meine Schwester?«

»Mit dem Hund spazieren. Wie war die Tour?«

Die Ladentür ging auf, Nicht-Alfons stürmte herein, und sein begeistertes Fiepsen enthob Urs fürs erste einer Antwort.

»Na, wie findest du unsere Neuerwerbung?« fragte Irene, die hereingekommen war und die Leine neben die Kasse legte. Sie küßte Urs und kraulte ihn dabei im Nacken.

»Gut«, sagte er und sah, daß Marie lächelte.

In diesem Moment kamen Kunden herein, und auf einen Schlag stand er wie überflüssig da. Irene verkaufte ein Vorlesungsverzeichnis und Marie bibliographierte eine Liste medizinischer Bücher, die eine Dame im Kostüm bis morgen brauchte.

»Es geht nur bis übermorgen«, sagte Marie, »seit halb vier ist der Bestellcomputer tot.«

»Na dann bis übermorgen.« Urs sah, wie Marie beim arroganten Tonfall der Dame zusammenzuckte, aber sie sagte ebenso freundlich wie vorher: »Gern.«

Die Studentin war gegangen, und Irenes Blick lag auf Marie, die jetzt ein Buch einpackte, den Preis eintippte und das Wechselgeld herausgab.

»Die *ist* gut«, flüsterte Irene, als die Tür sich hinter der Dame schloß. »Danke, daß du sie angelockt hast.«

»Was flüstert ihr? Flüstern ist verboten.« Maries Augen sah man an, daß sie das Lob gehört hatte.

»Willkommen zu Hause«, sagte Irene, »und danke für das da.« Sie deutete auf das Fenster, in dem man den Rücken eines Bildes sah. Leinwand, mit Nägeln auf einen Keilrahmen gespannt. Es war Urs nicht aufgefallen.

Marie deutete auf die Ladentür, durch die die Dame eben verschwunden war, und befahl Nicht-Alfons: »Faß.«

Er sah sie nur mit geknicktem Ohr an, und sie hockte sich neben ihn, drehte seinen Kopf in Richtung Tür und sagte: »Kläff, kläff.« Er leckte ihr den Hals.

»Das üben wir noch.« Sie stand auf. »Das war aber mal eine ganz besonders hochwohlgeborene Frau Doktor. Hat sich dero gnädigst bereit erklärt, bis übermorgen auf die Bücher zu warten. Man möcht jaulen vor Ehrfurcht und Ergriffenheit. Bäh.« Sie schüttelte den Kopf, als könne sie ihren Ärger in Tropfen von sich schleudern. »Miese Titte.«

»Ach, komm«, stieg Irene begütigend ein, »soll sich ins Knie ficken. Reg dich doch nicht auf über so 'ne Schnalle.«

»Ach herrje«, sagte Urs.

»Dero gnädigst«, sagte Marie.

»Schon besser?« fragte Irene.

»Bißchen.«

»Sie stand im Laden wie die Fee aus dem Märchen«, erzählte Irene später, als sie den Inhalt von Urs' Tasche in die Waschmaschine stopfte. Ein versprengter Trupp Touristen hatte mit Marie den Laden betreten, während Irene mit einem Kunden beschäftigt war. »Die Sorte von besserer Herr, die ›Zettels Traum‹ kauft«, erklärte sie, »wenn du dir darunter was vorstellen kannst. Die stellst du einmal zufrieden, dann bleiben sie dir treu, aber erst mußt du ihre Prüfungsfragen über dich ergehen lassen.« Marie hatte sich umgesehen, das eine oder andere Buch aus dem Regal genommen, den Klappentext gelesen und es dann wieder zurückgestellt. Eine der Touristinnen, von der sie wohl für eine Buchhändlerin gehalten wurde, stellte eine Frage und Irene sah, wie Marie, ohne lang zu suchen, zu den Reiseführern ging und der Frau einen Merian über Freiburg in die Hand drückte. Gleich prasselte es weitere Fragen und Wünsche, und Marie bediente die ganze Meute, nur zum Bezahlen verwies sie alle an die Kasse.

»Danke«, sagte Irene später, als der Laden wieder leer war. »Sind Sie Buchhändlerin?«

»War ich mal«, sagte Marie und erklärte, sie suche Urs, weil sie sein Schlagzeug ausleihen wolle.

»Und dann kam eins zum andern.« Irene startete die Maschine und faßte sich müde ins Kreuz. »Ich hab sie überredet, hat 'ne halbe Stunde gedauert, und jetzt sind wir schon keine Klitsche mehr. Hoffentlich kann ich mir bald ihr Gehalt leisten.«

»Ist sie teuer?«

»Nein, total unterbezahlt. Sobald das Geld dafür reicht, muß sie mehr kriegen. Ich glaub, es macht ihr Spaß.«

»Schön«, sagte Urs, »wenn nur die miese Titte nicht zu oft kommt.«

Irene lachte laut und begeistert. »Du hast was dazugelernt unterwegs, häh?«

»Dich kann man mit bescheidenen Mitteln erfreuen.«

Am nächsten Nachmittag fuhr Urs mit Marie zum neuen Standplatz der Wagenburg. Ein Bauer aus dem Höllental hatte die Brache zur Verfügung gestellt, auf die der gesamte Treck gezogen war, weil das Ultimatum der Stadt ablief. »Das geht auch nicht lang gut«, sagte Marie und klopfte kleine Wirbel auf ihren Knien. »Die Bauern kommen und glotzen wie ab. In einem Monat ist dort wieder die Hölle los und irgendeiner vom Ordnungsamt kommt im Bullenwagen angefahren.«

Irene hatte ihr vorgeschlagen, erst mal im Büro zu schlafen. Urs, dessen Raum direkt daran grenzte und mit dem sie sich Dusche und Waschbecken teilen mußte, hatte nichts dagegen.

»Hast du Sylvie schon kennengelernt?«

»Ja, das ist doch die mit dem Dog-sharing, wieso?«

»Ach nur so«, sagt Urs, »ich frag mich, wie ihr drei zusammen klingt.«

»Wie ›zusammenklingen‹, wie meinst du das, gesangstechnisch? Als Andrew-Sisters?«

»Nein, obszönitätentechnisch.«

»Ach«, sie lachte, »Irene hat mir schon erzählt, daß man dich damit auf sich aufmerksam machen kann.«

»Willst du das?«

»Vielleicht.«

Sie schwiegen bis kurz vor Breitnau, wo sie ihn über Feldwege zur Wagenburg dirigierte. Sie überließ ihren Wagen einer Familie als Kinderzimmer, räumte nur ihre Kleider und persönlichen Habseligkeiten aus; alles zusammen, Bücher, Wäsche, Kosmetik, eine Mini-Stereoanlage und Kassetten, füllte knapp vier mittelgroße Bücherkartons. Den Kocher und ihr Geschirr ließ sie da.

Die rothaarige Frau nickte freundlich herüber, als sie vom Gelände fuhren, und Marie fragte erstaunt: »Wieso ist die auf einmal so freundlich?«

»Wir kennen uns von einer Aktion«, sagte Urs.

»Mit Yogi?«

»Den kennst du auch?«

»Den kennt jeder. Er ist Legende.«

»Und die Frau, was ist mit der?«

»Das ist die blödeste Schnepfe im ganzen Breisgau.«

»Aha.«

»Schade, die Bäumchen waren am Montagabend schon wieder platt«, sagte Marie nachdenklich und strich mit der rechten Hand über eine imaginäre Fläche. »Jetzt steht das Fundament. Beton, nur noch Beton.«

»Jetzt stehn die Bäume im Archiv.«

»Wenn einem das reicht.«

»Glaubst du, Yogi hat mehr erwartet?«

»Bist du immer so weise und abgeklärt?«

»Ich wär's gern.«

Sie grinste: »Ich frag dich dann um Rat, wenn ich einen Guru brauch.«

»Bitte.« Er grinste auch und nickte dazu würdevoll, wie ein alter englischer Gentleman, der sich zu übertriebener Herzlichkeit hat hinreißen lassen.

Zwei

Schade, daß ich sein Tagebuch nicht mehr lesen kann, dachte Irene, mein Bär ist irgendwie anders geworden. War was auf der Tournee? Hat er da was erlebt, das ihn stiller, souveräner und gelassener macht? Als er ankam aus Köln, war er wie aus dem Nest gefallen, und jetzt möchte ich manchmal meinen Kopf an seine Schulter lehnen.

Oder hatte sie sich selbst verändert? War sie vor lauter Buchhandlung stumpf geworden? Blind? Bemerkte sie nur seine Verlorenheit nicht mehr, oder war die wirklich verschwunden? Ein Segen jedenfalls, daß dieses Mädchen aufgetaucht war. Irgendwas hatte die an sich, daß es hell wurde in ihrer Umgebung. Genau das Richtige für uns. Ein Laden ist so gut, wie die Kunden in die Verkäuferin verliebt sind. Marie ging wunderbar mit ihnen um. Sensibel, geduldig, frech, wo es ankam und seriös, wo es sein mußte. Sie war perfekt. Wenn sie wieder eingearbeitet wäre, wieder auf dem neuesten Stand, dann würde sie Irene ebenbürtig sein. Eine Spitzenkraft.

Irene war allein. Nicht-Alfons war schon wieder bei Sylvie, Urs im Kino und Marie dabei, sich einzurichten. Das Ausziehsofa im Büro machte sich schon bezahlt. Sie schaltete den Fernseher ein und setzte sich mit ihren Ravioli davor. Tatorte vom Südwestfunk versäumte sie nie. Sie mochte die Kommissarin. Sie lächelte in sich hinein.

Vor einer Stunde hatte der Vertriebsleiter des Verlages angerufen, dessen Vertreter sie vor einem Monat rausgeworfen hatte. Er hatte sich entschuldigt und ihr erklärt, der Mann sei durcheinander, seit ihn seine Frau mit zwei Kindern verlassen habe, er sei sonst kein Schnösel, sie möge ihm doch bitte noch eine Chance geben. Auf der Frühjahrsreise. Was ihr daran so gefiel, war, daß der Verlag offenbar mit ihr rechnete, sie nicht als Quantité négligeable abtat. Es geht schon gut los, dachte sie zufrieden und stellte mit der Fernbedienung den Ton lauter, als Sabine Christiansen vom Bildschirm verschwand.

Ich bin ein Kindskopf und will nicht erwachsen werden, dachte Yogi und lehnte sich müde in seinen Intercity-Sitz zurück. Aber irgendwann demnächst mal muß ich's dann doch langsam einsehen. Es wird peinlich. Jeden Morgen find ich dreißig Haare im Waschbecken, jedes Jahr an meinem Geburtstag fahr ich ein Stückchen weiter weg – ich bin erwachsen, ob's mir gefällt oder nicht. Ich lebe von einem Mietshaus, habe Geld auf der Bank, dieses Geld arbeitet irgendwo gegen Menschen, da kann ich meine Mieten noch so gering halten, kann eine Tannenschonung stiften, Hochsitze legen, Kornkreise walzen und Mercedessterne sammeln: Ich bin auf der falschen Seite gelandet. Kein Rinaldo Rinaldini. Und kein Robin Hood.

Gestern war er im Morgengrauen mit seinem Miniflugdrachen in der Nähe von Dresden aus einem Roggenfeld gestartet und hatte drei schöne Kreise zurückgelassen. Die Drachenmethode war die beste. Auch mit Stelzen hatte er schon ganz gute Ergebnisse erzielt, aber wenn man auf windige Nächte warten konnte, war der Drachen das Eleganteste. Perfekt.

Ein gutgekleideter, aber ramponiert aussehender alter Herr betrat das Abteil, setzte sich und zog ein kleines Schnapsfläschchen aus der Plastiktüte zwischen seinen Beinen. Er trank es in einem Zug leer, wischte sich den Mund, schraubte den Deckel auf das Fläschchen, betrachtete es unschlüssig und begann zu weinen. Er saß da mit entspanntem Gesicht, zurückgelehntem Kopf und geschlossenen Augen, aus denen zwei stetige Tränenbäche flossen und Flecken auf seinem Rollkragenpullover hinterließen.

»Was ist los?« fragte Yogi, aber der Mann winkte ab.

Hoffentlich schläft sie schon, dachte Urs, als er leise nach oben stieg und versuchte, die Treppe so zu belasten, daß die Stufen nicht knarren würden. Er machte kein Licht in seinem Zimmer und zog sich leise aus. Durch den Spalt der Schwingtür drang ein Streifen Helligkeit, aber es war so still nebenan – sicher schlief sie schon. Das Licht konnte sie ja vergessen haben.

Linse ich durch den Türspalt, dachte er, nein, das tu ich nicht. Ich bin keine fünfzehn mehr, und was ist, wenn sie mich hört? Aber er fühlte sich wie fünfzehn. Es war aufregend, daß dieses Mädchen mit den hellen Brüsten so nahe bei ihm schlief. War sie nackt im Bett? In Unterwäsche? Nachthemd oder Pyjama?

Er legte sich ins Bett und genoß die Anspannung. Ich war so stumpf, dachte er, habe jahrelang vegetiert und mich daran gewöhnt, das Fasziniertsein von den Frauen für eine abgelegte Jugendtorheit zu halten, etwas ebenso Vergängliches wie den Traum, eines Tages mit Chick Corea oder Paul Simon zu spielen. Es war einfach eine Sache, die man tat oder ließ. In meinem Falle, was die letzten Jahre betrifft, ließ man sie. Er stand leise auf, schaltete die Tischlampe ein und zog sein Heft aus der Schublade.

Es ist so schön, Marie in meinem Bannkreis schlafen zu wissen. Schlafen zu wissen? Rede ich so? Mein Kuli redet so, und ich quatsch ihm nicht rein. Sie schläft, ich bin wach. Ich bin wach, weil sie schläft. Ich schaue nicht durch den Türspalt. Sie soll sicher sein vor mir. Ich denke durch den Türspalt, lausche hindurch, ich spüre, daß sie da ist und warte darauf, daß sie sich umdreht im Schlaf. Ich würde ein Geräusch von ihr als Vertrauen und Zuneigung empfinden. Sag mal Kuli, unter uns, es hört ja niemand zu, muß es echt so geschwollen sein? Geht's nicht ein bißchen moderner? Empfinden, Zuneigung, lausche hindurch – ich muß schon sagen: ich hätte gern, daß du ein bißchen Bewußtsein entwickelst, für wen du eigentlich arbeitest. Ich bin Trommler, ja? Drummer. Check? Geil.

Irgendwas an ihr erinnert mich daran, daß Frauen und Männer wie zwei Hälften einer Kugel sein könnten. Nicht Feinde in zwei Schützengräben, die sich mit Verachtung beschießen und begeistert wie Kinder in der

Turnhalle johlen, wenn vom Scherenfernrohr eine Treffermeldung kommt. Mein Gott, ich bin auf dem besten Wege, mich zu verknallen. (Kuli, jetzt versuchst du's mir zu flott. »Verlieben« hättest du ruhig sagen dürfen).

Seit Verbania ist die Welt auf einmal wieder voller Liebespaare. Vorher, in den letzten Jahren, war ich überzeugt, daß kein Mensch mehr mit einem andern schläft. Ich sah Männer und Frauen sich anschweigen im Lokal, geradeaus starren, wenn sie nebeneinander in der U-Bahn saßen, sofort in ihren Taschen fummeln oder irgendwas zerkrümeln, wenn ihre Blicke sich zufällig trafen; alle, bis auf die ganz Jungen, deren Hundeblicke einem auf andere Weise peinlich sind, benahmen sich, als wollten sie die Traumbesetzung abgeben für einen Videoclip zu Warren Zevons Song »Nobody 's in love this year, not even you and I«.

Mit vierzehn war ich davon besessen. Mit fünfzehn, sechzehn, siebzehn und so weiter – ich weiß nicht, wie lange, weiß nicht, wann die Besessenheit aufhörte, nur, daß ich ihr Fehlen irgendwann bemerkte, als Sarah neben mir saß und sich die Fußnägel lackierte. Als ich vierzehn war, schienen alle es zu tun. Jeder Mann, jede Frau, immerzu. Ich weiß noch, daß ich dachte, wenn ich still genug bin und mich richtig konzentriere, dann spüre ich den Rhythmus aller Paare; und könnte ich nur laut genug den Takt schlagen, sie alle synchronisieren, dann rüttelten wir, Millionen Liebende in einem wilden sich steigernden Takt, die Erde aus ihrer Umlaufbahn, so wie marschierende Kolonnen eine Brücke zum Einsturz bringen. Und dann? Irgendwann: nobody 's in love this year und das nächste und übernächste auch nicht. Alle waren Neutren. Kein Signal, kein Funke; Mann, Frau, Junge, Mädchen, sogar die Hunde sahen aus, als seien sie einfach nur müde, hätten einen harten Tag gehabt und wollten sich jetzt dann gleich mal 'ne Runde aufs Ohr hauen. Vielleicht noch bißchen Fernsehen. Bist du auch so groggy, Schatz?

Ich bin wieder auf Empfang. Ich höre, wie es gluckst in den Adern, es glitscht und schmatzt und raschelt, und jeder will jeden verführen. Ich bin wieder da. Liegt das am Trommeln? An Freiburg? An Marie?

(Kuli, den Absatz besprechen wir noch)

Es ist warm hier, dachte Marie und betrat vorsichtig den äußersten Rand der Stufen. Es ist warm bei diesen beiden. Die haben sich gern. Und sie haben mich gern. Solche Geschwister hätte ich gewollt. Bei denen es warm ist, allein vom Gernhaben. Als Musikerin, die jahrelang auf Tournee gewesen war, hatte sie ein Gefühl dafür entwickelt, was es bedeutete, irgendwo gelitten zu sein, sich bewegen zu dürfen ohne Angst, die unsichtbare heilige Ordnung eines anderen zu stören. Sie wußte, wie es war, sich heimat- und wurzellos zu fühlen und wußte, wie dankbar und verliebt man wurde in jeden, der einen aufnahm und willkommen hieß.

Diese Mischung aus Dankbarkeit und Verliebtsein, oder besser, diese Verwechslung von beidem hatte ihr ja das alles eingebrockt. Sie war auf Gerald geflogen. Seine Gelassenheit war ihr wie ein Raum vorgekommen, in dem Platz für sie war und Stille, wenn sie Stille brauchte.

Vier Jahre waren sie zusammen gewesen. Marie hatte ihr Geld in seine Kneipe gesteckt, als er den Buchhalterjob bei der EMI aufgab, um den Laden in der Ehrenfelderstraße zu übernehmen. Zehntausend Mark. Für sie war das viel Geld. Erst nach etwa anderthalb Jahren bemerkte sie, daß seine Gelassenheit gespielt war und seine Augen ihr überallhin folgten.

Es dauerte noch einige Monate, bis seine Eifersucht offen ausbrach und dann nur noch Wochen, bis er sie zum erstenmal schlug.

Und wieder mißverstand sie sein Benehmen, hielt seine Gewaltausbrüche für ein Zeichen von Leidenschaft, und seine Tränen und Rosensträuße für Liebe. Sie gab die Musik auf und übernahm die Küche, putzte den Laden und kaufte für ihn ein. Dreimal floh sie nach einem seiner Wutausbrüche, und dreimal fand er sie und holte sie zurück.

Zwar begriff sie, daß sie wie das Kaninchen vor der Schlange hockte – sie hatte Angst vor seiner Aggressivität und ließ sich deshalb von ihm Dinge gefallen, die kein anderer ihr hätte antun dürfen. Anfangs hoffte sie, diese Gewalttätigkeit sei nur ein Zeichen von Streß und Existenzangst und ginge wieder vorüber. Erst nach und nach wurde ihr klar, daß er sie in Schach hielt. Daß ihre Angst sein Trumpf war. Daß er diese Angst genoß. Und daß sie in der Falle saß.

Sie liebte ihn nicht mehr, sie haßte ihn, aber wenn er vor ihr stand, war sie willenlos. Er besaß Macht über sie.

Erst als die Kneipe sich zum Rechtsradikalentreff entwickelte, und Gerald nichts dagegen tat, weil das Geschäft auf einmal besser lief denn je, begriff sie klar und auf einmal mit kühlem Kopf, daß es nicht um eine Art von Hörigkeit ging, nicht nur darum, wie sie ihr Leben lebte, daß dies alles kein unglücklich ausgegangenes Spiel war, keine Kleinigkeit und nichts mehr, was mit Zärtlichkeit oder Verständnis je in Ordnung gebracht werden konnte.

Eines Nachmittags las sie beim Putzen im Herrenklo die Zeile »Wenn's Türkenblut vom Messer spritzt...« und sah ihr eigenes Gesicht im Spiegel, blaß vor Ekel und Entsetzen, und es war das Gesicht einer Fremden, die fragte: »Was tust du hier?«

Da begriff sie, daß ihre zehntausend Mark verloren waren, und sie packte ihre Tasche, leerte die Kasse, übernachtete bei einer Freundin und fuhr am nächsten Tag nach Freiburg, wo sie einen Bassisten kannte, der ihr zuerst den Bauwagen und dann den Job im Babeuf vermittelte.

Erst Wochen später traute sie sich, mit Hilfe dieser Kölner Freundin, von der Gerald keine Ahnung hatte, ihr Schlagzeug aus dem Keller in Porz zu holen und nach Freiburg zu bringen.

Daß sie das auch hätte lassen können, wurde ihr erst dort klar. Zum einen konnte sie in dem Wohnwagen nicht üben – es gab jedesmal einen Aufstand, wenn sie es versuchte – zum anderen konnte sie nirgends mehr einsteigen. Eine Band hat Auftritte, Pressefotos, Plakate; es wäre für Gerald oder irgendwelche Spitzel, die er aus den Kreisen seiner neuen Gäste leicht anwerben konnte, kein Problem, sie irgendwann aufzuspüren. Und der Gedanke, er könnte wieder vor ihr stehen, mit einem Rosenstrauß oder Klappmesser, verursachte ihr Brechreiz.

Durch den Türspalt drang kein Licht. Urs schlief bestimmt schon. Bevor sie sich entschloß, noch in die Spätvorstellung im Kandelhof zu gehen, hatte Marie die kleine Lampe auf dem Schreibtisch angeknipst, um ihn nicht aufzuwecken, wenn sie im Dunkeln an irgendwelche Möbel stieß. Er war schon nett genug, seine Dusche und das Schlagzeug mit ihr zu teilen, dafür sollte er wenigstens ungestört schlafen.

Sie zog sich leise aus und machte nackt noch ihre Übungen. Einmal knarrte eine Diele unter ihr, aber nichts rührte sich nebenan. Es war ein seltsames Gefühl, sich nackt zu bewegen. Ein schönes Gefühl. In ihrem Wohnwagen hatte sie nicht gewagt, länger als notwendig nackt zu sein. Jeden Moment konnte einer die Tür aufreißen und irgend etwas wollen. Alternative Manieren, dachte sie, sind keine Manieren. Das einzige annähernd Ähnliche ist, daß dich jemand in den Arm nimmt, wenn du flennst. Was ist los mit mir? Was hat eine Rock 'n' Roll-Mieze mit Manieren am Hut? Bin ich schon umgekippt? Werde ich jetzt eine Spießerin? Ist das hier etwa Freikörperkultur? Sie schüttelte sich, schnitt eine Grimasse und machte einen Katzenbuckel. Das war die Abschlußübung für ihr lädiertes Rückgrat.

Schade, eine heiße Dusche wäre jetzt der I-Punkt. Aber das Rauschen? Lieber nicht. Schlaf ist heilig.

Eine grüne Wiese mit Herbstzeitlosen. Tut mir leid, für den, der mich findet, dachte Sig, hoffentlich ein Jäger. Dem darf das nichts ausmachen. Hab ich Angst? Ja. Hab ich. Aber sicher bin ich mir auch. Mein Schlußbild habe ich gemalt und jetzt auch noch gesehen. In Farbe. Bis zum Sonnenuntergang. Am Originalschauplatz. Das war der Abspann. Was jetzt kommt, ist schwarzweiß.

Irene hatte recht gehabt. Je mehr sich die Semesterferien ihrem Ende zuneigten, desto größer war der Betrieb im Laden. Inzwischen hatten sie und Marie oft alle Hände voll zu tun und kamen manchmal für Stunden nicht zum Sitzen.

Dann stellte sich Urs als Springer zur Verfügung, holte hier etwas ab, brachte dort etwas hin und versuchte, sich zwischendurch die Warengruppen in der Kasse einzuprägen, die Bücher, die im Laden standen und den Namen des einen oder anderen Kunden, denn manche kamen schon zum dritten- oder viertenmal.

Anfang Oktober, wenn Irene für vier Tage auf der Buchmesse war, würden er und Marie den Laden alleine versorgen, und bis dann wollte er schon möglichst viel gelernt haben.

Marie hatte beim Barsortiment alle Bücher bestellt, die Urs noch für sein Fenster fehlten. Es waren insgesamt zweiundvierzig und von denen nur fünfzehn am Lager gewesen. Die Buchhändler hatten offenbar einen unkommerziellen Geschmack. Er versteckte das Paket in seinem Zimmer und nahm sich vor, das Fenster während der Buchmesse zusammen mit Marie zu machen.

Er fing an zu lesen. Es machte Spaß. Man braucht ein beschütztes Hinterzimmer dazu, dachte er, dann geht es wie von selbst. Marie las, wann immer sie konnte, Irene sowieso; es war selbstverständlich, die Nase in einem Buch zu haben und die Welt draußen vor zu lassen. Für Urs, der es eben erst wiederentdeckt hatte, fühlte sich das Lesen an wie eine Heizung von innen. Kann Winter werden, dachte er, mir egal. Ich fahr nicht weg, ich rutsch nicht aus, von mir aus kann's auch schneien.

Er lernte kochen. Oft ging er nachmittags gegen fünf Uhr los, kaufte ein, brachte die Sachen in Irenes Wohnung und ging dann eine Runde mit Nicht-Alfons an der Dreisam entlang. Wenn der nicht, wie inzwischen meistens, bei Sylvie geblieben war. Sie hatte ihre Wohnung direkt über der Praxis und der Hund fühlte sich offenbar wohl bei ihr.

Wenn Irene und Marie dann gegen sieben Uhr wortkarg und müde ankamen, war der Tisch gedeckt, das Essen warm im Ofen und ein Campari oder Cynar schimmerte in den Gläsern.

»Wir müßten dich heiraten«, sagte Marie einmal, als er einen Blumenstrauß auf den Tisch stellte, den er bei den verträumten Mädchen am Markt gekauft hatte.

»Macht mal«, sagte er, »noch bin ich zu haben.«

»Aber nur, wenn halbe-halbe gemacht wird«, warf Irene ein, die sich am Waschbecken die Hände wusch. »Den darf mir keine wegnehmen.«

»Was heißt hier weg«, lachte Marie, »ich bin ja hier. Und außerdem hab ich wir gesagt.«

Mittlerweile hatte sich eine morgendliche Routine herausgebildet. Urs hörte den Bücherwagen, der meist kurz vor sieben vor dem Laden hielt, stand auf, zog sich an und holte die Kartons herein. Er packte sie aus und legte den Lieferschein auf jeden dazugehörenden Stapel, brachte die leeren Kartons in den Keller, wo das Schlagzeug, seit der Tour noch immer unaufgebaut, auf seinem Teppich stand.

Bis er Brötchen und Milch gekauft hatte, war Marie mit dem Duschen fertig, hatte ihr Bett gemacht, das Schlafzimmer wieder in ein Büro zurückverwandelt und Wasser aufgesetzt für Tee und den Instantkaffee, den Urs inzwischen der Einfachheit halber trank. Zu Weihnachten wollte er dem Laden eine Espressomaschine schenken. Bis dahin ging es auch so.

Den Kaffee trank er ohnehin nur, um Marie Gesellschaft zu leisten, denn wenn sie sich an das Putzen des Ladens und das Kontrollieren und Einräumen der Bücher machte, legte er sich wieder in sein immer noch warmes Bett und schlief, bis Irene, die gegen zehn Uhr kam, ihn mit der Zeitung und einer neuen Tasse Kaffee weckte.

Meistens hatte er dann das Büro für sich, nur gelegentlich kam eine der beiden herauf, um sich frischen Tee oder Kaffee zu holen, und er las in der Zeitung, bis die morgendliche Lähmung langsam von ihm wich.

Hier hatte er sich angewöhnt, immer den Lokalteil

zuerst zu lesen. Dann die Kulturseite und dann erst den politischen Teil, in dem die Toten nach Hunderten und Tausenden zählten und nicht mehr einzelne waren wie der Selbstmörder, den man auf einer Waldlichtung bei Günterstal gefunden hatte, oder die beiden Frauenleichen an der Schweizer Grenze. Urs hoffte auf neue Nachrichten von Yogis Eulenspiegeleien, aber seit dem Babywald war nichts ähnliches mehr erschienen.

Schon dreimal hatte er durch den Türspalt gelinst. Aber immer nur, wenn Marie mit Sicherheit nicht da war. Er würde sie nicht belauschen. Das schwor er sich. Er schämte sich ein wenig für den Wunsch, aber die Scham war nichts im Vergleich zu der Vorstellung, dabei erwischt zu werden. So schaute er nur manchmal durch den Spalt, um sich vorzustellen, er schaue hindurch, wenn sie da sei, sehe sie, möglichst nackt und am allerbesten in erotische Träume und Tätigkeit versunken, irr vor innerem Aufruhr und taub für ein Geräusch von nebenan.

Wenn ich fünfzehn wäre, dachte er, dann wär's in Ordnung, aber ich bin fünfunddreißig. Ein Knabe, der's nicht lassen kann, das ist der Lauf der Welt, aber ein Mann in den besten Jahren? Saupeinlich.

Der Bücherwagen kam erst kurz vor halb acht. Urs war aufgewacht vom Geräusch des Camaro, dessen dumpfes Brüllen regelmäßig zehn nach sieben unten durch die Straße hallte. Der Wagen gehörte einem Feuerwehrmann, den Urs schon einige Male dabei beobachtet hatte, wie er mit einem Lappen die Lichter abwischte oder eine stumpfe Stelle am Kotflügel polierte, bevor er einstieg. Meistens trug Urs um diese Zeit die Bücher in den Laden, und seit einigen Tagen grüßten sie einander kopfnickend. Wir arbeiten, sagte dieses knappe, männlich untersteuerte Nicken, wir sind das Salz der Erde, wir stehen morgens auf, wir wissen Bescheid.

Als er die leeren Kartons in den Keller brachte, sah er, daß das Schlagzeug aufgebaut war und daneben ein Vibraphon stand. Er nahm die Schlegel und schlug ein paar Töne an. Es klang toll. Als er wieder nach oben ging, merkte er, daß er eine Dreiviertelstunde gespielt hatte. Mist.

Musik ist Zeit, dachte er, reine Zeit, aber sie löscht das Empfinden dafür. Er beeilte sich, die restlichen Kartons zu verstauen und weckte mit schlechtem Gewissen Marie.

»Macht nichts«, sagte sie, »bleibt der Laden halt mal ungeputzt«, und ging schnell unter die Dusche.

Er brachte ihr später Tee und Croissants und stellte beides auf den Packtisch, zwischen die Bücherstapel, weil sie schon einen frühen Kunden bedienen mußte.

»Das Vibraphon ist toll«, sagte er später, als sie einige Bücher ins Abholfach räumte, »kannst du spielen?«

»Ich will's lernen«, sagte sie, »wollt ich schon immer.«

»Ein paar Tricks kann ich dir zeigen. Ich hatte mal zwei Jahre Unterricht.«

Sie drehte sich zu ihm und küßte ihn auf den Oberarm. »Heut abend?«

»Mhm.«

Die Stelle am Oberarm wurde zuerst warm, dann kalt und dann pelzig. Als hätte er Olbas daraufgerieben.

Drei

Entweder war sie ein Naturtalent oder hatte ihn belogen. Es gab nichts, was er Marie beibringen konnte. Schon nach einer halben Stunde hatte sie angefangen, minimalistische Strukturen zu spielen, deren Magie Urs augenblicklich verfallen war und zu denen er sich mit sparsamer Percussion auf Becken und Hihat gesellte. Sie spielten manchmal stundenlang und vergaßen darüber die Zeit.

»Bist du ein Fan von Phillip Glass?« fragte er einmal.

»Hört man das?«

»Ja. Wir könnten sofort auftreten mit der Musik. Ein Bassist oder ein sparsamer Keyboarder, und wir sind die perfekte Vernissagenband.«

»Wer will schon auf Vernissagen spielen«, lachte sie. »Du?«

»Ich hab, ehrlich gesagt, nichts dagegen.«

»Dann mach ein Info und fang uns einen Bassisten. Von mir aus machen wir Kunst.«

»Ich hab einen«, sagte er einige Tage später, als Irene schon gegangen war und Marie eben die Ladentür abgeschlossen hatte. Es war mittags um halb eins und regnete in Strömen.

»Einen was?«

»Bassisten.« Urs hielt einladend die Kellertüre auf.

»Und? Sitzt der da unten und wartet auf uns?«

Er nickte.

»Ach so, ein Japs«, sagte sie, als sie den Synthesizer sah, den Urs aufgetrieben hatte. Daran hatte er einen kleinen Kofferverstärker und ein Baßpedal für Organisten angeschlossen. Marie schaltete ein, suchte einen streicherähnlichen Sound aus und stellte das Pedal unters Vibraphon, so daß sie es mit dem linken Fuß bedienen konnte.

Sie ging schlafwandlerisch damit um. Fast ohne hinzusehen traf sie die Töne, und wenn sie danebentrat, brauchte sie einen einzigen Takt, um in elegantem Bogen die Harmonie zu wechseln.

Ihr Spiel bekam durch die langen Ostinaten etwas Gregorianisches oder Keltisches, und Urs vermißte die Klänge kleiner, filigraner Percussionsinstrumente, die er den wuchtigen Schritten ihrer Melodik entgegensetzen wollte. Einstweilen streichelte er die Becken und Trommeln und fügte sich in die aufregende Monotonie ihres eigentümlichen Spiels.

»Hast du keinen Hunger?«, fragte er eine Stunde später, als sie, nach einem anderen Baßsound suchend, die Tasten des Synthesizers durchtippte.

»Weiß nicht«, sagte sie, »keine Ahnung«, und stellte die Arpeggio-Automatik ein.

»Das klingt gewaltig.« Irene war schon wieder im Laden, als sie kurz vor halb drei, hungrig und zufrieden aus dem Keller kamen. »Spielt ihr vor Robbis Lesung?«

»Spielen wir?« fragte Urs.

»Gern.« Marie klang kokett, so als wäre sie stolz darauf, Irene zu gefallen.

»Waren das Stücke, die's schon gibt, oder Improvisationen?« fragte Irene.

»Improvisation«, sagte Marie, »alles.«

»Ihr könntet sofort eine Platte machen damit.« Irene setzte Kaffeewasser auf. »Und reich werden.«

»Noch 'ne Platte«, sagte Urs, »wozu?«

Aber er dachte unentwegt darüber nach, als er mit den Plakaten für die Lesung loszog. Die Stadt war vom Regen frisch gewaschen und glitzerte vor Nässe, Glas und Lack. Ich brauch noch ein Xylophon, dachte er im Gehen, einen Schellenbaum, vielleicht ein Hackbrett oder so was, und er ging im Rhythmus der Musik in seinem Kopf, die perfekt zu der grüngoldenen Septemberstimmung paßte.

Der Verlag hatte großzügig Plakate zur Verfügung gestellt, und als es langsam Zeit wurde, mit dem Kochen zu beginnen, hatte Urs erst etwa die Hälfte in Kneipen, Cafés und strategisch günstigen Läden aufgehängt.

Vor der Buchhandlung kauerte eine Frau. Um Gottes willen, dachte Urs, das ist die Ex-Besitzerin von Nicht-Alfons. Die will ihn zurück. Aber nein, der zweite Blick zeigte ihm, daß die Frau gut angezogen war. War die krank? Er ging schnell auf sie zu und beugte sich zu ihr.

»Was ist los? Kann ich Ihnen helfen?«

Sie rutschte aus der Hocke vollends in eine sitzende Position. Es war Regina. Sie hob den Kopf. Ihr Gesicht war naß, und sie erkannte ihn nicht. Sie war buchstäblich blind vor Tränen.

»Komm rein«, sagte er und faßte sie unter den Armen, um ihr aufzuhelfen. Sie folgte ihm willig, als verstehe sie überhaupt nicht, was geschah, oder interessiere sich nicht dafür. Er schubste mit der einen Hand die Tür auf und führte Regina mit der anderen in den Laden.

Das Geräusch der Kasse, die die Tageseinnahmen herausratterte, klang häßlich und laut. Marie legte einen Stapel Bücher ab und kam zu ihnen. Irene drehte sich um, und Urs glaubte zu sehen, wie sie blaß wurde beim Anblick von Reginas elendem Gesichtsausdruck.

Regina brachte kein Wort heraus. Tränen, Schluckauf und ein herzzerreißendes Wimmern hinderten sie daran. Minutenlang saßen die drei auf dem niedrigsten Regal, die schluchzende Regina in der Mitte, Irene, die sie in die Arme genommen hatte, und Marie, die ein Papiertaschentuch nach dem anderen zückte, links und rechts.

»Soll ich einen Arzt rufen«, fragte Urs leise, »oder Ihren Mann?«

Irene machte eine kleine Gebärde, die bedeutete: warte, erst muß sie reden.

Er war ratlos. Regina tat ihm so leid, daß er am liebsten ein Regal umgerissen hätte, oder die Kasse am Boden zerschmettert, wenn er schon nicht helfen durfte. Irgendwas, um dieses Elend nicht einfach so weiter geschehen zu lassen, mußte man doch tun können.

Irene sah, was mit ihm los war und machte noch einmal diese kleine Gebärde. Marie formte lautlos mit den

Lippen das Wort »Tee«, und er war froh, nach oben gehen zu können und nicht mehr so nutzlos zu sein.

Als er mit dem Tee in den Ladenraum zurückkam, hatte sich Regina so weit gefaßt, daß sie nur noch wenige Schluchzer in sich sog, die schon wieder mehr nach Atemholen klangen als nach Hyperventilation.

Sie trank ein paar Schlucke, als käme es darauf an, sich den Mund zu verbrennen, und sagte dann: »Das Bild.« Nur diese zwei Worte.

Irene sah sich ratlos um. Auch Urs und Marie suchten den Raum ab nach etwas, das sie gemeint haben könnte, da deutete Regina auf das rechte Schaufenster. »Die Krokusse.«

»Was ist damit?« Irene sah irritiert zu Urs her. »Das hat mir mein Bruder geschenkt.«

»Woher?«

Urs erklärte ihr, wie und wo er den Maler getroffen hatte, aber sie schien ihm nicht wirklich zuzuhören. Sie hatte einen Gesichtsausdruck, der ständiges Kopfnicken ersetzte, als wüßte sie alles, was er sagen konnte, schon im voraus.

Verzweifelt wie ein Todesschrei klang es, als sie sagte: »Er hat sich umgebracht!«, und gleich danach wieder in Tränen ausbrach.

Jetzt wiegten Irene und Marie sie gemeinsam in den Armen, bis ihr Weinen erneut abebbte und sie mit leiser Kinderstimme fragte: »Kann ich bei dir bleiben? Robbi ist weg.«

»Natürlich« brummte Irene beruhigend, und Marie stand auf.

»Ich koch dann mal.« Urs war verlegen und froh, daß ihm ein Grund zur Flucht eingefallen war.

»O. K., wir kommen nach.« Irene sah nicht zu ihm hin. Marie ging nach oben und sagte an der Türe: »Halbe Stunde.«

Wie einig sich die Frauen gewesen waren. Und mit welcher Sicherheit sie trösten, abwarten und das Unglück aus Regina herauslocken konnten. Für Urs hatten Irene und Marie gewirkt wie ein eingespieltes Team, dem solche Katastrophen selbstverständlich sind, und denen es mit Kraft und Sachkenntnis begegnet und mit der ruhigen Gewißheit, daß die andere immer das Notwendige tun wird.

Das Essen verlief einsilbig. Regina sprach nicht über den Maler, und auch Irene und Marie kamen nicht mehr auf das Thema zurück. Erst als Irene, in deren Arm sich Regina alle Augenblicke schmiegte, die Hochzeit des Figaro auflegte, und Urs sich schnell verabschiedete, erfuhr er von Marie, die sich ihm anschloß, was vorgefallen war.

Letzte Woche hatte Regina eine Postkarte im Briefkasten gefunden, handgemalt, mit Krokussen, auf deren Rückseite außer der Adresse nur stand: »Laß mich endlich los.« Regina hatte sich nichts weiter dabei gedacht, als daß Sig, der vor sieben Jahren einen Sommer lang ihr Liebhaber gewesen war, sich nun innerlich von ihr lossagen wolle. Für eine Art von Selbsttherapie hatte sie das gehalten, eine Autosuggestion. Sie hatte Sig nie wiedergesehen und die Krokusbilder in der Stadt als Kompliment betrachtet, eine ebenso lakonische wie pathetische

Mitteilung, daß er sie nicht vergessen hatte. »Die Krokusse«, sagte Marie und hakte sich bei Urs unter, »beschreiben einen Ort. Ihren Ort. Den Platz, an dem sie es das erstemal gemacht haben.«

»Die Lichtung in Günterstal«, sagte Urs, denn ihm wurde auf einmal klar, daß Sig der Mann aus der Zeitungsmeldung sein mußte, der sich vor zwei Wochen an einem Hochsitz in Günterstal erhängt hatte. Marie drückte seinen Oberarm ein wenig, und er spürte trotz der Jacke ihre Brust. »Ja. Sie hat's erzählt. Er hing ganz dicht über dem Boden. Als hätte er den tiefstmöglichen Fall vorausberechnet.« Sie schauderte. Er drückte ihren Arm fester.

»Auf einmal standen die Bullen vor ihrer Tür, denn in seinem Pensionszimmer hatte man einen Umschlag gefunden. Mit ihrer Adresse. Und darin ein Buch. Das heißt, der fotokopierte Text eines Buches, den sie ihm damals geschenkt hatte. Die Kinder der Finsternis, von Wolf von Niebelschütz.«

»Und die haben ihr erzählt, wie er sich umgebracht hat.«

»Ja.«

»Und sie ist zusammengebrochen, weil sie kapiert hat, daß es wegen ihr war. Weil er sie nicht vergessen konnte.«

»Ja. Sie hat vier Nächte nicht geschlafen und lebt seither von Pillen. Sie ist ein Wrack. Total am Ende.«

»Die Bilder waren sein Abschiedsgeschenk.«

»Mhm.«

»Und dann geht sie vielleicht zum erstenmal seit Tagen raus und läuft direkt in ein Bild rein, das ihr wie Hohn aus der Hölle vorkommen muß.«

Marie sah ihn an und nickte.

»Mein Gott. Die arme Frau.« Urs bemerkte eine seltsame Kälte auf seinem Gesicht, und erst, als er dieses Gefühl mit dem Druck über dem Zwerchfell zusammenbrachte, begriff er, daß er weinte.

Marie war hinter dem Martinstor nicht in die Straße zum Laden abgebogen, sondern geradeaus zur Dreisam weitergegangen. Sie war immer noch bei ihm eingehakt, und er folgte ihr, ohne zu denken. Sie standen ratlos vor der nächtlichen Szenerie. Um die öffentliche Toilette standen mehrere Männer, deren Zigaretten bei jedem Zug aufglühten. Jeder stand allein und wartete auf irgendwas.

»Komm, wir gehn zurück«, sagte Marie sanft, als sie sah, daß er weinte. »Ist die falsche Zeit für den Fluß.«

»Der arme Mann«, sagte Urs. Er wurde das Bild des schlaksigen freundlichen Malers nicht los.

»Ich finde ihn ein Schwein«, sagte Marie leise, »Regina so was anzutun. Er gibt ihr eine Schuld, die sie nie wieder loswerden kann. Der ist ein Verbrecher.«

»Du kennst ihn nicht«, sagte Urs und schüttelte den Kopf.

»Mir grad recht.«

»Darf ich bei dir im Bett schlafen? Bitte«, sagte Regina, als Irene leise aufstand, um Decken und ein Kissen zu holen, weil sie glaubte, Regina sei eingeschlafen. So still hatte sie seit einigen Minuten auf dem Sofa gelegen, daß nur ihr Atem und das gelegentliche Knistern der beiden Kerzenflammen in die Ruhe gesickert war. Ich hätte sie denken hören müssen, dachte Irene, aber nein, das geht ja nur bei Urs. Immer noch? Muß ich nachprüfen.

»Ja natürlich, gern«, sagte sie, »komm.«

Das Bild war aus dem Fenster verschwunden. Die Innenseite seines rechten Oberarms fühlte sich leer an und wie taub, als Urs in den Ladenraum vorausging. Er schloß ab hinter ihr, und Marie blieb in dem halben Dunkel stehen. »Machen wir Musik?« fragte sie.

»Leise«, sagte er und ging zur Kellertür.

Er nahm das Baßpedal auf den Schoß und spielte darauf, wie auf einer Riesenkalimba. In einem lakonischen, schreitenden Rhythmus gab er ihr Töne vor, die sie mit gravitätisch geschlagenen Zweitonakkorden bebaute. Das Pedal ließ sie die ganze Zeit getreten, so daß jeder Akkord erst ausklingen mußte, bevor der nächste möglich war. Das ist ein Trauermarsch, dachte Urs, wir trauern um einen Toten und eine Bestrafte, und irgendwann, als er zu allem was sie spielten, nur noch Herbstzeitlosen sah, bewegte sich der Druck von seiner Brust in kleinen Schüben hoch zur Kehle, und er spürte, wie ein Kitzeln in seine Mundwinkel rann, und sah bei einem flüchtigen Blick Maries weit aufgerissene Augen, die ihn anstarrten, als könnten sich so ihre Tränen miteinander vermischen.

Sie schlug kurz nacheinander drei Akkorde, die zu einem Sept-Non-Vier-Gemisch ineinanderschwangen und beugte sich dann zum Verstärker, um den konstanten

Baß, den Urs immer weiter spielte, langsam leiser zu drehen, bis am Ende nur noch das Klopfen seiner Hände auf den groben Tasten des Pedals zu hören war.

»Ich schlaf bei dir, wenn du willst«, sagte sie und knipste den Verstärker aus.

Gelegenheit macht Liebe, dachte Irene. Sie lag auf dem Rücken und spürte das Gewicht von Reginas Kopf auf ihrer Schulter. Das ruhige Atmen, das Heben und Senken der Decke neben ihr, Reginas Körperwärme und ihr Geruch nach Tränen, Seife und Parfüm, hielten Irene hellwach. Sie stellte sich ein auf eine schlaflose Nacht.

Nicht diese Gelegenheit, dachte sie, nicht jetzt, wo Regina durch die Alpträume muß. Das wär keine Liebe. Eher Unzucht mit Abhängigen. Sie lächelte in die Dunkelheit. Seit wann hab ich was gegen Unzucht mit Abhängigen?

Urs war so was Ähnliches wie mein Mündel, als ich ihn aufgeklärt habe. Na, nicht direkt aufgeklärt, aber ich hab ihn beschenkt mit den Freuden der Liebe. Oha, beschenkt mit den Freuden der Liebe – lese ich zu viele Schmonzetten? Vielleicht sollte ich eine Suhrkamp-Diät machen. Besonders beschenkt schien er sich damals auch nicht zu fühlen, eher betrogen um den Rest, auf den er sich gleich Hoffnungen machte. Den Nachtisch bis zum Abwinken. Der Arme. Dabei hab ich's gut gemeint. Mir waren die Jungs egal, und er dachte an nichts anderes mehr als an Frauen. Alles, was er wollte, lag zwischen ihren Beinen, aber keine hätte ihn dort hingelassen, so tolpatschig und schüchtern wie er war. Ich hab ihm ein bißchen was beigebracht. Er ist bestimmt ein angenehmer Liebhaber geworden. Später.

Ihr Arm war eingeschlafen, aber sie schob die fällige Bewegung noch hinaus. Bloß Regina nicht aufwecken. Lieber noch warten, vielleicht schläft sie nachher tiefer.

Regina bewegte sich. Hoffentlich hab ich sie nicht mit zu lauten Gedanken gestört, dachte Irene und nutzte die Gelegenheit, um ihren pelzigen Arm bequemer zu legen. Nein, Regina schlief tief und fest. Sie hatte die Lippen nach vorn gestülpt, die Stirn gerunzelt und gab manchmal kleine Schnaubgeräusche von sich.

Reginas Hand lag jetzt auf Irenes Hüfte. Ganz zufällig und ganz unschuldig, schlafend, interesselos, ohne Plan und ohne Kraft lag diese Hand auf ihrer Haut und strahlte dennoch eine Hitze aus, die sich bis in Irenes Zehen und Haarwurzeln fortsetzte. Verdammt, dachte sie, jetzt wird's aber eng. Nein, eng war nicht der richtige Ausdruck. Gefährlich war das Wort. Da drückte eine Menge Wasser gegen den Damm.

Sie stellte sich vor, die stille Hand bewege sich, spaziere, tänzele, kapriole über ihren Körper und erforsche ihn, naiv und neugierig wie ein Katzenkind, das jede Dunkelheit ausprobiert, jede Höhle ertastet, jeden Hügel erklettert und sich nicht kümmert um das Zittern unter seinen Pfoten. Zittern? Es waren eher winzige Wellen, die durch Irenes Körper gingen, so winzig, daß die schlafende Hand von ihnen nicht geweckt werden konnte. Ein kleines Wiegen in den Hüften, ein Anspannen der Muskeln im Schoß, wieder loslassen, wieder zusammenziehen, in den Oberschenkeln, in den Kniekehlen, vom

Zwerchfell unter die Brust – ich streichle mich von innen, merkte Irene auf einmal, ich streichle mich von innen und dann mit meinem Körper diese reglose Hand. Ohne daß die es merkt. Nur die Hitze gebe ich zurück, diese Hitze, die die Gezeiten unter meiner Haut stimuliert. Sie schwitzte. Und versuchte, ihren Atem zu kontrollieren. Je schneller und flacher er wurde, umso leiser mußte er sein, und die Wellen wurden Stöße, und die Stöße wurden Zuckungen, und alles blieb innen, und Regina schlief, und Irene wurde über eine Klippe geweht und schwebte, naß am ganzen Körper und von keinem Wind gekühlt, über eine weite, wellige Landschaft, und ihr Flug wurde immer ruhiger, die Wellen immer langsamer, größer, und auf einmal war der Flug ein Tauchen in warmem Wasser, und sie atmete das Wasser, es tat gut, es massierte ihre Lungen, es beruhigte die Haut, und da war ein Schatten, der vorüberglitt, vielleicht ein Delphin vielleicht eine Krake, ein U-Boot, und andere Schatten und Wärme und ein Gleiten in der Stille, ein Gleiten von vielen – sie war nicht allein.

»Aber keine Fisimatenten«, sagte Marie und schlüpfte zu ihm unter die Decke. Sie war in ihrer Unterwäsche durch die Schwingtür getreten und hatte in diesem Moment so sehr den Bildern seiner Tagträume geglichen, daß er sich jetzt augenblicklich wegdrehen mußte.

»Einverstanden?« fragte sie.

»Nein«, sagte er, »aber ich gehorch dir.«

»Brav.«

Sie legte über der Decke ihren Arm um ihn und sagte: »Schlaf. Ist nicht gut, allein zu sein, heut nacht.«

»Du riechst gut«, sagte er.

»Ich sollte noch duschen.«

»Nein. Du riechst nach guter Musik.«

Sie lachte leise.

»Warum lachst du?«

»Du bist der erste Mensch, der Musik riechen kann.«

»Man kann alles riechen.«

»Schlaf.«

Sie lag still, und bald wurden ihre Atemzüge regelmäßig und ruhig. Außer mit der Hand, die um ihn lag, berührte sie ihn nirgends, aber in seinen Kniekehlen glaubte Urs zu spüren, daß ihre Knie nur Millimeter entfernt waren. Ein Energiefeld kitzelte ihn. Auch an seinem Hintern spürte er nach kurzer Zeit ein Kribbeln. Das ist die Elektroaura, dachte er, wieviel Ampère? Und stellte sich ein auf eine schlaflose Nacht.

Reginas Augen waren offen! Ruhig schauten sie Irene an, die sich vor Scham am liebsten die Decke über den Kopf gezogen hätte. Regina lächelte. »Ich auch«, sagte sie, schloß die Augen wieder, drehte sich auf den Rücken, suchte und fand Irenes Hand, legte sie in ihren Schoß und wiegte sich, den Kopf tief ins Kissen zurücklegend, langsam und verschlafen in den Hüften.

»Bitte sag Robbi nichts.« Regina saß am Frühstückstisch und versteckte sich hinter ihren Haaren. Beim Teetrinken stülpte sie ihre Lippen genauso kindlich nach außen wie im Schlaf. Nur die Stirn runzelte sie nicht. Ich bin verliebt, dachte Irene, ich registriere die Details. Nächste Woche wird mir die erstbeste Frau sympathisch sein, nur weil sie Reginas Parfüm trägt, nächsten Monat kauf ich ihr Unterwäsche, und nächstes Jahr will ich sterben.

»Was denkst du denn?« sagte sie. »Mein Sekundant ist schon unterwegs. Heute abend bei Sonnenuntergang wird einer von uns sein Blut ins Gras des Dreisamufers vergossen und brechenden Auges deinen Namen gestöhnt haben.«

»Bäh«, sagte Regina mit einem kleinen Lächeln, »bist du morgens immer so aufgedreht?«

»Kommt schon mal vor.« Irene tat, als inspiziere sie die Kaffeemaschine und habe einen Trick gefunden, sie zu beschleunigen. »An guten Tagen.«

»Dann hau ich in Zukunft lieber vor dem Frühstück ab.«

Irene grinste übers ganze Gesicht. In Zukunft. Was für ein wunderbares Wort. »Ich könnte versuchen, mich zusammenzureißen«, sagte sie.

»Würd ich begrüßen.« Regina grinste auch.

Urs holte das Bild aus dem Büro. Es vertrug sich zwar nicht mit dem Miro von Irene, aber er hängte es so, daß man entweder das eine oder das andere sah, nicht beide gleichzeitig.

Du hast mir Marie ins Bett gelegt, dachte er, wenn ich ein Christ wäre, würde ich für dich beten. Um dich geweint hab ich schon. Wir. Wenn du irgendwo bist, wo du mitkriegst, was hier vor sich geht, dann weißt du jetzt, daß Regina um dich geweint hat, und ich, der dich nur für eine halbe Stunde kannte, und Marie, die dich für ein Schwein hält. Freut dich das? Tröstet dich das? Braucht man noch Trost, dort, wo du bist?

Er hatte wirklich für Stunden nicht geschlafen. Aus Angst vor feuchten Träumen. Und davor, daß er schnarchen könnte, sich im Schlaf umdrehen und Marie stören, oder einfach diese wunderbare Elektrizität neben sich vergessen. Er war wachgeblieben, bis er an den Geräuschen von der Straße merkte, daß das Leben wieder losging. Erst dann fiel er in einen tiefen und traumlosen Schlaf, aus dem ihn das Plätschern der Dusche nur für Augenblicke weckte.

»Bleib liegen«, sagte Marie, als er die Decke zurückschlagen wollte, »ich hol die Bücher schon rein.«

Seltsam, dachte Urs, als er mit dem Rest Plakate durch die Stadt schlenderte, jetzt lebe ich nicht mehr so außerhalb von allem. Ich gehöre dazu. Zwar nur als eine Art angeschlossenes Mitglied, aber ich fühle mich aufgehoben. Der Laden ist eine Nische. Elend und Krieg finden in der Zeitung statt, draußen, anderswo, und nur wenn jemand, wie gestern Regina, das Schicksal mit sich trägt, springt es aus der sicheren Entfernung zu uns herein, verstört uns, mischt uns auf; es wird kalt in unserer Deckung, und am nächsten Tag ist alles wieder gut.

Irene war bester Laune in den Laden gekommen. Urs hätte sie am liebsten gefragt, ob sie Regina gehabt hatte. Gehabt hatte? Na, ja, die manierlichen Bezeichnungen waren rar, daran würde er jetzt keine Hirnsubstanz verschwenden. Er fragte natürlich nicht – das tat man unter Jungs und unter fünfzehn – doch ein paarmal, wenn er versuchte, einen Blick mit ihr zu tauschen, wich sie aus, fixierte irgendwas, ein Buch, einen Bestellzettel, einen Kunden, nur nicht ihn und nicht Marie. Sie strahlte. Und wollte nicht darauf angesprochen werden. Bestimmt hat sie ihre Traumfrau gehabt, dachte Urs und lächelte in sich hinein. Viel Glück Sirene, ich wünsch dir, daß es lange hält.

Schade, daß sie nicht mehr sang. Eine Zeitlang, vor Jahren, hatte sie Unterricht genommen und mit einem Pianisten Schubertlieder und abgefahrenes impressionistisches Zeug gesungen, aber dann, als ihre Lehre zu Ende war, zog sie von Berlin nach Essen und hörte von einem Tag zum anderen auf. »Ist nicht mehr wichtig«, hatte sie gesagt, »reicht unter der Dusche.«

Das KTS-Gebäude war in die Höhe geschossen. Man sah dem Rohbau schon an, wie mondän das Ganze einmal werden sollte. Oben links war mit roter Farbe das Symbol des Grünen Punkts aufgemalt, der gebogene Pfeil, der seit einem Jahr fast alle Kunststoffverpackungen schmückte. Urs konnte die Schrift, die im Kreis um den Pfeil lief, nicht entziffern. Brauch eine Brille, dachte er und grinste. Yogi, der Rächer der Enterbten.

Vier

Langsam wurde es Zeit, von T-Shirts auf Sweatshirts umzusteigen. Wenn der Herbst in diesem Tempo näherkam, mußte Urs auch bald die dicke Lederjacke ausgraben. Er hatte ein so einfaches Kleidungssystem, daß er sich nie übers Anziehen Gedanken zu machen brauchte. Drei Paar Jeans, acht weiße T-Shirts, ein Hemd für besondere Gelegenheiten, vier Sweatshirts, einen Pullover und zwei Lederjacken. Eine für den Sommer und eine für den Winter. Ein Gürtel, zwei Paar Halbschuhe, ein Paar Stiefel und ein Paar Turnschuhe, die er aber nur zum Trommeln trug, komplettierten die Garderobe zusammen mit etwa zwanzig Paar Socken und elf Unterhosen.

In Köln war er einmal in der Woche im Waschsalon gewesen. Hier ging er etwa alle fünf Tage vormittags zu Irene, die einmal ihre und Maries Weißwäsche und das nächste Mal die Buntwäsche angesammelt hatte, tat seine Sachen dazu in die Maschine, dann in den Trockner, bügelte und hörte dabei, so laut er es wagte, Musik.

Die beiden vertrauten ihm alles an, außer Pullovern, Blusen und komplizierteren Kleidern, die er weder zu waschen noch zu bügeln riskierte.

Schon einige Male war er vor der Waschmaschine gekniet und hatte sich ein Höschen von Marie ins Gesicht gedrückt. Sie würde es mir um die Ohren hauen, mich auslachen und anbrüllen, dachte er dann jedesmal, aber der Impuls, sie einzuatmen, sich vorzustellen, sein Mund sei dort, wo der Stoff hingehörte, war stärker als das Gefühl, etwas Unrechtes zu tun. Er spitzte die Ohren, um sofort reagieren zu können, falls die Wohnungstür ginge, und stopfte, wenn er sich dessen bewußt wurde, schnell und verlegen, die Wäsche in die Maschine. Einmal entdeckte er in solch einem Augenblick, daß er ein Höschen von Irene in der Hand hielt. Er lächelte und zuckte die Schultern. Es roch ebenso gut.

Irene gab ein richtiges Einweihungsfest. Fast die gleiche Besetzung wie damals im Juli traf sich zuerst im Laden, den sie alle schon kannten, und ging dann zum Essen in die Adelhauserstraße. Die Wohnung wirkte diesmal viel enger. Vielleicht, weil es draußen regnete. Robbi fehlte und auch zwei oder drei weitere Gäste von damals, an die sich Urs erinnerte.

Sylvie kam mit einer Freundin, unterhielt sich aber fast den ganzen Abend mit Marie, was Urs einen kleinen Stich versetzte. Der Freundin offensichtlich auch. Daran, wie Regina und Irene auf Distanz zueinander blieben, sah er, daß er sich nicht getäuscht hatte. Die beiden waren ein Paar. Armer Robbi, dachte er, hoffentlich erfährt er's nie. Oder weiß er alles, und es stört ihn nicht?

Er unterhielt sich mit Yogi und Arndt, und einem charmanten schwulen Herrn namens Curd, der auf ironisch-kokette Weise um Yogi warb, was dieser sich mit ebenso ironischer Rüpelhaftigkeit verbat. Schien ein altes Spiel zu sein. Je tuntiger sich Curd gab, desto markiger wurde Yogis aufgesetztes Proletengebaren.

Urs versuchte ein-, zweimal vergeblich, Sylvies Freundin, die verstockt in einer Ecke saß, zu integrieren, aber ihr abweisendes und kurzangebundenes Benehmen legte den Schluß nahe, daß sie entweder eine Männerhasserin war, oder alleine bleiben und ihr Unglück ungestört auskosten wollte. Arndt schwärmte von heiligen Räuschen, beschwor den exzessiven, in höchste geistige Sphären reichenden Bewußtseinszustand der Volltrunkenheit mit elegantem Pathos, dessen Wirkung nur durch gelegentlich zu lange Pausen geschmälert wurde, in denen er sich in seinem Kopf nach der nächsten brillanten Formulierung umsah. Je näher er allerdings diesem Zustand kam, desto kläglicher wurde sein Appell an die Frauen dieser Welt, ihn doch bitte nicht so allein zu lassen.

Urs und Yogi, die bisher fast nur zugehört hatten, versuchten ihm nahezubringen, daß heilige Räusche und Frauen einander ausschließen, aber das trieb ihn nur zu neuerlichen wortreichen Exkursen, die allesamt sein Unverständnis für diese einfache Erklärung überspielen sollten. Oder seinen Unwillen, sie auch nur zu diskutieren.

»Robbi und Regina«, sagte er mit zunehmend schwerer werdender Zunge, »die sind ein Traumpaar. Das ist eine große Geschichte. Warum schaffen die das und ich nicht?«

»Kein Suff«, sagte Yogi. Und Regina hat noch andere als ihn, dachte Urs.

Später, als sie Arndt zu seinem wartenden Taxi bugsierten, zuckte Yogi beim Anblick des Fahrers zusammen und schien im ersten Moment zurückweichen zu wollen, aber das ging nicht, weil Urs den schweren Mann nicht alleine halten konnte.

»Friede«, sagte Yogi zu dem ärgerlich starrenden Mann, »Waffenstillstand. Der Mann muß heim«, und hob die freibleibende Hand wie ein Indianer.

»Heim?« brabbelte Arndt indigniert, »was soll ich denn da? Ich geh ins Cräsh.«

»Heim«, sagte Yogi autoritär. »Rabenstraße vierundzwanzig«, und gab dem Fahrer einen Zwanzigmarkschein. »Bitte unbeschädigt abliefern.«

Der Taxifahrer knurrte etwas Unverständliches und stieg ein. Urs erkannte ihn wieder. Es war der Wagen mit dem Innenstern.

»Alte Feindschaft«, sagte Yogi, als sie hinaufgingen, »rein persönlich.«

»So ähnlich drückt er das auch aus«, lachte Urs. »Ich hab dich zum erstenmal gesehen, als er dich in den Rinnstein gejagt hat.«

»Oh ja. Das macht er gern. Joe ist so was Ähnliches wie der legitime Erbe von John Wayne.«

»Joe?«

»So heißt er.«

»Freiwillig?«

»Garantiert. Wer ist heutzutage noch so grausam, sein Kind Joe zu taufen? Schließlich hat man die Auswahl unter Detlev, Hans-Günther, Friedhelm und was weiß ich nicht noch allem.«

Urs drückte sich solange auf dem Fest herum, bis Marie gehen wollte. Auch Sylvies Freundin hatte eisern durchgehalten. Als die beiden Frauen endlich aufbrachen, blitzten ihre Augen vor Wut, und es war klar, daß noch im Treppenhaus die Fetzen fliegen würden.

Seit jener Nacht hatte Marie nicht mehr bei ihm geschlafen. Das Leben war ganz normal weitergegangen. Sie machten abends zusammen Musik und gingen dann meist ihrer eigenen Wege, er ins Kino oder in eine Kneipe und Marie mit einem Buch ins Bett.

Einmal, vor drei Tagen, war er nachts aufgewacht und hatte sie atmen gehört, schnell und keuchend und irgendwie spitz, aber er war still und regungslos liegengeblieben, hatte nicht gewagt, seiner Lust nachzugeben, und war sich, bis er endlich wieder einschlief, nicht einmal mehr sicher gewesen, ob Marie sich wirklich selbst berührt oder nur schlecht geträumt hatte.

Jetzt hörte er, wie sie nebenan ihr Buch zuschlug und sah durch den Türspalt ihr Licht ausgehen.

»Urs?«

»Ja?«

»Bist du eigentlich scharf auf mich?«

»Ja.«

»Mhm.«

Ihre Stimme klang so, als wolle sie nur einen Verdacht bestätigt haben und als folge nichts weiter aus dieser Bestätigung.

Für Robbis Lesung hatten sich so viele Leute angekündigt, daß es unmöglich war, die Instrumente aufzubauen.

Das hätte Platz für zwanzig Zuhörer gekostet. Urs war froh, daß sie nicht spielten, denn so blieb seine und Maries Musik bei ihnen. Eine Privatsache. Etwas, das nur sie beide teilten. Fast wie ein Geheimnis.

Die Lesung wurde so voll, daß etliche Leute wieder weggeschickt werden mußten. Robbi, der an der Tür stand und nervös eine Zigarette nach der anderen rauchte, versprach, den Abend zu wiederholen.

Irene machte als Gastgeberin eine gute Figur. Sie sprach eine kurze Einführung, souverän und witzig, und der Abend wurde ein voller Erfolg. Die Zuhörer, fast nur Frauen zwischen zwanzig und vierzig, hingen an Robbis Lippen, was er, scheu und ohne Eitelkeit genoß. Urs nahm sich vor, die Bücher zu lesen.

Hinterher in der Pizzeria sah er, wie sich Robbi angeregt mit einer jungen Frau unterhielt und dachte, na ja, dich himmeln sie auch an. Vielleicht ist das nur gerecht. Regina war nicht da. Hatte sie Angst, sich und Irene vor Robbi zu verraten?

»Der hat aber einen Schlag bei den Mädels«, sagte er später zu Irene, als sie den Laden in Ordnung brachten.

»Seine Liebste ist auch eifersüchtig, daß es knallt«, sagte Irene, und es klang wie »meine Liebste.«

»Eifersüchtig und untreu.« Urs wollte sich am liebsten auf die Lippen beißen. Das war ihm einfach so herausgerutscht.

»Aha?« Irene sah ihn mit hochgezogener Augenbraue an.

Jetzt gab es kein Zurück mehr. »Heuchlerin«, sagte er, »du strahlst.«

»So, so.« Sie wandte den Blick ab und stapelte die letzten vier Stühle. Dann fixierte sie ihn plötzlich wieder mit gouvernantenhafter Strenge und sagte: »Aber geheim bleibt das trotzdem.«

»Auch vor Marie?«

»Ach, jetzt geht mir das Licht auf.« Sie schlug sich mit der flachen Hand an die Stirn. »*Du* strahlst!«

»Würd ich gern«, sagte er mehr in sich hinein als zu ihr.

»Viel Glück.« Irene wandte sich ab und tat geschäftig, weil sie Maries Schritte auf der Treppe hörte.

Er dachte, sie schlafe schon und gab sich Mühe, leise ins Bett zu gehen, als er Maries Stimme von nebenan hörte: »Urs?«

»Ja?«

Er hörte sie aufstehen und sah sie gleich darauf in der Schwingtür. »Versprichst du mir was?«

»Was?«

»Keine Missionarsstellung!«

Er war so verblüfft, daß er keinen Ton herausbrachte. Sie trat vollends ein und griff mit beiden Händen an den Saum ihres Hemdchens, aber dann hielt sie inne und sagte: »Moment. Hast du ein Kondom?«

»Nein.« Er hörte seine eigene Stimme verhallt und verweht wie die Lautsprecherdurchsagen eines entfernt liegenden Rummelplatzes.

Sie lächelte und stand einfach nur da. »Keins mit Himbeergeschmack bitte.«

Er wollte rennen wie ein kleiner Junge und fror in der spätsommerlichen Kühle, als er sich überlegte, ob er in der Kneipe eine Cola bestellen müßte oder einfach an der Theke vorbei aufs Klo gehen konnte. Er hatte keine Erfahrung mit so was. Vor Sarah waren Kondome kein Thema gewesen und seither erst recht nicht. Wenn auch aus verschiedenen Gründen.

Er rannte nicht, aber er ging sehr schnell, und als er endlich eine goldene Packung R3 in der Tasche hatte, war er in vier Kneipen gewesen, hatte zwei Cola bestellt und stehenlassen und minutenlang ratlos vor dem endlich gefundenen Automaten gestanden. Schließlich hatte er sich für R3 entschieden, da stand erstens nichts von Himbeergeschmack und zweitens kannte er die Marke. Die hatte er vor mehr als zwanzig Jahren schon mit Wasser gefüllt und aus dem Fenster des Schlafsaals geworfen.

Nach Hause rannte er doch.

»Kein Himbeer«, sagte er und zog die Jacke aus. »Aber Waldmeister.«

»Nein. Ist nicht wahr.«

»Nein. Ist nicht wahr.«

Sie setzte sich im Bett auf und zog das Hemdchen über den Kopf. »Sie sind genau richtig«, sagte sie trotzig, seinen Blick auf ihre Brüste mißdeutend.

»Ich schau nicht skeptisch«, sagte er, »ich schau begeistert«, und schob sich die Hosen von der Hüfte.

»Das sagen sie alle.«

»Wer noch?«

»Sei still«, sagte sie, »das ist das falsche Fahrwasser.«

Sie hatte recht. Vor seinem inneren Auge paradierten auf einmal Männer auf und ab. Stolzierten wie Gockelhähne und hatten alle schwarze Lederjacken an. Gitarristen, Bassisten, Keyboarder, Roadies, Journalisten, Fans – sie konnte eine Million verschwitzter Rock 'n' Rollgesichter vor ihm gehabt haben. Er würde aus dieser Phalanx nicht herausleuchten.

»Komm.« Sie schlug die Decke neben sich zurück, und er schlüpfte darunter.

»Genau richtig«, sagte er leise, als er zuerst zaghaft, aber dann fest und von seiner streichelnden Hand umkreist, ihre Brüste küßte.

»Aber nicht so perfekte Melonen wie Irenes«, sagte sie. »Deine Schwester ist die schönste Frau, die ich kenne.«

»Ich träum von dir seit Köln.«

»Schön«, sagte sie, aber etwas war zerbrochen. Sie beantwortete sein Streicheln nicht mehr, lag nur still da und ließ die Bewegungen seiner Hand immer lächerlicher werden. Zwar spürte er seine Erregung noch, aber eher wie einen Phantomschmerz zwischen den Beinen, nicht wie etwas, das vom ganzen Körper Besitz ergriffen hat. Geschweige denn vom Hirn. Er hörte auf und legte sich auf den Rücken. Sie starrten beide die Decke an.

»Was ist denn jetzt passiert«, sagte er irgendwann mutlos, er wußte, sie waren abgestürzt.

»Ich hab's kaputtgemacht«, sagte Marie, »tut mir leid.«

Er nahm sein Streicheln wieder auf, aber brüderlich und zärtlich und nur noch über Schultern, Bauch und

Oberarme, aber sie hielt nach kurzer Zeit seine Hand fest und sagte: »Nein. So streicheln tut weh.«

»Wie?«

»So. Gedankenlos.«

»Ich bin nicht gedankenlos.«

»Dann so begierdelos.«

Sie hatte recht, sogar seine Begierde war verschwunden. Nur der Graben zwischen ihnen war da. So deutlich, daß Urs das Gefühl hatte, er müsse den nächsten Satz rufen.

»Tut mir leid«, rief sie. Nein, sie flüsterte. »Ich hab's verdorben.« Ihre Stimme klang, als ob sie weinte, aber Urs wagte nicht, sie anzusehen, aus Angst vor einer scharfen Bemerkung.

Er schob seinen Arm unter ihre Schultern und sagte: »Schlaf. Schlaf einfach ein. Denk nicht nach, sondern schlaf. Wir haben Zeit.«

»Woher weißt du das?« murmelte sie. Es klang schon ein wenig zufriedener.

Nach einiger Zeit verging seine Enttäuschung, und er begann, sich über ihre zutrauliche Nähe zu freuen. Und merkte, wie er müde wurde.

»Jetzt hast du das Kondom umsonst gekauft«, sagte sie noch leiser. »Was machen wir damit?«

»Aufblasen und als Luftballon verwenden.«

Sie kicherte.

»Oder auskochen. Für Waldmeisterbowle.«

Seltsamerweise schlief er tief und fast traumlos. Fast. Der eine Traum, an den er sich erinnerte, hatte es in sich.

Marie hüpfte wie ein kleines Kind vor ihm auf und ab. Sie war nackt und hatte Zöpfe. Sie johlte triumphierend immer denselben Satz. »Ätsch, ich hab's verdorben, ätsch, ich hab's kaputtgemacht«, zur ewiggleichen Melodie höhnischen Kindersingsangs. Sie hatte das Kondom aufgeblasen, und es war kein Ballon daraus geworden, sondern eine Art Dildo, den sie mal mit einer, mal mit beiden Händen tief in sich hineinschob, wobei sie Urs obszön grimassierend ihren Unterleib entgegenstreckte, so daß er sehen konnte, wie tief das milchigweiße Ding in ihr verschwand.

Als er aufwachte, lag sie nicht mehr neben ihm.

Ich habe lange und immer wieder darüber nachgedacht: irgendwas unterscheidet Marie von anderen Frauen, und als mir klar wurde, was es ist, da verstand ich, weshalb ich es nicht gesehen hatte. Es liegt zu nahe. Sie ist wie Irene und ich. Kurze Sätze, lieber eine freche Antwort als gar keine, und Schweigen oder Ablenken da, wo andere Leute anfangen, ihre Geschichte zu erzählen.

Ob wir zu viele Große-Schweiger-Filme gesehen haben, oder einen falschen Begriff von der Maxime, daß man andere nicht in den eigenen Kummer verstricken soll, ob wir einfach bloß maulfaul geboren sind – sie ähnelt uns. Im Ernstfall tun's zwei knappe Sätze, und der Ernstfall ist meistens gegeben.

Gäbe es in unserem Leben mehr Tod, Blut und Geschrei, brennende Autos und rennende Menschen, dann könnte man es problemlos verfilmen. Von der Knappheit des Textes her haben wir jedenfalls alles.

Aber was weiß ich denn davon, wieviel Tod, Blut und Geschrei vielleicht in Maries Leben schon eine Rolle gespielt haben, wo sie herkommt, was sie schleppt, und was sie und warum sie es verschweigt? Nichts weiß ich von ihr, außer daß ihre Haarfarbe bis vor kurzem noch echt war, es sei denn, sie hätte nur vergessen, sich die Schamhaare umzufärben, daß sie eine exzellente Musikerin ist, die nicht mehr ins Profidasein zurückwill, daß sie einige Zeit in Köln gelebt haben muß – nein, das weiß ich schon nicht mehr, das nehme ich einfach an.

Ich wüßte gerne mehr. Ich habe diese markige Lederjackenroutine satt. Dieses wortkarge Einander-Zeigen, daß man sich mag, alleine mit Körpersprache, Taten und minimalen Geräuschen. Als wären Worte verpflichtender. Und wenn schon. Ich würde mich gern verpflichten. Ich würde gerne wissen, wer sie ist.

Und wenn sie mich fragt, wer ich bin, was erzähle ich dann? Daß ich eine Doppelwaise bin? Daß ich meine leiblichen Eltern an einem Tag verloren habe und meine Adoptiveltern ebenso? Daß Irene meine ganze Familie ist und ich auf einmal entdecke, daß ich eine Familie, diese Familie, Irene nämlich, brauche? Ist das so? Brauche ich Irene? Und braucht sie mich? Und Marie? Braucht sie uns?

Im Laden war schlechte Stimmung. Ich verzog mich schnell, als ich sah, wie Marie sich in einer Ecke zu schaffen machte und Irene ihr offenbar eine Standpauke hielt, von der ich nur mitbekam, daß es um Freundlichkeit gegenüber Kunden ging. Marie und unfreundlich? Das wäre das erstemal.

Irene hat sich verändert. Nicht nur, daß ihr Liebesglück sie so strahlen läßt und sie mir stärker und ruhiger vorkommt – da ist auch ein händlerhafter Zug aufgetaucht, den ich vorher an ihr nicht gekannt habe. Der Kunde, der Kunde, der Laden, der Laden – ihr neues Mantra ist einfach. Ich sah zu, daß ich schnell rauskam, denn ich hätte zu Marie gehalten und Irene angegriffen. Sieht sie sich und Marie als immer lächelnde Verkaufs- und Beratungsmaschinen? Nicht einmischen, dachte ich, nicht zwischen die beiden geraten. Bloß das nicht.

Zum erstenmal seit langer Zeit habe ich mir Sachen zum Anziehen gekauft. Zwei Sweatshirts, beide dunkelblau und einen Schal. Es macht keinen Spaß mehr.

Früher, als ich noch auf Tournee war, sah ich Kaufhäuser, Boutiquen und andere Geschäfte als meinen natürlichen Lebensraum an. Ich kaufte mich dumm und dämlich an Kleidern, die ich dann irgendwo liegenließ, beim Auf- oder Abbauen ruinierte oder irgendwem schenkte, wenn sie mir nach kurzer Zeit nicht mehr gefielen.

Als ich nicht mehr unterwegs war, hörte das schlagartig auf. Plötzlich verursachte mir der Trubel in Kaufhäusern, das Geraffe und Gewolle und Gesuche solchen Ekel, daß ich sogar Dinge, die ich brauchte, einfach liegenließ und vor lauter Unlust zwei- bis dreimal losgehen mußte, bis ich es endlich schaffte, sie zu kaufen.

Werde ich wieder normal? Nein, die beiden Sweatshirts und den Schal habe ich nur gekauft, weil ich nichts Besseres mit mir anzufangen wußte. Aber vielleicht ist das ja normal?

Ich fühle mich seltsam. Durcheinander. Auf der einen

Seite leicht, hell und als hätte ich Kohlensäure im Blut, weil Marie gestern mit mir schlafen wollte, und auf der anderen enttäuscht darüber, wie sang- und klanglos das schiefgegangen ist.

Ein Glück, daß wir es nicht trotzdem versucht haben. Am Ende wäre dabei ein Gefühl herausgekommen wie beim Zahnarzt, wenn er nicht bohrt, oder die Spritze so gut wirkt, daß man es nicht spürt. Ein Glücksgefühl des ausgebliebenen Übels. Auweh, das war jetzt ich. Der Kuli ist unschuldig. Er ist kein Fan des wohlklingenden Genetivs. Was ich sagen will: Ich bin froh, daß es keine Peinlichkeit gab. Oder keine allzu große.

Fünf

Den kenn ich doch, dachte Joe, als er Urs an der Ampel stehen sah. Der ist doch mit diesem Arschloch Yogi zugange. Ist grün, du darfst rüber, Blödmann. Kann sich nicht entschließen, hat Langeweile. Weiß nicht, wohin mit sich.

Nicht mein Problem, dachte er und schob den ersten Gang rein, ich hab keine Langeweile. Ich hab nie mehr Langeweile. Er gab Gas und steuerte den Wagen lässig durch eine Pfütze, um eine buntgekleidete Zigeunerin mit drei Kindern von oben bis unten naßzuspritzen. Keine Langeweile, dachte er zufrieden, als er im dritten Gang war, immer was zu tun. Er reihte sich in die Warteschlange am Taxistand ein, stellte den Motor ab und nahm sein Buch aus der Seitentasche in der Tür. Die Geschichte des Zweiten Weltkriegs.

»Tatsächlich, Sirene hat recht«, sagte eine Stimme hinter ihm, als Urs seinen zweiten Cappuccino von der Theke nahm. »Ich find dich in der Markthalle.«

Yogi stellte eine Plastiktüte ab und wackelte, so daß es die Frau an der Theke sah, mit dem Zeigefinger, den er dann knickte, bis er auf Urs' Tasse wies. »Deine Schwester kennt dich gut.«

»Hallo«, sagte Urs.

»Ich such dich.«

»Warum?«

»Ich will dir was anbieten. Eine Art Job. Hast du Lust, mein Haus zu verwalten? So richtig rundrum. Handwerker beaufsichtigen, Mieter suchen, Mieter rausschmeißen, mich anrufen, wenn's brennt und mich in Ruhe lassen, wenn's bloß ein Wasserschaden ist.«

»Dich anrufen, wo?« fragte Urs.

»Bis Mitte Januar beim Komitee Cap Anamur und ab dann in Südfrankreich.«

»Cap Anamur? Machst du da mit?«

»Ja. Ich will nicht mehr immer bloß Kohle überweisen und zweimal im Jahr mit Robin Wood 'n Schornstein besteigen. Statt Urlaub. Ich hab irgendwie den Moralischen und muß mich nützlich machen. Zehn Jahre als Rentner und Sponti-Spinner sind genug. Wenn ich nicht aufpaß, werd ich noch ein Schwätzer und Maulrevoluzzer, der sich öfter mit dem Steuerberater trifft als mit denen, die wirklich was tun.«

»Laß mich raten«, sagte Urs und grinste. »Du wirst demnächst vierzig, oder bist es grad geworden.«

Auch Yogi grinste, aber ein bißchen unsicher und skeptisch. Er schüttelte den Kopf und deutete auf Urs. »Der richtige Mann für den Job. Hat Einfühlungsvermögen, kann zwei und zwei zusammenzählen und pflegt doch eine direkte und ehrliche Sprache, von Mann zu Mann. Du bist engagiert.«

»Also hab ich recht.«

»Natürlich hast du recht. Kannst dir schon mal ein passendes Geschenk überlegen. Am zwanzigsten ist das rauschende Fest. Geburtstags- und Abschiedsfete in einem. Aber du bist dir anscheinend nicht ganz der Würde dieses Augenblicks bewußt. Du hast einen Job, eine kleine Wohnung, ein kleines Gehalt, ich setze mein ganzes Vertrauen in deine Seriosität, und was tust du? Du stufst meinen Entschluß, jetzt endlich die Welt zu retten, runter zur Midlife-Crisis-Psychomacke. Ts, ts.«

»Wohnung?«

»Zwei Zimmer, Kochnische, Dusche, Einbauschrank, mietfrei.«

»Gehalt?«

»Fünfzehnhundert?«

»Schwarz?«

»Schwarz zwölf.«

Urs nickte nachdenklich. Ich bekomme alles geschenkt, dachte er, einfach so. Ich tu nichts, ich steh rum, und jemand spricht mich von hinten an und schenkt mir ein Leben.

»Einverstanden?« Yogi schien Urs' Nachdenklichkeit als Zögern zu interpretieren.

»Ja. Natürlich. Sogar begeistert. Hoffentlich mach ich's gut genug für dich.«

»Das wirst du«, sagte Yogi grinsend und klopfte Urs gönnerhaft auf die Schulter. »Das wirst du, mein getreuer Knappe. Der Lohn der Götter ist dir gewiß.«

»Deine vierzehnhundert schwarz tun's auch.«

»Dreizehn.«

»Zwölf ist schon recht. War nur ein Test.«

Eine Weile schwiegen sie und nippten an ihren Tassen. Urs schaute um sich, verlegen wie immer, wenn nach einem Wortschwall diese erschreckte Art von Stille um sich griff.

Die Markthalle hatte sich verändert. Hausfrauen, Studenten und Büromenschen prägten jetzt das Bild, und die theatralische Schicki-Micki-Besatzung war ins Hintertreffen geraten, unauffällig wie die acht Fehler im Suchbild einer alten Illustrierten. Lag das daran, daß die Semesterferien vorüber waren? Oder an der Uhrzeit? Es war halb drei. Vielleicht sind die Schönheiten nur immer in der Mittagspause da, dachte er und wandte sich Yogi wieder zu.

»Du willst wirklich weg? So richtig für ganz?«

Yogi nickte. »Ja. Hab Angst.«

»Wovor?«

»Vor dem Faulwerden zum Beispiel, vor dem Blödwerden, davor, daß mir die Glatze nach innen wächst, ich weiß auch nicht. Manchmal hab ich das Gefühl, alles riecht schon ein bißchen käsig, leicht abgestanden, leicht ungewaschen, es mufft. Das ist so eine Suppe hier. Ich hab immer geglaubt, ich rühr mit um, dabei bin ich bloß eine der Zutaten.« Er schwieg eine Weile. »Und außerdem haben mich irgendwelche Rechte auf dem Kieker. Und ich mach mir in die Hose, weil ich weiß, das sind Verbrecher. Die legen mich um als Freizeitspaß, wenn sie grad nichts Besseres vorhaben.«

»Rechte?«

»Gestern ist mein Briefkasten gesprengt worden, auf meiner Hauswand steht ›Arschloch verrecke‹, und vor einer Woche lag ein Paket Scheiße in der Post. Mir geht die Muffe. Und mir wird klar, daß dieses Land zum Kotzen ist, und da ich so privilegiert bin, daß ich in mein Haus in der Vaucluse flitzen kann, tu ich das.«

»Dort sind auch Rechte.«

»Ja, aber die kennen mich nicht«, sagte Yogi kleinlaut. »Und außerdem sind's irgendwie nicht meine. Die hier verwüsten mein Land, und ich bin zu feig, um ihnen eine Zielscheibe abzugeben. Ich hoffe, die Bullen kriegen sie alle und stecken sie in den Knast.«

»Ist auch nicht ganz konsequent, daß du auf einmal auf die Bullen zählst«, sagte Urs und hoffte, Yogi verstünde es als so nachdenklich, wie er es meinte, und nicht als so rechthaberisch, wie es klang.

»Ich weiß. Ich lerne grad 'ne Menge dazu.«

»Ich versteh dich jedenfalls. Zeigst du mir die Wohnung?«

»Kannst aber erst im November rein. Ist noch bewohnt.«

»Ja, aber zum Freuen.«

»Gut.«

Es war Yogis eigene Wohnung, in die Urs einziehen sollte. Sie war spartanisch möbliert, und Yogi versprach, alles, was Urs nicht brauchen würde, auf den Speicher zu schaffen. Die beiden Mansardenfenster boten einen hübschen Ausblick ins Grün der hohen alten Bäume, und als er sah, wie die Schatten langsam mit dem Nachmittag ins Zimmer vorrückten, wußte Urs, daß er sich wohlfühlen würde.

»Das ist aber keine zwölfhundert plus Wohnung wert«, sagte er später, als Yogi ihm alles gezeigt hatte.

»Mir schon«, sagte der kurzangebunden. »Die Praxis im Erdgeschoß wirft allein das Dreifache ab.«

Urs' Arbeit bestand hauptsächlich darin, auf die Kehrwoche zu achten, vor allem im Winter, wenn es ums Schneeräumen ging, die Post für Yogi in Empfang zu nehmen, kleinere Reparaturen selbst zu machen und größere zu beaufsichtigen, nachdem er die Handwerker dafür bestellt hatte.

Im Januar zog ein Studentenpaar aus, dann sollte er eine Anzeige schalten und nette, zur Hausgemeinschaft passende Mieter suchen.

»Was kostet die Wohnung dann?«

»Gleich wie jetzt. Sechshundert warm«, sagte Yogi.

»Ist dir Marie als Mieterin recht?«

»Die süße Augenbraue aus dem Laden?«

»Ja.«

»Klar.«

»Du wirst Irene vermissen.«

Yogi seufzte: »Wo ist da der Unterschied zu jetzt?«

Im Laden war solcher Betrieb, daß es Irene und Marie nicht sonderlich schwergefallen war, seit zwei Stunden kein Wort miteinander zu reden. Gerade wollte Marie einem Kunden erklären, daß es nicht möglich sei, ein Buch für vierzehn Mark achtzig bei einem kleinen Bielefelder Verlag zu bestellen; es sei denn, er wolle noch fünf Mark für Porto und Verpackung drauflegen, da spürte sie Irenes Hand auf ihrem Arm und einen vorsichtigen, aber sehr bestimmten Druck. Sie stockte mitten im Satz, und Irene führte ihn elegant fort. »Das ist schwierig und

Sie...« war Maries Text gewesen, und: »müßten vielleicht ein bißchen mehr Geduld haben als normal, weil wir das über die Post machen müssen«, hatte Irene drangehängt.

Marie sah ungläubig zur Seite und fing einen warnenden Blick von Irene auf. Sie drehte sich um und ging nach oben. Was ist denn jetzt los, dachte sie und beherrschte sich, um nicht vor Wut mit der flachen Hand aufs Geländer zu hauen. Bin ich ein Lehrling? Erst kanzelt sie mich ab, ich sei nicht freundlich genug, dann glotzt sie zwei Stunden lang in jede erdenkliche Richtung, nur nicht in meine, und jetzt fällt sie mir auch noch ins Wort, als hätte ich Mundgeruch.

Sie wartete ab, bis sie hörte, daß der Laden leer war, dann rief sie, ohne vom Schreibtisch aufzustehen: »Chefin.«

»Ja?« kam es von unten.

»Spinnst du eigentlich?«

Von unten kam keine Antwort, statt dessen hörte sie Irenes Schritte auf der Treppe. Sie drehte sich nicht um.

Irene stand einen Augenblick in der Tür, dann sagte sie mit einem kleinen Kichern in der Stimme: »Du bist voll eingeschnappt, hm?«

Marie zuckte die Schultern.

Irene ging mit zwei schnellen Schritten zu ihr, bückte sich halb und kniff sie kräftig in den Po.

»Aua! Spinnst du jetzt total? Bist du ein kesser Vater oder so was? Das tut weh.« Marie war aufgesprungen und rieb sich die schmerzende Stelle.

Irene lachte breit.

»Was gibt's denn da zu grinsen? Wieso fällst du mir einfach ins Wort, wenn ich mit einem Kunden rede? Was ist eigentlich los mit dir?« Es fiel ihr schwer, wütend zu bleiben, vor diesem provozierend offenen Grinsen auf Irenes Gesicht.

»Soll ich der Reihe nach antworten, oder nach Prioritäten abgestuft?«

»Mir wurscht. Wenn du überhaupt redest, ist mir schon recht.« Marie lächelte nun doch. Es ging nicht anders.

»Also nach Prioritäten«, sagte Irene. »Natürlich bin ich ein kesser Vater, was dachtest du denn? Hast du das ehrlich nicht gemerkt, oder willst du mich bloß beleidigen? Zweitens..., au Kundschaft.«

Die Ladenklingel ging, und sie machten sich beide auf den Weg nach unten. Marie war völlig verwirrt. Das hatte sie nicht gewollt. Das war ja aus Versehen wirklich eine Beleidigung. Verdammt. Kesser Vater. Um Gottes willen, wie mach ich das bloß wieder gut, dachte sie, aber gleich darauf war sie mit einer Kinderbuchkundin beschäftigt, und es dauerte fast zehn Minuten, bis sie Zeit hatte, einen Blick in Irenes Richtung zu werfen.

Sie lächelte schüchtern, und Irene schnitt ihr hinter dem Rücken ihres Kunden eine schnelle Grimasse.

Als der Laden wieder leer war, fuhr Irene mitten in ihrem vor einer Viertelstunde abgebrochenen Satz fort: »Und zweitens tut mir meine Predigt von heute morgen leid, ich nehm's zurück. PMS und Liebeskummer und Streß und was weiß ich nicht noch alles, und drittens kenne ich den Mann, der vorhin diesen Gedichtband wollte. Das ist sein eigenes Buch, und er hat viele Freunde. Wenn er's nicht gekriegt hätte, könnten wir spätestens ab übermorgen eine Flut von Leserbriefen in der Zeitung verfolgen, die alle davon handeln, daß wir ein fieser Laden sind, der die Literatur der Freiburger Dichter boykottiert. Mit den beiden größten Buchhandlungen hier haben sie das gemacht. Ein Glück, daß wir dran vorbeigekommen sind. Gegen meine Chefin lief eine echte Kampagne. Sie mußte regelrecht um Entschuldigung betteln, weil eine Buchhändlerin den Fehler gemacht hat, zu sagen, daß der Laden draufzahlt, wenn sie so ein Buch bestellt.«

»Ach, du Schande«, sagte Marie. »Jetzt kapier ich's.«

»Tut mir leid, daß ich muffig war«, sagte Irene.

»Hast du wirklich Liebeskummer? Erzählst du's mir?«

»Frage eins: Ja, Frage zwei: Nein.«

»Verstehe. Tut mir leid mit dem kessen Vater vorhin. Ich bin wohl ein bißchen naiv. Ich wollte nicht...«

»Hast du ja gar nicht. Alles in Ordnung. Dafür darf ich dich bei Gelegenheit noch mal in den Arsch kneifen.«

»Nein. Das tut weh.«

»Schade. Du hast den zweitschönsten Arsch der Welt.«

»Hör auf. Ich kann da nicht mit umgehen. Bitte.«

»Stimmt aber.«

»Und wer hat den schönsten?«

»Ich natürlich, du Primel. Hast du keine Augen im Kopf?« Irene streckte den Hintern heraus, daß der dunkelgrüne Velours ihrer Hose vor Spannung glänzte. Dazu bog sie beide Arme so skurril vom Körper ab, daß sie aussah wie ein altägyptisches Modell auf dem Weg zum Einrenken.

»Was ist denn hier los?« Sylvie ließ Nicht-Alfons von der Leine und genoß die Verlegenheit der beiden Frauen. »Das riecht nach Unzucht.«

»Täuscht«, sagte Irene, aber sie machte sich schuldbewußt an einigen Büchern zu schaffen, die nicht unbedingt geradegerückt werden mußten. Oder nicht unbedingt jetzt sofort.

Marie wußte nicht, ob sie rot wurde unter Sylvies amüsiertem Blick. Was war sie doch für ein Grünspecht. Sylvie natürlich auch! Das sah doch ein Blinder. Wieso war ihr das nicht aufgefallen? Sie ging in die Hocke, um ihre Unsicherheit in Nicht-Alfons' Fell zu verstecken.

»Kommt ihr heut abend zu mir zum Essen? Der große Bub auch? Mir ist nach anregender Gesellschaft, und er hier...«, sie deutete auf Nicht-Alfons, »...vermißt euch schon.«

»Gern«, sagte Irene. »Toll.«

»Sicher«, sagte Marie.

»So so«, Sylvie bekam ihre Mundwinkel nicht mehr nach unten. »Dann sind wir also jetzt geoutet.«

»Hör auf.« Irenes Stimme klang streng, und Sylvies Grinsen verschwand tatsächlich. Jedenfalls schrumpfte es auf die Größe eines Lächelns, das nicht mehr süffisant war, sondern freundlich und allenfalls ein bißchen amüsiert.

»Prima«, sagte sie und hakte die Leine wieder in den Ring am Halsband. »Gegen acht. Es gibt Steinpilze.«

Urs fühlte sich unter den drei Frauen nackt und allein wie ein verschleppter Exot. Zuerst hatte er sich gewundert, wie selbstverständlich Sylvie und Irene vor Marie lesbelten, von der roten Löwenmähne einer süßen Postbotin und den grünen Augen ihrer Zahnärztin schwärmten, sich mit anzüglichen Bemerkungen gegenseitig hochnahmen und wieder so richtig loslegten, wie damals in der Küche, aber dann war ihm klargeworden, daß das wohl aus Erleichterung geschah. Die beiden freuten sich, daß Marie Bescheid wußte und sie sich nicht mehr zu verstellen brauchten.

Er war nach halb sieben in den Laden gekommen, als Irene mit der Geldkassette zur Bank ging, und hatte gleich Marie von der Wohnung erzählen wollen, von seinem Job – er war so erfüllt von dieser neuen Wendung und wollte sein Glück mit ihr teilen.

Aber oben im Büro sah er, daß sie schlief. Sie hatte das Sofa ausgezogen und mußte sich sofort nach Ladenschluß hingelegt haben. Auf seinem Bett lag ein Zettel. »Bitte weck mich um halb acht. Wir sind eingeladen bei Sylvie. Du auch. Zum Essen.« Also ging er leise nach unten und suchte sich im Keller ein paar Töne auf dem Vibraphon zusammen, bis es Zeit war und er sie mit einem Kuß aufs Handgelenk wecken konnte.

»Sechshundert Mark«, sagte sie auf dem Weg durch die Stadt. »Ich weiß nicht, ob ich mir das leisten kann.«

»Irene zahlt dir mehr«, sagte Urs, enttäuscht darüber, daß sie nicht vor Freude in die Luft sprang.

Am Martinstor hakte sie sich bei ihm unter, nachdem sie die Seite gewechselt hatte, um Urs zwischen sich und einen Bettler zu bringen. »Der ist unheimlich«, sagte sie leise.

Der langhaarige, bärtige Mann im grünen Lodenmantel stand fast immer hier. Er sagte mit hoher, monotoner Stimme jedesmal den gleichen Satz, nämlich: »Könnt ihr mir Geld geben«, sah mit leeren Augen in die Luft und magnetisierte die Umgebung mit kalter Arroganz.

»Der taugt zur Legendenbildung«, sagte Urs.

»Was für Legenden?«

»Na, zum Beispiel: Er ist ein verarmter Adliger, hat seine Familie in den Tod getrieben und ein Gelübde abgelegt, daß er zur Sühne sein Leben lang nur noch diesen einen Satz sagen wird.«

»Aha.«

»Oder ein CIA Agent, der dem Tod entronnen ist und sich geschworen hat, nur noch außerhalb der bürgerlichen Normen zu leben.«

»Wird ja immer besser.«

»Ein normaler Bettler ist er jedenfalls nicht. So hochfahrend und intelligent. Glaub ich wenigstens. Und so absurd gekleidet. Der hatte im Hochsommer schon den dicken Lodenmantel an. Der ist was Besonderes.«

»Mir macht er angst«, sagte Marie, »ich wechsle die Straßenseite, wenn er da ist.«

Sylvies Wohnung war wunderschön eingerichtet. Urs, der ein Auge für so etwas hatte, allerdings eines, das er zum Glück nach Belieben ein- oder ausschalten konnte, war beeindruckt von der unauffälligen Harmonie, die zwischen alten Möbeln, eingebauten Regalen, Teppichen, Bildern und Vorhängen herrschte.

»Mensch, ist das schön«, hatte er spontan beim Hereinkommen gesagt und gemerkt, daß sich Sylvie über dieses Kompliment freute. Eine Ästhetin hätte er nicht hinter dieser ruppigen Fassade vermutet.

Sie kam mit einer Flasche Grappa ins Zimmer und sagte: »Ich fahr nächste Woche nach Berlin. Ich brauch Tapetenwechsel, sprach die Birke.«

»Wäschewechsel meinst du«, murmelte Irene.

»Meine Oma liegt in der Charité und machts vielleicht nicht mehr lange. Und außerdem muß ich mich mal wieder paar Tage lang richtig schlecht benehmen dürfen, sonst beiß ich noch ein Herrchen oder Frauchen in der Praxis.«

»In der Berliner Szene darf man sich schlecht benehmen?« fragte Marie.

»Na ja, auch nicht grad. Jedenfalls nicht, wenn man will, daß die Damen einen mögen, aber ich kann einfach die Leute, die ich täglich in der Praxis hab, nicht unbegrenzt aushalten.« Sie machte eine kleine Pause und nippte an ihrem Grappa, um dann mit zufriedenem Gesichtsausdruck einen großen Schluck zu nehmen. »Ich weiß nicht, ob ihr euch vorstellen könnt, wie sich's anfühlt, wenn die Leute ihr Tier eingeschläfert haben wollen, weil sie umziehen. Oder weil der Opa gestorben ist. Ich halt das manchmal nicht mehr aus.«

»Machst du das dann?«

»Hin und wieder. Erst versuch ich, selber jemanden zu finden. Aber die Leute wollen kein gebrauchtes Tier. Fabrikneu muß es sein. Manchmal probier ich auch, die Leute zu überreden, daß sie jemanden suchen, aber die tauben Ohren solltet ihr mal sehen. Sind alles Ungeheuer. Jedenfalls die meisten. Am liebsten sind mir fast noch die, die zu blöd sind, um böse zu sein. Die rufen nachts um zwei an und sagen: Sie, mei Dackele macht so komisch, und dann imitieren sie das Geräusch und wundern sich, daß ich lache.« Sie kippte den Rest Grappa auf einen Schluck hinunter. »Die Katzenleute mag ich noch am ehesten. Bei denen hat die Katze das Sagen, und sie springen, wenn Gnä Frau oder Herr mit den Schnurrhaaren zuckt. Aber die Hundeleute – furchtbar. Solche wie Arndt sind süß. Der hatte mal einen Hund. Aber die sind selten.«

»Sag mal«, warf Urs ein, »du hast aber nicht grad deinen Traumberuf erwischt.«

»Weiß Gott nicht«, sagte Sylvie ernst. »Das hätte mir im Studium schon auffallen dürfen. Fleischbeschau im Schlachthof, Optimierung von Nutztieren in der Landwirtschaft, Betreuung von Versuchstieren in Labors, das gehörte alles zur Ausbildung. Ich war zu blöd und hab meine Mädchenträume mit der Wirklichkeit verwechselt.«

Nach dieser langen Rede kam kein richtiges Gespräch mehr auf. Sie dachten an Labortiere, Schlachthöfe und Menschen, die ihren Hund einschläfern lassen, weil Opa gestorben ist.

»Hab euch die Stimmung verdorben, was?« sagte Sylvie schuldbewußt, als das Schweigen langsam unerträglich wurde. »Was ich eigentlich sagen wollte: nehmt ihr unseren Teilzeithund für eine Woche?«

»Klar«, sagte Urs, »wann?«

»Ab Dienstag.«

»Da bin ich auf der Messe«, sagte Irene.

»Geht schon, Schwester. Wohnt er halt mal für 'ne Weile im Büro.«

Ich hab Angst vor der Buchmesse, dachte Irene, als sie erschöpft die Decke über sich zog. Sonst hab ich mich immer so gefreut, aber diesmal hab ich Angst. Davor, Regina und Robbi Arm in Arm zu sehen? Vor meinem schlechten Gewissen ihm gegenüber? Weil wir ihn betrügen?

Sie seufzte. Sie wußte es nicht. Vielleicht hatte es auch gar nichts mit Gefühlen zu tun, sondern damit, daß sie zum erstenmal als Inhaberin eines Ladens ging. Nicht, wie bisher, als angestellte Buchhändlerin.

Aber sie freute sich doch auch auf Arndt und seine Vertreterkollegen. Auf die Vertriebsleute, die sie schon seit Jahren kannte, die Dichter und Politiker, Verleger und Agenten, das ganze Geschwärme und Geschlurfe auf den Gängen, dieses Gefühl, der, der dich jetzt gerade anrempelt, kann Simon Wiesenthal, Günther Grass, Reich-Ranicki oder John Updike sein, oder die Handtasche, die dir eben einen Leberhaken versetzt hat, kann Utta Danella, Fay Weldon oder Simone Veil gehören. Außerdem hatte sie durch Arndt und seine exzessive Kontaktfreude Zugang zu Leuten, die sie sonst nie kennenlernen würde.

Nein, nein, dachte sie, ich bin bloß alt und hab Angst vor Veränderungen, das ist alles. Mich erschrecken die Neuigkeiten einfach mehr als früher.

Bis ihr die Augen endlich zufielen, erging sie sich in

Phantasien, wie sie Regina hinter einen Messestand zog und küßte, oder heimlich mit ihr nachmittags im Hotel verschwand, aber dann fiel ihr ein, daß Regina ja ohnehin erst zum Wochenende käme, und die Chance, etwas von ihr zu haben, gering war. Schade.

Er ist ein bißchen wie ein großer Hund, dachte Marie, als sie neben Urs nach Hause ging, so abwartend, brav, und irgendwie macht er einen treuen Eindruck. Nur, daß er nicht bettelt. Macht keinen Druck. Angenehm.

Eigentlich mochte sie Hunde nicht besonders, mit Ausnahme von Nicht-Alfons, der wurde allein dadurch, daß ihn die drei so liebten, hervorgehoben aus der Masse der Hunde, die zu laut sind und distanzlos und schlecht riechen. Marie mochte Katzen. Katzen hatten Stil. Urs aber auch.

Wie lange mochte das nun schon her sein, daß ihr die Begehrlichkeit eines Mannes nicht lästig war, sondern guttat wie ein Kompliment? Jahre, viele Jahre. Und jetzt zum ersten Mal wieder. Seine dezente Aufmerksamkeit und diese gelassene, stille Art, mit der er ohne jede Anstrengung auf sie einzugehen schien, waren wie ein Streicheln ohne Hände. Ohne Zudringlichkeit. Ich mag ihn, dachte sie. Er hat Geduld wie ein Hund, aber Stil wie eine Katze. Und er riecht gut. Aber bin ich scharf auf ihn? Weiß nicht. Ist vielleicht eher so was wie Geborgensein, Schutz, Ruhe – Shelter from the Storm. Ich will ihn nicht verletzen.

»Schlaf gut«, sagte sie und küßte ihn auf den Mund. Dann ging sie in ihr Zimmer und löschte das Licht. Urs hatte gehofft, sie würde sich zu ihm legen, da weitermachen, wo sie gestern nacht gescheitert waren, aber dann dachte er, Geduld macht bessere Liebhaber als iberisches Getue.

Er mußte grinsen, als er sich an Sylvies Geschichten erinnerte. Eine begnadete Anekdotenerzählerin. Hätte sicher eine gute Schauspielerin abgegeben. Und die beste Geschichte hatte Irene beigesteuert; die, in der Sylvie in der Mailänder Scala mitten in den Jubel und die Bravorufe laut »Schiebung« gebrüllt hatte. Was Irene vollständig aus der Fassung brachte. Versteh ich, dachte Urs, die Frau ist eine echte Zumutung. Allerdings eine witzige.

Ich mag sie, dachte er, inzwischen glaub ich auch, daß sie mich mag. Ich darf bloß nie zeigen, daß ich das weiß. Sonst setzt es was. Er schlief lächelnd ein.

SECHS

Scheißwetter, dachte Joe und starrte trübsinnig durch die Windschutzscheibe in den Regen. Er biß von seinem Döner ab und drehte das Radio lauter. Türkenfraß. Aber gut.

Neben ihm hupte es kurz und fordernd, und er lehnte sich über den Beifahrersitz, um das Seitenfenster herunterzudrehen.

Der Fahrer des Camaro hielt ihm eine Fotokopie unter die Nase. »Suchmeldung von einem Kameraden aus Köln«, sagte er knapp, »irgendwo gesehen?«

Joe sah sich das Bild an. Eine dunkelhaarige Frau, klein, hübsch, dicke Augenbrauen. Er zuckte die Schultern. »Glaub nicht.«

»Halt die Augen auf. Kann in Freiburg sein. Falls du sie siehst, Meldung an mich. Keine Aktionen.«

Joe nickte.

»Übrigens, gute Arbeit, gestern in der Stadtstraße.« Das Fenster des Camaro ging automatisch hoch. »Hab's mir angesehen.«

Joe hob grinsend seine Hand an die Stirn wie ein Offizier in »Luftschlacht um England.« Der Camaro verschwand mit einem dumpfen Grollen im Regen.

Fotzensuchdienst, dachte Joe, auch das noch. Er warf den Rest des Döner aus dem Fenster und startete den

Wagen, um einen anderen Taxistand anzufahren. Hier konnte man vor Langeweile abkratzen. Scheißplatz.

Am Eingang stand eine Art Portier in Uniform. Er war gegen den strömenden Regen geschützt durch einen großen Schirm, ließ aber Urs, Marie und die ganze Schlange hinter ihnen ungerührt stehen und bellte: »Gedicht aufsagen.«

»Was?«

»Gedicht. Irgendeins. Einlaßbedingung.«

Urs überlegte. Was für ein Gedicht denn? Kann ich ein Gedicht auswendig?

»Der Fritz, der kennt ein Engelchen, das zwiebelt ihm sein Stengelchen«, sagte Marie ungerührt und wurde augenblicklich durchgewinkt.

Urs staunte. So einfach war das?

»Na, was ist?« Der Portier machte eine fordernde Gebärde und sah arrogant zur Seite.

»Ich habe sie im Stehn gefickt, im Sitzen und im Liegen, und wenn ich mal ein Englein bin, dann fick ich sie im Fliegen«, sagte Urs, denn Maries Einfall hatte ihn auf die richtige Fährte gebracht. Er wurde durchgewinkt.

»Wie geht dein Gedicht?« fragte Marie.

»Noch schweinischer als deins, aber, glaub ich, auch aus der Pardon.«

»Sag.«

Er sagte es auf.

»Pfui«, sagte sie.

»Du hast mich draufgebracht.«

»Ferkel.« Sie hakte sich bei ihm unter.

Sie sahen sich um. Der Raum, in dem sie standen, war eine Garderobe. Zwei ähnlich seltsam uniformierte Mädchen standen da, steif wie Dekorationsneger in einem Salon der Kolonialzeit und bewachten die Jacken der Besucher, die in riesigen Haufen auf dem Boden lagen.

»Na?« Yogi trat zu ihnen. »Wie findet ihr's?«

»Ich weiß noch nicht«, sagte Urs, »was ist das überhaupt?«

Yogi hatte sie eingeladen. Das dürften sie nicht versäumen. So was gäbe es nicht oft.

»Eine Mischung aus Fest und Kunst«, sagte er, »veranstaltet vom Institut für angewandte Lebensfreude. Freunde von mir.« Er ging voran in das nächste Zimmer der großzügigen Jugendstilvilla. »Das hier ist die Bude vom Bürgermeister, das heißt, er hat sie eben erst gekauft. Von der Stadt. Haha, günstig, wie uns kaum wundert. Und bevor er einzieht, feiern wir ein bißchen. Der Strom ist von der Baustelle geklaut, das Schloß ist fachmännisch geknackt, morgen früh kommt eine Putzbrigade und läßt den Ort besenrein zurück.«

»Und das Ganze ist voll illegal«, sagte Urs.

»Natürlich«, Yogi grinste. »Das ist der Witz dabei.«

Die Inszenierung ähnelte einem Alptraum. Allerdings einem, bei dem Ironie und Sarkasmus überwogen, so daß das Grausen keine dauerhafte Chance bekam. Überall standen Uniformierte und bellten Befehle, maßregelten die Gäste, oder verlangten irgendwas von ihnen. Die Räume waren dekoriert als Höhlen mit Pappmachékulissen aus dem Theaterfundus, als Kunsträume mit riesigen

Bildern, oder als Wolkeninneres mit Bettüchern. Durch einen Raum durfte man nur kriechen, vor einem anderen mußte man ein Glas Wasser trinken, um eintreten zu dürfen, im dritten stand ein Straßenmusiker und spielte genau einen Satz eines irischen Liedes, wenn man zehn Pfennig in den Schlitz eines Schuhkartons warf. Vor einer verschlossenen Tür stand eine Frau in Korsett und Strapsen und sagte jedem, der hineinsehen wollte. »Fickraum. Zutritt nur nackt und paarweise.« Es war gespenstisch.

Viele junge Leute drängten sich durch die Villa, nirgends lief Musik, nirgends wurde getanzt; überall lauschte man bereitwillig diesem faschistoiden Grundton, nahm Befehle an, erfragte Bedingungen und tat unsinnige, lächerliche Dinge. Und all das mit heiter-erstauntem Gesichtsausdruck.

»Wo bleiben die Bullen?« fragte Urs. »Wieso räumen die nicht?«

Yogi zuckte die Schultern. »Ich glaube, die wissen, daß wir nichts kaputtmachen, und das bißchen Stromklau kostet weniger als ein Einsatz. Außerdem spielt der SC. Man hat heut als Grünrock Besseres zu tun. Das ist schon das dritte solche Fest, und nie kam die grüne Kraft. Außerdem hat der Bürgermeister ein schlechtes Gewissen, wie wir mal zu seinen Gunsten annehmen wollen, und sieht es nicht so gern, wenn sein Schnäppchen morgen schon wieder in der Zeitung steht. War peinlich genug, als rauskam, daß er die Bude hier von der Stadt, haha, für circa ein Nasenwasser gekauft hat.«

Marie zupfte Urs am Arm. »Komm mal, ich muß dir

was zeigen«, flüsterte sie und zog ihn eine Etage höher zu dem Raum, der von der bestrapsten Frau bewacht wurde. Sie blieb eingehakt bei ihm und stand einfach vor der Tür. »Na?« fragte sie.

»Was?« Urs wußte nicht, worauf sie hinaus wollte. Hoffentlich nicht auf den Vorschlag, sich hier auszuziehen und in diesen Raum zu gehen.

»Da.« Sie deutete auf zwei Kleiderhaufen, die auf dem Boden neben der Wächterin lagen. »Glaubst du das?«

»Daß da wirklich welche drin sind, meinst du?«

»Ja.«

Urs wußte es nicht. Dieses Fest war so seltsam, da konnte beides sein. Daß jemand sich auszieht und in ein Fickzimmer geht, oder die Veranstalter zwei Kleiderhaufen vor die Tür legen, damit es so aussieht. Allerdings waren die Kleider vorhin noch nicht dagewesen. Oder hatte er sie nur nicht gesehen?

»Ich hatte schon Angst, du willst da rein mit mir«, sagte er statt einer Antwort.

»Spinnst.« Sie drückte seinen Arm. »Doch nicht unter Aufsicht.«

Sie gingen zur Treppe. »Außerdem hast du den Gummi nicht mit.«

Urs griff in seine Tasche und zeigte ihr das Päckchen.

»Hast du doch?«

»Ich geh nie mehr ohne, wenn Du dabei bist.«

»Das ist jetzt ein echtes Kompliment, oder?«

»Ja.«

So was müßte man eigentlich auf der Stelle belohnen, dachte sie, aber ich kann doch nicht hier nach einem Heizungskeller suchen. Sie küßte statt dessen seinen Oberarm, wie damals, als er ihr Vibraphonunterricht angeboten hatte. Wie lang war das nun schon her? Drei Wochen? Ewig.

Vor einem Raum, der mit ultraviolettem Licht ausgeleuchtet war wie die Diskotheken der späten Siebzigerjahre, drehten sie um, und irgendwie spülte sie der Strom der Besucher nach draußen, wo es in Strömen regnete.

»Sollen wir Yogi suchen und tschüß sagen?«

»Nein«, sagte sie und schlug den Kragen hoch. »Das kann ewig dauern, und ich hab's auf einmal eilig.«

Unterwegs wollte Urs einem Taxi winken, aber sie griff nach seinem Arm und sagte: »Ich will naß werden.«

Das klang wie ein Versprechen.

Aber sie waren, nachdem sie noch zwei Stunden im Cräsh, einem schwarzen, lauten Punklokal verbracht hatten, ausgelaugt und müde ins Bett gefallen. Zwar beide in seines, aber dort schliefen sie Arm in Arm ein, noch bevor sie auf ihre Körper hätten lauschen und erfahren können, ob sich da Begierde oder Erwartung meldete. Punk ist wie Fernsehen, dachte Urs im Halbschlaf: gibt dir nichts, sondern nimmt dir was. Zieht Energie ab.

Als er am Sonntagmorgen aufwachte, war Marie verschwunden, und er vertrödelte den Tag mit Lesen, Trommeln und dem Zerreißen von Kartons. Im Keller hatten sich in kurzer Zeit viel mehr angesammelt, als er brauchte. Der Raum klang inzwischen fast wie ein Studio, denn Urs hatte schallschluckende Wände gebaut, allesamt aus Schachteln und Kisten und so ineinander verwinkelt, daß sie kaum noch reflektierten.

Abends stierte er Irenes Fernseher leer, während sie über ihren Reiseaufträgen und Verlagsprogrammen saß und sich für die Buchmesse vorbereitete.

Bevor er sich aufraffte, nach Hause zu gehen, fragte er in die Stille des Raumes hinein: »Geht's dir eigentlich gut, Sirene?«

»Wenn ich das bloß wüßte«, sagte sie halblaut. »Müßte eigentlich, aber irgendwo tickt der Holzwurm. Ich weiß nicht.«

Vielleicht hilft ein Schluck Formaldehyd, wollte er sagen, verkniff es sich aber und ging statt dessen zu ihr, um sie auf den Scheitel zu küssen. »Sag Bescheid, wenn's in den Balken knirscht.«

»Mach ich«, sagte sie. »Schlaf gut.«

Marie war noch nicht da. Sorgen machen ist verboten, dachte er, und eifersüchtiges Warten auch.

Warten, worauf denn, dachte er weiter, auf die große Liebe? Bin ich dafür nicht vielleicht ein wenig zu alt? Zu erfahren? Aber er war doch nicht erfahren. Nicht in der Liebe jedenfalls. Vielleicht musikalisch, aber da auch nur so, wie es ein Schlagzeuger eben sein kann. Ein Mitmacher. Kein Macher. Schlagzeuger sind Unterstützer, so was wie der Kunstschmied oder Steinmetz, den ein Architekt früher brauchte, oder wie der Drucker, der die Grafiken eines Künstlers fachgerecht ins Leben bringt. Kunsthandwerker, keine Künstler. Aber darüber wollte er jetzt nicht nachdenken.

Er stand auf und suchte nach seinem Tagebuch. Es war nirgends zu finden. Komisch, mit so wenig Besitz auf so kleinem Raum noch etwas zu verlieren, ist fast schon eine Leistung und kann nur mir passieren, dachte er. Schade. Er hatte so einen hübschen Satz im Kopf. Liebes Tagebuch, gestern hab ich einen Fickraum gesehen.

Der Regen hatte aufgehört, und die Straßenlampen warfen schimmernde Spiegel auf den Asphalt. Filmlicht, dachte er, schwarze Serie, Achtzigerjahre, Musikvideo, ich könnte mal wieder MTV anschauen. Sonst verlier ich den Anschluß.

Aber er wollte gar keinen Anschluß mehr. Nicht an diese alberne modische Industrie. Die Musik, die er mit Marie machte, war wunderschön. Gute Musik. Aufrichtig. Nicht zum Verkauf. Nicht zum Kinderverführen.

Sieben

Er war damals gerade sechzehn geworden, und sie hatten sich beide ans Alleinsein gewöhnt; ohne Eltern und, während der Schulzeit, auch ohne einander lebten sie inzwischen, als wäre das ganz normal. War es auch. Nein, war es nicht. Manchmal spürte Urs so etwas wie Stolz. Er war anders. Er hatte zweimal seine Eltern verloren. Er war frei und mußte stark sein. Innerlich frei und stark.

Irene besuchte ihn im Internat. Sie studierte im ersten Semester in Köln und wollte ihn übers Wochenende mit nach Tübingen nehmen. Er durfte mit, denn sie war volljährig, er ein guter Schüler und Gaienhofen am Bodensee ein tolerantes Internat. Außerdem machte Irene mit ihrer Gewandtheit Eindruck auf den Vertrauenslehrer. Großen Eindruck sogar, wie Urs aus dem galanten Benehmen des Mannes schloß.

»Den hast du um den Finger gewickelt«, sagte er, als die rote Ente vom Schulgelände surrte und auf die Bundesstraße einbog.

»Das ist so leicht«, sagte sie, und er fragte sich, was der enttäuschte Ton in ihrer Stimme bedeutete. War sie denn nicht froh darüber? Er würde gern die Mädchen um den Finger wickeln. Wenigstens eins. Ihn schienen sie nicht einmal zu sehen, obwohl er doch fast alle überragte.

»Wird schon langweilig«, sagte sie in seine Gedanken hinein. »Und irgendwas ist falsch dran.«

Was sollte daran falsch sein? Er wußte nichts darauf zu sagen.

»Hast du schon viele gehabt?« fragte er statt dessen, denn das interessierte ihn. Mehr als irgendwelche philosophischen Gedanken übers Falsch- oder Richtigsein der Liebe.

»Ein paar«, sagte sie.

»Und machst du's mit ihnen?«

»Ja was denkst du denn? Glaubst du, ich red von Brieffreundschaften?«

»Na, ja, ich will's ja bloß wissen.«

»Und wie ich's mit ihnen mache, mein Lieber, in alle Löcher schieb ich sie mir rein.«

Er schwieg. Das hätte er sich ja denken können, daß sie die erste Gelegenheit nutzen würde, um sich über seine Empfindlichkeit lustig zu machen. Er versuchte, das Fenster hochzuklappen, damit der Fahrtwind als Begründung für sein Schweigen herhalten konnte, aber es knallte immer wieder auf seinen Ellbogen, bis er entnervt aufgab.

Sie lachte ihn an.

»Ist einfach so schön, deine Prinzenmanieren zu kitzeln.«

Er schwieg.

»Ach komm«, sagte sie nach einer Weile versöhnlich, »jetzt schnapp doch nicht gleich ein, wenn ich dich schon mal in die große Welt der Studenten und des Geistes ausführ. Immerhin könnte ich dein Vormund sein.«

»Nicht bei der Ausdrucksweise.« Natürlich hielt er sein Schmollen nicht durch. Nie schaffte er das. Nicht gegen Irene. Das schaffte sicher niemand.

»Ausdrucksweise, phh, so ist das Leben da draußen in der Welt. Außerdem willst du doch garantiert nichts anderes, als in alle Löcher der Mädchen, oder?«

Er schwieg wieder.

»Stimmt's oder hab ich recht?«

»Nicht in die Ohren.«

Sie verriß das Steuer und mußte anhalten, sonst hätte sie vor Lachen einen Unfall gebaut.

Erst abends in Tübingen, beim Bezahlen ihrer Pizza kam Irene wieder auf das Thema zu sprechen. Sie trank den letzten Schluck Rotwein, rülpste leise und sagte, als der Kellner wieder gegangen und Urs schon aufgestanden war: »Was ist jetzt mit den Mädchen?«

»Woher soll ich das wissen«, sagte er ärgerlich, denn den Rülpser hatte zwar nur er gehört, aber so war auch klar, daß er nur ihn ärgern sollte.

»Ja«, sagte sie mit einem unechten Seufzer, »das ist das Problem. Woher sollst du das wissen.«

Sie wollte ihm das Tübinger Nachtleben zeigen. In eine Diskothek namens Tangente wurde sie ohne Schwierigkeiten eingelassen, aber der Arm des Türstehers fiel wie eine Schranke vor Urs und hielt ihn auf. »Nur für Mitglieder«, sagte der Mann ungerührt.

»Ich bin auch keins«, sagte Irene, die sich umgedreht hatte.

»Und Frauen«, sagte der Mann.

»Er ist kastriert«, sagte Irene.

Man sah, daß der Türsteher seinen Ohren nicht traute. Bevor er sich wieder fassen konnte, zog Irene Urs herein, und der entgeisterte Mann machte keine Anstalten, etwas dagegen zu unternehmen.

»Ich könnte eigentlich beleidigt sein«, sagte Urs, aber sein Grinsen strafte ihn Lügen.

»Du bist drin«, schnurrte sie zufrieden, »darum geht's.«

Es war noch früh und der Laden nicht sehr voll. Umso besser klang die Musik, veredelt durch den natürlichen Hall des spärlich besetzten Raumes. Es war wunderbar, so laut und intensiv von Songs wie Baba O Reilly und Do it again umdröhnt zu sein. Urs holte Cola und Bier an der Theke und setzte sich zu Irene.

»Also«, sie ließ nicht locker. »Was hast du schon gemacht?«

»Wie gemacht?«

»Mit den Mädels, du Dämel. Wie weit bist du schon?« Es gab kein Entrinnen. Er wußte, sie würde nicht lockerlassen, und eigentlich wollte er mit ihr darüber reden, das hatte er sich oft gewünscht, sogar in Gedanken schon Fragen formuliert, nur ihren Spott und dieses überlegene Getue mochte er nicht immer wieder über sich ergehen lassen.

»Jetzt komm schon, sag endlich, oder suchst du noch nach den schönen Worten dafür?«

»Na, ja.«

»Was na, ja? Du hast noch eine Sekunde Zeit, dann mach ich dir 'ne Liste zum Ankreuzen.«

»Was?«

»Also gut, hast es nicht anders verdient. Möpsereiben? Wie steht's damit?«

Urs schüttelte den Kopf.

»Nein?«

»Doch, aber es waren keine Möpse und ich habe nicht gerieben.«

»Aha, den Busen einer Schönen berührt, gut.« Sie machte ein imaginäres Kreuzchen auf einem imaginären Fragebogen.

»Mund?«

»Was?«

»Mund. Warst du mit dem Mund an ihren Nippeln?«

Urs schwieg. Das war ja wie beim Zahnarzt.

»Sonstwo?«

Er schüttelte den Kopf.

Sie machte einen imaginären Strich und ein bedauerndes Gesicht.

»Also nur die Pfoten. Wo waren deine Hände überall?«

»In den Schamhaaren, aber ich hab mich erst nicht weiter getraut. Und dann hab ich das Gefühl gehabt, es ist ihr nicht recht und bin gleich wieder zurück. Nachher hat sie gesagt, wasch dir die Hände, ich hab meine Tage.«

Irene lachte laut.

»Das hast du nicht gemerkt?«

»Wie denn. Hab ich Augen an den Fingern? Außerdem war's dunkel. Es war auf der Treppe zum Physiksaal.«

Sie machte einen großen imaginären Strich über die ganze imaginäre Seite ihres Fragebogens und schlug ein neues imaginäres Blatt auf.

»Wo waren *ihre* Finger schon überall. Oder ihr Mund?«

»Komm hör auf. Ich hab keine Lust mehr. Du machst alles so banal.«

»Vor allem du und keine Lust«, sagte sie, »dir wachsen die Hormone aus dem Gesicht. Du brauchst es wie Wasser in der Wüste. Außerdem *ist* es banal. Das gute alte Rein-Raus-Spiel ist eben banal.«

»Ich träum fast jede Nacht davon«, sagte er leise. So leise, daß er sich nicht sicher war, ob sie ihn verstand. »Und tagsüber erst recht.«

»Wird Zeit für eine gute Fee.« Sie hatte ihn verstanden. »Tanzt du mit mir?«

Er schüttelte den Kopf, und sie stand auf. Gerade lief Satisfaction.

Seit er Schlagzeug spielte, war es mit dem Tanzen vorbei. Es ging nicht mehr. Irgendwie schien der Rhythmus der Musik verteilt auf verschiedene Glieder, die Achtel in den rechten Arm, Viertel und Halbe in den rechten Fuß und die linke Hand zu fahren. Er hatte eine andere Koordination bekommen.

Er stand auf, um neue Getränke zu holen, und auf dem Rückweg bestellte er Carmelita beim Diskjockey. Das mochte sie noch immer.

Die Tanzfläche hatte sich gefüllt, seit sie dort ihre selbstvergessenen Spiralen drehte. Sie hatte die Satelliten angezogen. Oder die Motten. Nur zwei Mädchen waren dazugestoßen und tanzten miteinander, aber sieben Männer bewegten sich mit starrem Blick, der nach nirgendwo gerichtet schien, wie unabsichtlich um Irene und versuchten, entrückt zu erscheinen, dabei spritzten auch ihnen die Hormone aus den Poren. Als die ersten

Takte von Carmelita erklangen, stellte sich ein langhaariger, selbstsicher wirkender Mann vor Irene und breitete einladend seine Handflächen aus. Aber sie schüttelte nur lächelnd den Kopf, sah zu Urs, um sich für den Song zu bedanken, und legte ihre Arme um sich selber. So tanzte sie in sich gekehrt, und Urs konnte seine Augen nicht von ihr abwenden. Ihr Anblick tat ihm weh und gut zugleich. Er war traurig, denn dieses Lied klang seit dem Tod ihrer Eltern noch mehr nach Abschied und Verlust, nach Schmerzen und Einsamkeit, aber neben der Trauer spürte er auch etwas anderes: Es war so ähnlich wie Verliebtsein. In Irene?

Sie wurde von dem scheinbar unabsichtlichen Rempler einer der beiden Frauen aus ihrer Versunkenheit gerissen und kam von der Tanzfläche. Sie sah enttäuscht aus.

»Komm, wir geh'n«, sagte sie.

»Ich hab noch was zu trinken geholt.«

Sie nahm das Glas und trank es stehend in einem Zug leer. »Komm.«

Er tat es ihr nach, und erst draußen fragte er, was ihr auf einmal die Laune verdorben hatte.

»Mir geh'n die Typen auf den Sack«, sagte sie.

»Welchen Sack?«

»Von mir aus die Gebärmutter.«

Sie wurden von einem kleinen Platzregen überrascht, und Irenes Stimmung besserte sich in dem Maße, in dem ihre Haare sich durch die Nässe zu kleinen Löckchen kringelten. Immer wieder zog sie sich eine Strähne vor die Augen und freute sich daran. Sie liebte Locken.

Sie kannte sich gut aus in der Stadt, und er trottete neben ihr her, als hätte sie »bei Fuß« gesagt.

Es ging durch die Altstadt, durch verwinkelte Gassen, deren Schatten jetzt, so kurz nach dem Regenguß, geheimnisvoll dufteten, bis sie vor einem großen, alten Gebäude standen. Es war nicht die Universität, wie Urs zuerst glaubte, sondern ein Wohnheim, das evangelische Stift, und Irene holte dort nur ihren Schlüssel ab.

»Wir haben eine Villa ganz für uns allein«, sagte sie und ließ den Schlüssel am Ring um ihren Finger kreiseln, als sie wie ein kleines Mädchen die Treppe heruntergehüpft kam.

Sie lotste ihn weiter. Durch den Schloßhof, einen dunklen Gang und eine Gartentür, die sie mit einem Trick, den sie halblaut memorierte, aufbekam und schließlich in einen Garten, der in schmalen Terrassen steil abfiel von dem düsteren, alles überragenden Schloß. Auf einer dieser Terrassen stand ein Gartenhaus, ganz mit weißgestrichenen Schindeln verkleidet, umstanden von Apfelbäumen und blickte wie ein Adlernest ins Tal.

»Hier schlafen wir?« Urs war begeistert, aber er hatte auch das ängstliche Gefühl, etwas Verbotenes zu tun.

»Ja. Es gehört einem Musiker, für den ich mal auf einer Platte Chor gesungen hab. Ich war schon mal hier. Allerdings bei Tag. Und mit Christof.«

»Christof?«

»Stählin. Der Musiker. Ist eigentlich mehr ein Dichter. Er arbeitet hier. Hat früher auch hier gewohnt, aber jetzt hat er eine Freundin und die hat eine Wohnung.«

Nachdem sie aufgeschlossen hatte, tastete sie im Dunkel des Hausinneren herum, wieder mit gemurmelten Instruktionen auf den Lippen. »Ah, ich hab's«, sagte sie zufrieden und hielt einen Leuchter mit brennender Kerze in der Hand. Sie sah aus wie die Fee in einem alten Märchen. Oder auch die Hexe, aber dafür war sie vielleicht zu schön.

»Komm rein. Willkommen.«

»Du siehst aus wie die Märchenfee.«

»Bin ich, mein geliebter Dämelbruder, bin ich.«

»Was ist denn jetzt wieder los? Wieso Dämel?«

»Wird sich bald erweisen.«

Urs gab sich keine Mühe, aus ihren kryptischen Bemerkungen schlau zu werden. Das kannte er schon. Wenn sie diese halblaute, seltsame Mischung aus unfreundlichen und zärtlichen Worten von sich gab, dann fühlte sie sich als Beschützerin, und das mochte er. Es war einfach ihre Art von Zuneigung, wenn sie stichelte und sich so großmäulig gab.

Sie stöberte in einer Kommode und förderte mit triumphierendem Kichern eine Flasche Rotwein zutage. Drei weitere Kerzen, die sie im Raum verteilte, beleuchteten die sparsame Möblierung des Ein-Zimmer-Hauses. Ein rührend verschlissenes Sofa, wie der ebenso bedauernswert heruntergekommene Sessel daneben sicher vom Sperrmüll, ein Tisch, ein Stuhl und zwei Kommoden, an drei der Wände je ein Plakat, eines von der Wiener Sezession, eines von Christof Stählin und eines mit La Primavera von Botticelli. An der vierten Wand lehnte eine große Matratze, über der ein Leintuch, eine Decke und zwei Kissen hingen.

»Das ist ein Traumhaus«, sagte Urs. »Ich bin hingerissen.«

»Ja«, sagte Irene, stolz, als hätte sie es gebaut, »nur pipihalber muß man leider raus. Und zum Sch…, äh, für andere Erledigungen muß man in die Mensa oder ins Wohnheim. Zum Waschen hat's immerhin einen Bottich vor der Tür.«

»Heh, danke«, sagte Urs erstaunt.

»Wofür?«

»Daß du es nicht gesagt hast.«

»Was denn?«

»Scheißen.«

Sie verschüttete einen Teil ihres Weines.

»Du lernst es noch, du lernst es noch«, sagte sie glucksend, »ich bin stolz auf dich. Du bist die Mühe wert.«

»Welche Mühe denn?«

»Vergiß es.« Abrupt hörte sie auf zu lachen, gab ihm ein Glas und prostete ihm zu. »Pscht«, sagte sie dann und legte einen Finger an den Mund, weil er aufstand und das Fenster öffnete. »Das Gartenhaus ist nicht zum Schlafen. Er darf hier nur arbeiten. Sei leise, die Nachbarn petzen. Das ist Schwaben hier. Da paßt jeder auf.«

Urs nickte und setzte sich wieder. Irene hatte sich bequem in den Sessel gefläzt und stocherte mit dem Zeigefinger in ihren sich schon wieder glättenden Locken herum. Sie schwiegen eine Weile.

Irgendwann nahm sie einen beherzten Schluck, dann einen zweiten und leerte schließlich das Glas mit Schwung. Sie machte ihm ein Zeichen, daß er auch trinken solle und schenkte sich nach.

»Ich vertrag nicht viel«, sagte er skeptisch.

»Doch.«

Er trank brav aus und hielt ihr sein Glas hin, fest entschlossen, kein weiteres mehr zu trinken. Er hatte noch keinen guten Rausch erlebt. Immer war ihm viel zu früh schlecht geworden. Noch bevor die anderen im Internat so richtig ausgelassen wurden, hing er schon über der Kloschüssel und wollte nicht mehr leben. Aber der Wein schmeckte, und dieser feuchte Sommerabend roch so gut; das Kerzenlicht, das Flüstern, und diese komplizenhafte Verstohlenheit hier im Adlernest ließen ihm seine Vorsicht spießig erscheinen, und er dachte, Irene ist ja da. Ich bin ja nicht allein. Nicht wie im Internat.

Sie stand auf, kippte die Matratze zu Boden, legte das Bettuch auf und dann die Kissen. Sie goß schon wieder Wein in ihr Glas – aus seinem war kaum die Hälfte getrunken – dann blies sie drei der Kerzen aus und stellte die letzte noch brennende neben das Bett auf den Boden.

»Zeit, ins Bett zu gehen«, sagte sie und faßte an den gürtellosen Bund ihrer Cordhose, zog den Reißverschluß auf und streifte sie von den Hüften. »Komm.«

»Ich bin noch nicht müde.«

»Das kriegen wir auch noch hin. Los komm ins Bett. Befehl von der Chefin.«

Er zog sich aus und versuchte dabei, in eine Zimmerecke zu schauen, nicht auf Irene, die jetzt nackt vor der Matratze stand und grinste.

»Heh, guck her. Du kannst was lernen. So sieht eine Frau aus.«

Als ob er das nicht wüßte. Sie hatte sich noch nie vor

ihm geniert. Allerdings hatten sie seit ihrer Kindheit nicht mehr das Bad oder Zimmer geteilt. Trotzdem hatte sie ihm immer genügend Gelegenheit geboten, das Wachsen ihres Körpers zu verfolgen, wenn sie zum Beispiel im offenen Bademantel herumlief oder sich vor seinen Augen umzog. Er wußte schon lange, wie schön sie war. Er hätte sie zeichnen können, wenn er dazu das Talent besäße. Jetzt wollte er doch nur höflich sein, wieso zog sie ihn andauernd auf?

»Mußt du dich immer auf meine Kosten amüsieren?«

»Nein«, sagte sie, »eigentlich nicht. Entschuldige. Alte Gewohnheit. Ich merk das schon gar nicht mehr.«

Sie ging vor die Tür, und er hörte ein Plätschern. Sie wusch sich. Er nutzte die Gelegenheit, um unter die Decke zu schlüpfen. Er war verlegen. Genierte sich vor ihr. Sie war nicht wie sonst. Nicht wie eine Schwester.

Sie kam herein, schloß die Tür, schlüpfte zu ihm unter die Decke und faßte ihn ohne Umstände um die Hüfte. Und er hatte doch dadurch, daß er sich wegdrehte, seinen Zustand vor ihr verstecken wollen.

Er war nicht wirklich überrascht oder etwa dagegen – seine Gedanken waren in der letzten halben Stunde um nichts anderes gekreist – allerdings so, als lägen sie in einer extra Schublade seines Bewußtseins, die er geschlossen halten konnte, um sich weiterhin selbst die staunende Arglosigkeit vorzuspielen. Jetzt entfuhr ihm ein dunkler Seufzer, und er fühlte sich straff und entspannt zugleich.

Weich und fast ohne Druck bewegte sie ihre Hand,

und er wußte nicht, ob er atmete, und irgendwann sagte sie: »Du auch. Faß mich an. Vorsichtig.«

Sie schlug die Decke zurück, und der Luftzug verkleinerte die Kerzenflamme für einen Moment, so daß es wirkte wie eine subtile theatralische Inszenierung, als das Licht, wieder heller werdend, den Anblick ihres Körpers vor seine Augen legte. Jetzt wußte er, daß er atmete. Er hörte sich fast unerträglich laut.

Er wollte nicht die Augen schließen, nicht versäumen, was es da für ihn zu sehen gab, gleichzeitig mit den aufregenden Meldungen, die sein Tastsinn, Geruchssinn und Gehör ins Zentrum schickten, aber er schloß sie doch, um sich hinter ihren Lidern zu verstecken.

»Von wegen nicht gerieben, aua«, sagte sie irgendwann, als er über ihre Brüste strich, aber der beruhigende Tonfall ihrer Stimme strafte den Spott in ihren Worten Lügen. Sie nahm seine Hand und legte sie in ihren Schoß. Dort führte sie seinen Mittelfinger wie einen Lehrling durch die geheimnisvolle Landschaft seiner jahrelangen Träume und ließ ihn erst los, als er sich anstellig zeigte und nicht mehr grob und ängstlich war. »Ich bin stolz auf dich«, sagte sie irgendwann wieder leise und spöttisch und schien sein suchendes Tasten zu genießen. Jetzt hörte er auch ihren Atem.

Sein anfänglich schlechtes Gewissen verschwand schnell. Sie machte es ihm so leicht, sagte »Mund«, und er verstand, sagte »Zunge«, und er gehorchte, sagte »komm«, und er versuchte, in sie einzudringen. Als ihm das nicht gleich gelang, lachte sie vergnügt und guttural, so daß er, vielleicht auch vor lauter Aufregung und Zielstrebigkeit nicht verletzt war. Sie kicherte: »Nebenan geht's rein, hier«, und half ihm mit den Händen, die sie dann auf seinen Rücken legte, um mit sanftem Druck und leichtem Griff seine Bewegungen zu steuern.

Es war auf einmal so selbstverständlich, daß er sich fragte, was daran so sensationell sein sollte und ihre Stimme in seinem Kopf sagen hörte, das gute alte Rein-Raus-Spiel *ist* banal. Ja, es war banal. Aber es war auch wie das glücklichste, zufriedenste Einschlafen, ein Wiegen auf den Wellen eines breiten sanften Stroms. Nein! Der Strom war von einer Zehntelsekunde zur nächsten reißend geworden, und Urs fühlte sich auf einmal schmal und so, als biege ihn jemand in der Mitte bis kurz vor einen Punkt, an dem er zerbrechen müßte, und zerbrach und stürzte durch Stromschnellen in tieferes Wasser, tauchte, versank, immer tiefer und atmete nicht mehr. Doch. Er atmete. Direkt in Irenes Halsbeuge hinein, unter ihr Ohr und neben ihr Kinn, und mit dem Einziehen des Atems roch sie gut und schlug ihr Puls einen Marschrhythmus für Zwerge an seine Lippen.

»Na?« fragte sie leise. »Besser als eigenhändig?«

Er wußte nicht, ob er ja gesagt hatte, vielleicht hatte er es nur gedacht: ja, ja, ja; am liebsten wollte er sich sofort wieder bewegen, um wieder durch diese weiche Ruhe in die Schnellen zu fallen, wieder so gekrümmt zu werden, zu zerbrechen, so wie eben, aber er lag still und wie tot, weil er nicht sicher war, ob irgendein Muskel seines Körpers noch gehorchen würde.

»Du wirst mir zu schwer«, sagte sie, und ihre Hände, die noch immer auf seinem Rücken lagen, zogen ihn aus ihr und von ihr, und er drehte sich auf den Rücken und starrte das Muster des Lichtscheins auf der Zimmerdecke an.

»Zufrieden?« fragte sie.

»Du?« fragte er zurück, und als sie »nein« sagte, war der Raum auf einmal kühl und wie gekachelt, der Kerzenschein wie Flutlicht und das Rauschen des Windes in den Obstbäumen vor der Tür wie mit Tausenden von Watt verstärkt.

Er stützte sich auf den Ellbogen und sah sie an. Ihr Gesicht war naß von Tränen, und sie drehte es ins Kissen, damit er nicht weiter so hilflos hineinstarren konnte.

»Was ist denn?« fragte er leise, aber er wunderte sich nicht, daß sie keine Antwort gab. Er strich ihr einmal übers Haar, dann legte er sich wieder auf den Rücken. Und wartete.

Irgendwann, als das Zimmer wieder warm geworden war, das Licht der Kerze klein und tröstlich und von draußen nichts weiter zu hören, als das kleine, verlorene Zwitschern eines vielleicht träumenden Vogels, da wagte er sich wieder vor: »Hab ich dir weh getan?«

»Nein«, sagte sie. »Eher sogar im Gegenteil.«

Einige behutsam gestellte Fragen später begann sie endlich zu reden: Sie hatte es nicht nur ihm zuliebe darauf angelegt, sondern auch für sich selbst etwas ausprobieren wollen: Wenn sie mit ihm schliefe, dann wäre es nicht aus Angst oder Hemmungen, falls sie nichts dabei spürte. Bisher hatte sie nie etwas gespürt. Nicht das Richtige jedenfalls. Er war ihre letzte Chance gewesen, herauszufinden, ob Männer ihr irgendwas bedeuteten.

»Und das Experiment ist schiefgegangen?«

»Wie man's nimmt«, sagte sie, und Urs war froh über das kleine Lächeln auf ihrem Gesicht, »mein Leben wird kompliziert.«

»Du und Angst«, sagte Urs, »das kann ich mir nicht vorstellen.«

»Ist ja auch keine. Ich bin bloß eine Lesbierin. Das ist alles. Mit den Freundinnen im Internat oder mit meiner eigenen Hand bin ich im siebten Himmel, bloß mit den Jungs ist es nicht besser, als zu spät aufs Klo können.«

»War's mit mir wie Klo?«

»Sei bloß nicht eingeschnappt«, fauchte sie. »Du bist hier nicht der gekränkte Held. Ich hab *dir* was spendiert, nicht du mir.«

»Du hast immerhin vom Baum der Erkenntnis gegessen.«

Sie lachte: »Stimmt. Entschuldige. Ich danke dir, mein Ritter.«

»Ich hab zu danken«, sagte Urs mit der Andeutung einer galanten Verbeugung. »Schade, daß du mir jetzt nicht verfallen bist.« Er versuchte, seine Verletzung hinter dem lockeren Tonfall zu verbergen.

»Scheiße, ich bin eine Tunte!« schrie sie plötzlich. Urs erschrak, weil er sofort an die Nachbarn dachte.

»So heißt das nur bei Männern«, korrigierte er sie besserwisserisch. »Und außerdem bin ich stolz auf dich. Du bist was Besonderes.«

»Da hast du allerdings recht«, sagte sie sarkastisch und kniff ihn in den Oberarm.

Sie schwiegen eine Weile und genossen die Erleichterung, die sich nun doch zwischen ihnen breitgemacht hatte, bis Urs sagte: »Und ich hätte so gern die nächsten Jahre nichts anderes getan, als mit dir schlafen.«

»Erst machst du mal dein Abitur«, sagte sie in ihrem gouvernantenhaftesten Tonfall, »dann spendier ich dir vielleicht den einen oder anderen Gnadenfick. Mal sehen.«

Er stand auf und zog sich an.

»Ach komm, das war doch nicht bös gemeint«, sagte sie kleinlaut, als er schon die Tür aufgemacht hatte.

»Wie denn sonst«, sagte er und ging.

Schon nach wenigen Schritten war sein Ärger verschwunden, und das leichte, flatternde Glücksgefühl breitete sich wieder in ihm aus. Er ging ziellos durch die Stadt, ging kreuz und quer, wich den Reinigungsmaschinen aus, sah die Zeitungszusteller auf Rädern von der Neckarbrücke ausschwärmen, hörte das Vogelgezwitscher in der Platanenallee und schlängelte sich durch die Marktverkäufer und das ganze erwachende Leben dieser Stadt, bis er irgendwann, sich wieder an dem unübersehbaren Schloßgebäude orientierend, zurückfand, das Tor überkletterte und das Gartenhäuschen betrat.

Er war Irene nicht böse. Sein impulsiver Ärger über ihre Zote war nur ein passender Vorwand gewesen, um mit seinem Glück und seiner Dankbarkeit alleine zu sein. Zu genießen, daß sich seine bis dahin leere Gestalt mit irgend etwas füllte, daß er nach draußen gekommen war, ins Freie, ins richtige Leben, zu den Frauen, zu den irrsinnigen und seltsamen Freuden, deren Vorgeschmack ihn schon seit Jahren verwirrt hatte.

Das alles wollte er Irene sagen, wollte sie teilhaben lassen an seinem Glück und sie trösten, falls ihr der Gedanke, nur Frauen zu lieben, noch immer nicht gefiele, aber das Gartenhaus war aufgeräumt, die Matratze stand wieder an der Wand, und auf dem Tisch lagen ein Zettel und ein Fünfzigmarkschein. Auf dem Zettel stand: Du bist ein undankbarer Rüpel, aber ich liebe dich. Du liebst mich auch. Und es war schön. Ehrlich. Verpiß dich und mach dein Abitur.

Er mußte lachen, obwohl er sich verlassen fühlte, und steckte kopfschüttelnd den Zettel und das Geld ein, aber schon, als er die Tür hinter sich zugezogen hatte, wäre er am liebsten zum Bahnhof geflogen. Er traute sich das zu, nur ein Rest von Vernunft und Ängstlichkeit hielt ihn davon ab.

Er verbrachte fast den ganzen Tag im Zug, mit Umsteigen, Schlafen, Träumen und dem immer stärker werdenden Gefühl, daß die Seele oder etwas anderes, ähnliches seit heute nacht endlich in seinen vor einem Jahr zu absurder Höhe aufgeschossenen Körper paßte. Seit heute nacht. Und für immer.

Acht

Wenn man alt wird, dachte Sylvie, verliebt man sich wieder ebenso wahllos und dämlich wie in der Pubertät. Diese Cornelia ist ein solcher Schuß in den Ofen, daß ich mich wirklich ans Hirn fassen muß. Aber: Hirn? Welches Hirn?

Wie immer, wenn sie nachdenken wollte, war Sylvie in ihrem Keller, der, außer einem kleinen Schuhregal und vier Umzugskisten voller ausrangierter Kleider und Kleinigkeiten, nur Werkzeug und Fahrräder enthielt. Genaugenommen elf Stück, eines besser in Schuß als das nächste. Sie ölte das alte klobige Adler ein, das Rad ihrer Mutter, die Sylvie schon in den Fünfzigerjahren für ihr ungeniertes Fahren mit dem Herrenrad bewundert hatte.

Sie hatte Cornelia eben richtiggehend rauswerfen müssen. Peinlich. Die zwang ihr einen Stil auf, den sie gräßlich fand. Drei Liebesnächte, eine Radtour, bei der Cornelia schon nach zwanzig Minuten jammernd hinterhergekeucht war, und ein Fest, bei dem sie geschlagene vier Stunden blasiert und wortlos in der Sofaecke geschmollt hatte – das war die ganze Bilanz dieser Affäre. Und jetzt das Theater, weil Sylvie alleine nach Berlin wollte. Furchtbar. Vielleicht lag sie schon morgen abend laut sterbend im Hausflur und kratzte an der nächstliegenden Tür, damit nur ja niemand das aus der Jackentasche lugende Schlaftablettenröhrchen übersehen konnte. Aber ich sitz morgen abend im Zug, dachte Sylvie und schüttelte sich.

Nicht-Alfons, der zufrieden in einer Ecke lag und sich nur mit gelegentlichen Schnaufern bemerkbar machte, wedelte mit dem Schwanz. Sie hörte das Klopfen auf dem Kellerboden. »Du bist in Ordnung«, sagte sie, und das Klopfen wurde lauter und schneller. »Für einen Kerl bist du in Ordnung.«

Schade, daß sie ihn nicht mitnehmen konnte. Ich werd alt, dachte sie, verknall mich in einen Köter. Das ist ja nicht zu fassen. Was man nicht alles dazulernt, wenn man lang genug von offenen Fenstern wegbleibt.

»Du darfst morgen zu deinem Bär«, sagte sie, »da könnt ihr mal so richtig von Mann zu Mann über eure Jungsprobleme reden. Und die süße Marie krault dich unterm Kinn. Werd mir bloß nicht untreu, sonst gibt's 'ne Kastratur, kapiert?«

Klopf, klopf, klopf machte der Schwanz, und ein Auge öffnete sich halb. Nicht-Alfons schien zu überlegen, ob es sich lohnte, richtig aufzuwachen, oder ob er weiterhin den Schlafenden spielen sollte. Er wußte nicht, daß sein Schwanz autonom war und jeden Trick verpetzte.

»Schon gut«, sagte Sylvie, »brauchst nicht zu antworten. Du bist doch die blödeste Töle, die ich je geliebt habe.« Und sie kraulte ihn unterm Kinn und hinter den Ohren. Solange, bis die Fahrräder zu murren begannen und sie wieder nach dem Öllappen griff.

Urs freute sich auf die Tage, die er mit Marie allein den Laden versorgen würde. Nach dem Frühstück, als sie schon den Boden wischte, räumte er den Keller leer und fuhr einen Berg zusammengefalteter Kartons auf den Müll.

Als er wiederkam, trat eben der Feuerwehrmann aus dem Laden und grüßte ihn mit einem Kopfnicken.

Marie war allein, und als die Tür hinter ihm zufiel, sagte Urs: »Daß der ein Buch liest, kommt mir nicht grad zwingend vor.«

»War auch keins zum Lesen«, sagte Marie, »er hat's auch nicht gekriegt.«

»Was denn?«

»Jagdwaffen im Leistungsvergleich. Ich hab einfach behauptet, das gäb's nicht mehr.«

Urs grinste. Gut, daß Irene nicht da war. Mutwillige Verkaufsverweigerung. Das hätte sicher wieder Krach gegeben. »Geht zu weit, hm?«

»Allerdings. Pfui Teufel. Jagen ist ein widerliches Hobby.«

»Da bist du mit Yogi einer Meinung, der sägt sogar Hochsitze um.«

»Ich will nicht an Hochsitze denken«, sagte sie leise, und Urs fühlte ein leichtes Frösteln zwischen den Schulterblättern. Als sei auf einmal schwacher Nebel im Raum entstanden.

»Gibt es viele Bücher, die du nicht verkaufst?« fragte er, um den Nebel zu verscheuchen.

»Ich glaub schon. Aber ich kenn sie nicht alle. Manches würde ich sicher aus Dummheit doch bestellen.«

»Welche nicht?«

»›Ich war dabei‹ von Schönhuber zum Beispiel, oder diesen Scheißdreck von Irving.«

»John Irving?«

»Quatsch. David. Der englische Nazi.«

Urs küßte ihr schnell die Hand und warf dabei einen kurzen, schuldbewußten Blick zur Tür.

»Heh«, lachte sie erstaunt, »stört's dich nicht, daß ich Scheißdreck sage?«

»Nicht bei dem Thema.«

Ein älterer Herr mit Baskenmütze und dunkelblauem Dufflecoat kam herein. Marie bedeutete Urs mit den Augen, daß er ihn bedienen solle und machte sich im Hintergrund zu schaffen.

Das hatten sie gestern abend ausgemacht. Urs sollte es einfach probieren, und Marie würde dabei ein Auge auf ihn haben. Buchhändlerschnellkurs, nannte sie das. Wenn du alles erst mal probierst, dann lernst du es viel besser, als wenn man dir alles erst mal sagt.

»Kann ich was für Sie tun?«

Irene genoß den Trubel. Wovor hab ich bloß Angst gehabt, dachte sie, als sie durch die Halle sechs schlenderte, und sich von der Masse der angebotenen Bücher überwältigen ließ. Sie bog aus dem äußersten rechten, von Esoterikern, Anthroposophen und Religiösen belegten Gang in den nächsten, wo die ehrenwerten Verlage Fischer und Rowohlt residierten.

Heute war der Atmosphäretag. Keine Arbeit, kein Geschäft, nur sinnliches Stöbern, Schlendern und Sichverführenlassen, und abends in die Bugwelle vor Arndts Kollegen tauchen – das war der ganze Plan.

Ihr war klar, daß sie sich zusammennehmen müßte, um nicht gleich loszulegen – es gab so viel zu tun, und die ersten drei Tage, an denen nur Buchhändler eingelassen wurden, waren immer die hektischen und wichtigen. Aber sie wollte, wie vor Jahren als Lehrling, diesen phantastischen Menschenauflauf mit staunenden Augen sehen und nicht von null auf hundert losrasen. Die Messe im Jahr ihrer Premiere als Ladenbesitzerin war genau richtig, um diesen langgehegten Wunsch endlich in die Tat umzusetzen. Und wenn's nur eine Übung in Selbstbeherrschung wäre, sie würde heute nichts weiter tun, als die Nase überall dort hineinzustecken, wo irgend etwas lockte.

Beim Stand von Fischer lächelte sie. Man könnte sich umziehen für jeden Verlag, dachte sie, und hier wär's ein enges Fischgrätkostüm. Mit diesem Spiel verbrachte sie fast vier Stunden, besuchte drei Stockwerke und hätte einen Lastwagen voller Kleider und an jedem Mittelgang eine Kabine zum Umziehen gebraucht, wäre das Spiel nicht Phantasie, sondern Wirklichkeit gewesen.

Bei Rowohlt hätte es eine unsichtbar teure Kombination von Jil Sander sein müssen, bei Langenscheidt ein Cordanzug. Droemer: dicke Ohrringe, Heyne: noch dikkere, Eichborn: Jeans und Lederjacke, Hanser: die Jacke des Cordanzuges und eine weite Leinenhose, Kiepenheuer: dieselbe Kombination andersrum. Bei Bertelsmann Seide mit großem Blumenmuster, bei Diogenes wieder das Fischgrätkostüm, aber mit Rollkragenpullover statt Bluse, und den Rolli konnte sie gleich für Haffmans anbehalten, allerdings mußte da wieder der Cordanzug drüber. Nur diesmal in Schwarz anstatt Flaschengrün.

Uwe Timm, der bescheiden am Stand saß, wollte gern für eine Lesung nach Freiburg kommen, aber sie sollte alles mit dem Verlag ausmachen, und das konnte sie auch noch morgen tun. Oder telefonisch irgendwann. Von Urs Widmer, der ganz in ein Gespräch vertieft war, bekam sie eine ähnliche Antwort und nahm das als Zeichen, daß sie den Atmosphäretag nicht hätte unterbrechen sollen. Von da an sprach sie keine Schriftsteller mehr an.

Bei Dumont ließ sie sich einen Kaffee spendieren von Kerstin, der Vertreterin, an der alles groß war, Augen, Lippen, Brüste, Hüften, Schmuck. Irene war seit Jahren in Kerstins Herzlichkeit verliebt.

»Heut noch nicht«, sagte sie, als Kerstin nach den Reiseaufträgen griff. »Morgen bin ich beruflich da. Heute noch privat.«

»Heh, was machst du denn hier?« fragte Regina, die mit einem Bildband über Wien in den Händen hinter sie getreten war.

Irene war einen Augenblick sprachlos und versuchte alarmiert, ihre Freude zu verbergen, denn Kerstin kannte sie gut und hätte das Strahlen in ihrem Gesicht bestimmt richtig gedeutet.

»Ist das bloß eine Redensart oder wirklich eine besonders blöde Frage?« sagte sie schnell, bevor sie noch die Nerven verlieren konnte und doch aufsprang, um Regina um den Hals zu fallen.

»Beides.« Regina grinste. »Kommst du mit ins Sortimenterzentrum?«

»Warum nicht?« Sie verabschiedete sich eilig. Dieses alberne Theater ließ sich nicht lange durchhalten.

Es klang fast so, als wäre ihnen gleichgültig, was sie redeten auf ihrem Weg in den dritten Stock. Sie plapperten drauflos und beachteten die Worte nicht. Was sie beachteten, war das Glitzern ihrer Augen, das Lächeln ihrer Münder und den warmen, tiefen Tonfall ihrer Stimmen.

Erst als Regina mit zwei Tassen Tee von der Theke zurückkam und sich setzte, schob Irene ihre Hand unter die Tischplatte und berührte Reginas Knie. »Ich hab so Sehnsucht nach dir gehabt.«

Ich auch, sagten Reginas Augen. Ihr Mund sagte lange Zeit nichts, aber dann: »Wir können hier nicht zusammensein. Das schaff ich nicht. Ich käme mir gemein vor.«

»Ja, ich weiß«, sagte Irene. »Ich komm mir auch gemein vor.«

»Ich freu mich, daß du da bist.«

»Hm.«

Der Herr im Dufflecoat hatte einen leichten Akzent, seine Us und Rs klangen englisch. Er entschuldigte sich gleich, mit einem absurden Wunsch zu kommen: er suche ein längst vergriffenes Buch und wisse, daß dies kein Antiquariat sei, aber er bleibe nur bis Mittwoch in Deutschland und frage einfach überall. Er bezahle auch jeden Preis für das Buch.

»Wie heißt es denn?«

»›Der Mann, der pornographische Bücher schrieb‹, von Hal Dresner.«

»Ach herrje«, mischte sich Marie ein, »das kenn ich. Das ist seit siebzehn Jahren vergriffen. Taschenbuch. Bärmeier und Nikel. Den Verlag gibt's gar nicht mehr. Moment mal...«, sie hielt einen Finger in die Luft, wie jemand, der nicht unterbrochen werden will, und dachte nach. »Würden Sie's denn auch als Fotokopie wollen? Vielleicht weiß ich jemanden, der's hat.«

Der Mann strahlte, zog sie an sich und küßte sie ohne Umstände auf beide Wangen. »Sie sind ein Engel.«

»Ich versuch's«, sagte Marie, »kommen Sie wieder vorbei?«

»Jede Stunde, wenn Sie wollen, aber Sie können mich auch in der Colombi Hotel anrufen. O'Rourke, Zimmer 37.«

»Rourke? Sind Sie mit Mickey Rourke verwandt?«

»Nein«, der Mann lachte und nahm ein blaues Buch vom Stapel. »Das ist nicht schlecht«, sagte er versonnen und hielt es Marie unter die Nase. »Alles wahr, was drin steht.« Dann legte er das Buch abrupt aus der Hand und ging freundlich winkend aus dem Laden.

»Das ist von Robbi«, sagte Marie erstaunt und schüttelte den Kopf. »Komisch.«

Urs hätte sich gern an irgendwas zu schaffen gemacht, um Marie nicht zu zeigen, daß ihm die Küsse des Herrn und sein selbstgewisser Überrumpelungscharme nicht gefielen. Für wen hielt der sich denn? Aber er brauchte sich nicht zu verstellen. Marie hatte keine Augen für ihn. Sie hielt schon den Hörer in der Hand und fragte irgendeinen Manfred nach dem Buch. Für Urs' Geschmack freute sie sich übertrieben darüber, daß dieser Mensch es wirklich besaß und sie einlud, nachher vorbeizukommen.

»Mittagspause«, rief sie fröhlich und steckte den Schlüssel in die Ladentür. »Krieg ich dein Auto?«

»Wieso machst du das alles?« Er hielt ihr seinen Schlüssel hin.

»Weil ich ein Engel bin.« Und weg war sie.

Na warte du Flittchen, dachte Schang, als er das Buch »Jagdwaffen im Leistungsvergleich« bezahlte und ohne Verpackung unter den Arm klemmte. Dir bring ich noch bei, daß man nicht jedem so frech ins Gesicht lügen kann. Mir jedenfalls nicht. Schang hieß in Wirklichkeit Hans, aber seit er als Kind aus dem Elsaß gekommen war, hatten ihn die anderen gehänselt. Dr. Hans im Schnokaloch, der waiß nit was er will. Inzwischen war Schang sein Nom de guerre. Und der hatte keinen schlechten Klang in den Kreisen, auf die es ankam.

Er schlug sich gegen die Stirn. Das war's! Das Flittchen war die von dem Foto! Das war die kleine Hure, die der Kölner Kamerad suchte! Na siehst du, Spatz, schon haben wir was, mit dem wir dir in die Suppe spucken können. Da hilft kein kurzer Haarschnitt und keine rote Farbe. Mit *der* Fresse wird man erkannt. Ob blond ob braun, sang er leise vor sich hin, ich finde alle Fraun. Haha. Er startete den Camaro und fuhr nach Kehl. Es gab dort was zu besprechen. Den Anruf nach Köln konnte er auch morgen noch machen. Die läuft nicht weg. Die nicht. Die fühlt sich wohl hier. Hält den Laden für den Speck ihrer Träume, die kleine Made.

Als er beim Siegesdenkmal an Joe in seinem Taxi vorbeifuhr, schnitt er ihn und hielt den Arm aus dem Fenster. Den linken. Mit ausgestreckter Hand.

Kurz vor halb drei war Marie mit dem Taschenbuch unterm Arm angekommen. Urs hatte es kopiert, war dann gleich einkaufen gegangen, hatte gewaschen, und jetzt schnitt er Steinpilze klein, briet sie an und löschte mit Rotwein ab.

In einer halben Stunde, gegen sieben, konnte Marie fertig sein mit der Kasse, und bis dahin hätte die Soße, die schon seit zwei Stunden vor sich hinköchelte, auch den richtigen Grad an Sämigkeit erreicht. Sie schmeckte schon jetzt so gut, daß er sich beherrschen mußte, nicht andauernd zu probieren. Er gab die Pilze in den Fond und gestattete sich noch einen Löffel. Mußte er ja. Kontrolle. Er setzte Nudelwasser auf und sah sich um. Gab's noch was zu tun? Nein. Der Salat war geputzt, der Tisch gedeckt, Rotweinflasche offen, Wäsche aufgehängt, Soße auf dem richtigen Weg – nichts mehr.

Seltsam, in Irenes Wohnung zu sein, ohne daß sie jeden Augenblick hereinschneien konnte. Hatte was Verbotenes, Heimliches, als hätte einem jemand die sturmfreie Bude geliehen. Aha, dachte er, daher weht der Wind, sturmfreie Bude, ich hoffe, daß Marie mich heute nacht erhört. Er mußte lachen. Erhört. Jungejunge. Er legte sich auf Irenes Sofa und hörte die Brian Eno Platte an, die er ihr vor vier Jahren zum Geburtstag geschenkt hatte. Liebes Tagebuch, dachte er, wo immer du auch gelandet bist, heute würde ich nichts in dich reinschreiben, weil, es fehlen mir nämlich die Worte.

Irene genoß den aufgeregten Lärm im Café Laumer. Arndt, mit dem sie hergekommen war, hatte sich in ein junges Mädchen verbissen und strahlte und redete und gestikulierte mit sich selber um die Wette. In einer Ecke saßen Elke Heidenreich, ihr Mann, Irene Dische und der Chef von Rowohlt, in einer anderen Matthias Horx und irgendein ihr vage bekanntes Fernsehgesicht; eben betrat Harry Mulisch, gefolgt von einer Traube Ergebener das Café und dahinter sah sie den unvermeidlichen Peter Wawerzinek hereindrängeln. Noch eine halbe Stunde vielleicht, dann würde der passend zu seiner schwarzen Existenzialistenkluft und österreichischen Herkunft den ganzen Laden aufmischen. Wenn er genügend Bier in sich reingeschüttet hatte, beschimpfte er alle, als wäre man im Paris der zwanziger Jahre und er der letzte integre Surrealist, der all den korrumpierten Parvenüs einen Spiegel vorhält. Diese Vorstellung gab er jedes Jahr. Eigentlich müßte ihm das Laumer Honorar bezahlen für seine effektvollen Auftritte.

Ein komischer Tag heute. Nur ein paar Minuten war sie mit Regina allein gewesen, schon hatte sich Robbi zu ihnen gesellt. Wie ein Verfolger. Irene schämte sich noch jetzt beim Gedanken daran. Diese Situation war unwürdig. Gemein, sich nach Robbis Frau zu sehnen, während er ihre Hand hielt. Sie hatte sich bald entschuldigt und war in die Halle eins zur Kunst gegangen. Und sie hatte sich bei dem Wunsch ertappt, Marie wäre hier, schlendere mit ihr durch die Gänge, trenne sauber Kunst von Kitsch und befreie sie aus dieser peinlichen und miesen Lage. Marie? Wieso denn die? Wie sollte die sie denn befreien? Und woher wußte sie, ob Marie überhaupt was von Kunst verstand?

Nach einiger Zeit, einem Glas Wein und einem kurzen Gespräch mit Kerstin, wurden Wawerzineks Gebärden größer, und Irene entschloß sich, ins Bett zu gehen.

Tatsächlich drangen dann draußen laute Stimmen und das Klirren zerbrechender Gläser an ihr Ohr, als sie endlich in der Schlange nach vorn gerückt und in ein Taxi gestiegen war. Gerade noch rechtzeitig.

Marie seufzte zufrieden und nahm Urs' Hand, um sie förmlich wie ein galanter Gigolo zu küssen. Dann schnupperte sie an seinen Fingerspitzen und sagte: »Zwiebeln. Mhhm. Der Geruch macht mich ganz läufig.«

Urs schwieg und schnüffelte selber an seinen Fingern. Tatsächlich. Es roch gut.

»Du bist wirklich ein Mann zum Heiraten«, sagte Marie und schob den Teller ein Stückchen von sich weg. »Ich glaube, so gut hab ich noch gar nie gegessen.«

»Ja«, sagte Urs.

»Was, ja? Klingt das nicht ein bißchen eingebildet?«

»Ich hab ja auf deinen Antrag geantwortet.«

»Ach, das war ein Antrag?«

»Nein?«

Sie zuckte mit den Schultern, aber sie lächelte dabei.

Urs räumte die Teller ab und stellte sie in die Spülmaschine.

»Geh'n wir ins Kino?« rief er, um keine nachdenkliche Stimmung aufkommen zu lassen.

»Nein«, rief sie.

»Fernsehen oder so was?«

»So was.«

»Was?«

»Einen Ballon steigen lassen.«

Auf dem Weg zum Laden erzählte sie ihm, daß der Bassist, von dem sie das Buch geliehen hatte, einen Satz Röhrenglocken, etliche gute kleine Percussionsinstrumente und ein großes Marimbaphon zum Verkauf anbot. »Aber er leiht es uns aus, wenn wir wollen.«

»Natürlich wollen wir«, sagte Urs. »Wenn es bezahlbar ist, kauf ich's auch. Ich such schon ewig in der Zeitung nach solchen Sachen.«

»Toll.« Sie hakte sich bei ihm unter.

»Wird mein Hochzeitsgeschenk.«

Sie drückte ein bißchen: »Ich kann dich doch Irene nicht wegnehmen.«

»Wieso wegnehmen? Wir bleiben zusammen und werden Freiburgs schönste kleine Buchhandlung.«

»Das klingt wie ein Traum.« Maries Stimme klang leise, und ihre Hand an seinem Arm wurde so leicht, daß er sich beherrschen mußte, nicht hinzusehen, ob sie noch da war.

»Komm, wir spielen noch ein bißchen«, sagte sie, als er die Ladentür hinter sich abschloß, »es liegen gute Töne in der Luft.«

Das stimmte. Sie spielten lange, leise und verhalten, und es klang, als kitzelten sie einander, oder streichelten vorsichtig und staunend die federleichten Töne und Figuren, die der andere von seiner Handfläche blies.

»Ich will noch duschen«, sagte Marie irgendwann, und sie legten ihre Stöcke ab und gingen nach oben.

Oh nein, dachte Irene, das halt ich nicht aus, als die ersten Traumbilder ihres Halbschlafes vom Quietschen des Bettes nebenan zerrissen wurden. Das hätt ich mir doch denken können. Buchmesse. Rammeltreff. Und ich bilde mir ein, im billigsten Hotel von Frankfurt zum Schlafen zu kommen. Ich Idiot.

Sie stand auf und suchte nach Zigaretten. Jetzt waren auch kleine Schreie zu hören, rührende Kiekser und eine Männerstimme dazwischen, die wohl beruhigend klingen sollte, aber aufgeregt war und in der Tonlage anstieg, und Irene dachte: wenn die nicht noch einen draufsetzen, dann ist es gleich vorbei.

Sie öffnete das Fenster und blies den Rauch in die Nacht hinaus. Gegenüber im Hotel Metropol war ein reges Kommen und Gehen. Buchmesse. Und ich bin allein. Ich sollte mich betrinken. Sie schloß das Fenster. Es war kalt.

Die Frau klang ein bißchen wie Regina. Ein bißchen? Um Gottes willen! Irene saß auf dem Bett und wußte nicht, ob sie etwas fühlte, und falls ja, was es war, Enttäuschung, Magenschmerzen, Ekel oder Wut, und ihre Erstarrung löste sich erst wieder, als die Glut der Zigarette ihr die Finger verbrannte. Kein Zweifel. Nicht der geringste Zweifel. Eben hatte Regina, direkt hier nebenan, den Sprung von der Abschußrampe ins All hinter sich gebracht. Nur eine Ohrfeigenweite entfernt. Irene sah ihr eigenes kreidebleiches Gesicht, als sie den Stummel unter dem Wasserhahn löschte und in den Papierkorb warf. Die Männerstimme war nicht Robbis. Die beiden wohnten in Arndts Zweitwohnung. Nicht im Hotel. Und schon gar nicht in diesem hier. Regina schlief mit irgendwem.

Irene stand an der Tür und lauschte, bis Regina, kein Zweifel, sie war es, nebenan herauskam und sich leise verabschiedete. Dann erbrach sie sich aus dem Fenster und fiel ins Bett, ohne einen Gedanken an die Schweinerei zu verschwenden, die sie angerichtet hatte.

Urs lag nackt unter seiner Decke und wartete. Er hörte durch das Rauschen der Dusche hindurch, wie Marie sich kleine Figuren auf den Bauch klopfte, Triolen, Rudiments und kleine Sambaschnörkel. Er hatte vorsorglich ein Kondom ausgepackt und es unter sein Kopfkissen gelegt. Hoffentlich gelang es ihm, das Ding unauffällig anzuziehen. Er hatte zuwenig Erfahrung mit so was. Das ist ein Witz, dachte er, das letzte Mal hab ich's offenbar vor Aids gemacht. Das Wasser der Dusche lief nicht mehr.

Er sah, wie ihre Hand nach dem Badetuch griff und es in die Kabine zog.

»Gehn wir zu mir, oder zu dir?« fragte er.

»Zu mir«, sagte sie bestimmt, »da ist das Licht schöner.«

Schnell, noch bevor sie aus der Kabine trat, huschte er

nach nebenan. Das Kondom nahm er mit und steckte es unter ihr Kopfkissen. Er zog die Decke über sich.

Sie kam herein, ließ das Badetuch, das sie um sich geschlagen hatte, mit einer ironisch-theatralischen Gebärde fallen und zog ihm mit schnellem Griff die Decke weg.

»Du sollst nicht verbergen deines Leibes Pracht vor dem dir zugetanen Weibe«, sagte sie, als er mit einer hastigen Bewegung die Hände vor den Schoß hielt. Er ließ sie zur Seite fallen.

Im Dämmerlicht des Raumes schimmerten ihre Brüste, und sie legte die Hände in den Nacken und drehte sich kokett, bis er ihren Rücken und herausgestreckten Hintern sah.

»Soll ich dich reiten«, fragte sie über die Schulter, »oder willst du meinen Arsch?«

»Gibt's das nur alternativ?«

»Nein«, lachte sie und warf sich auf ihn. »Es gibt alles, was du willst.«

»Nur keine Missionarsstellung«, sagte er leise und atemlos von ihrem Gewicht, um den Frosch in seinem Hals loszuwerden, der schon dem vorherigen Satz alle beabsichtigte Lässigkeit genommen hatte.

»Wirst du nicht vermissen«, flüsterte sie, und dann war ihre Zunge in seinem Mund, und sie sprach nicht mehr. Und er vorläufig auch nicht.

Bis er irgendwann sagte: »Kannst du mir vielleicht noch zwei Hände leihen?« und sie antwortete: »Brauch meine selber«, und es füllte ihm die Lungen mit Luft, wozu sie sie brauchte.

Er schaffte es tatsächlich, das Kondom anzuziehen, ohne sich dafür zu schämen. Er sagte: »Muß mich ausgehfertig machen.«

»Eingehfertig«, sagte sie und half ihm dabei. »Man trägt Luftballon in dieser Saison.«

Es klingelte Sturm.

Jetzt geb ich's auf, dachte Yogi und ließ das halbe Glas Gutedel auf der Jazzhaustheke stehen. Um eins hatte Sylvie ihm Nicht-Alfons übergeben wollen, damit er ihn morgen zu Urs brachte, aber jetzt war es halb drei und nur noch die unangenehmsten Kneipenhänger lallten in die Pfützen ihrer immer weniger fokussierbaren Biere. Vielleicht hat sie die beiden ja doch noch erreicht, dachte er, oder sie nimmt den Hund mit nach Berlin.

Auf dem Heimweg fuhr ihm der Nebel in die Knochen, und er wollte sich schon auf Südfrankreich freuen, als ihm plötzlich klarwurde: ich will nicht weg. Weder von Irene, noch von Freiburg, noch aus meinem Haus, und auf einmal schienen ihm auch ein Paket Scheiße in der Post, ein gesprengter Briefkasten und die Parolen dummer Nazis an seiner Wand keine ausreichenden Fluchtgründe mehr.

Ich blas das ab. Ich bleib hier. Hoffentlich ist Urs mir nicht zu böse. Bleibe im Lande und wehre dich täglich, klimperte es beiläufig in seinem Kopf, als er am ehemaligen Kinderkrankenhaus St. Hedwig in die Stadtstraße einbog.

Er konnte sich ja in der Asylantenhilfe engagieren. Es gab auch hier genug zu tun. Warum nicht mit dem Institut für angewandte Lebensfreude zusammen eine große Einweihungsparty für die KTS geben? Auf gefälschtem städtischem Briefpapier. Und alle Honoratioren einladen, außer denen, die was ahnen könnten? Und dann überall nur Punks im Dirndl. Und Polizisten in Strapsen. Oder im Winter Odachlose betreuen. Wie wär's mit einer Stiftung? Lauter Pläne schossen ihm auf dem kurzen Stück Weges bis zu seinem Haus durch den Kopf, und alle diese Pläne hatten mit Freiburg zu tun. Und in allen stand Irene irgendwo auf seinen inneren Bildern, um seinen Taten zu applaudieren. Ich bin jetzt erwachsen. Ich bleib jetzt da. Und zwar sofort. Er lächelte, als er die Tür aufschloß.

Irene schlief die ganze Nacht nicht. Oder falls doch, dann merkte sie nichts davon. Kurz nach sechs Uhr morgens stand sie schon unten an der Theke und bezahlte ihr Zimmer, ohne gefrühstückt, oder gar nach dem Schlüssel für die Dusche gefragt zu haben. Gestern hatte man ihr die patzige Antwort gegeben, das hier sei ein Hotel und keine Badeanstalt.

Sie ging die paar Schritte zum Bahnhof an Grüppchen von Kroaten vorbei, die schon jetzt auf die Busse warteten. Sie wußte von Arndt, daß es Kroaten waren. Wochenendkrieger? Oder empfingen sie entkommene Freunde und Verwandte? Eine seltsame Stimmung herrschte hier. So naßgrau und hoffnungslos war es vielleicht auch in Lissabon vor fünfzig Jahren, dachte sie und war gleichzeitig froh, im Bahnhofsinneren angekommen zu sein, wo müde Türken mit ihren Reinigungsmaschinen schon versuchten, die Spuren dieser Nacht zu tilgen.

Sie nahm den nächsten Zug nach Süden, stieg jedoch in Mannheim wieder aus und fuhr zurück. Ich hab einen Laden, dachte sie, ich folge nicht dem ersten verletzten Impuls. Das wär nicht fair. Nicht Urs gegenüber und nicht Marie. Die verlassen sich auf mich. Ich hab hier ein Geschäft zu erledigen. So beschwor sie sich selber, bis sie schließlich Viertel vor neun vor der Messe stand und fröstelnd, die Arme um sich selbst gelegt, auf den Einlaß wartete.

Neun

Sylvie hatte Sturm geklingelt. Wie ein Feuerwehrmann beim Großalarm war Urs in die Kleider gehechtet. Das Klingeln hatte so sehr nach Unfall und Not geklungen, daß er noch an der Ladentür mit dem Zuknöpfen seiner Jeans beschäftigt war. Zwanzig nach zwei.

»Der Hund ist weg«, sagte Sylvie atemlos, »und vielleicht verletzt.« Sie hatte einen Rucksack über der Schulter und eine kleine Reisetasche in der Hand. Sie sah aus, als wolle sie gleich in Tränen ausbrechen.

»Erzähl.«

»Komm mit zum Bahnhof, mein Zug fährt in zwanzig Minuten. Ich erzähl's dir auf dem Weg.«

»Wartet, ich hol Jacken«, sagte Marie, die hinter Urs aufgetaucht war, und rannte die Treppen hoch.

Nicht-Alfons war vor dem Jazzhaus aus dem Taxi gesprungen und direkt vor die Stoßstange eines vorbeifahrenden BMW gerannt. Sylvie hatte ihn jaulen gehört und dann in Richtung Bahnhof davonschießen sehen. »Vielleicht ist er verletzt, vielleicht auch bloß unter Schock«, sagte sie, »der kann wer weiß wohin gerannt sein.«

Sie hatte nach ihm gerufen, den Bahnhof und die Parkplätze abgesucht, aber dann war die Zeit knapp geworden.

»Dabei war ich mit Yogi im Jazzhaus verabredet. Vielleicht sitzt er immer noch da. Das fällt mir jetzt erst wieder ein.«

Im Bahnhof standen, manche rothaarig, manche mit Ring oder Straßstein in der Nase, viele zerzaust und die meisten in autonomes Schwarz gekleidet, junge Leute und warteten auf den Zwei-Uhr-einundvierzig nach Berlin, der eben einfuhr, als Urs und Marie mit Sylvie den Bahnsteig betraten.

»Ich bleib hier«, sagte sie, »ich kann so nicht wegfahren.«

»Deine Oma braucht dich doch. Sie wartet sicher sehnlichst. Wir suchen ihn.« Urs war deprimiert, denn das Bild eines verletzten Nicht-Alfons, der unter irgendeinem Busch verblutete, ging ihm nicht mehr aus dem Kopf. »Fahr du mal los.«

»Mach dir keine Sorgen«, sagte Marie, und es klang wenig überzeugt. »Ruf an, wenn du da bist. Vielleicht bellt er dir dann schon was ins Telefon.«

Der Zug fuhr ab, und Marie nahm Urs' Hand. »Und jetzt?«

»Suchen«, sagte Urs. »Ich. Du schlafen.«

»Nein, ich helf dir.«

»Sollen wir ins Jazzhaus und nach Yogi schauen?«

»Der ist bestimmt nicht mehr da. Geh du rechts vom Bahngleis, ich geh links, und wir treffen uns am Kandelhofkino, okay? Wer ihn vorher findet, tut, was nötig ist, und der andere geht den Weg gegenüber zurück.«

»Du bist ja ein Organisationstalent«, sagte Urs, »viel Glück«, und sie trennten sich mit einem flüchtigen Kuß.

Aber so flüchtig war der Kuß nicht, als daß er nicht

doch eine Reaktion in Urs' noch immer aufgeregtem Körper bewirkt hätte. Das Kondom. Er spürte es ganz deutlich. Obwohl ihm vor Angst um den Hund ganz schlecht war, schüttelte er den Kopf. Das kenn ich doch aus irgendeinem Buch, dachte er, das ist so blöd, daß es nur mir in Wirklichkeit passieren kann.

Er ging zu jedem Gebüsch und rief leise nach Nicht-Alfons. Einmal hörte er ein Geräusch, aber es war ein murrender Berber, der keinen Hund gesehen hatte.

Urs fror, und ein Blick auf die Bäume zeigte ihm schon gelbe, rote und braune Blätter.

Er probierte jede Unterführung, denn er war sich nicht sicher, hinter welcher der Kandelhof lag. Es war die sechste.

»Nichts«, sagte Marie, die dort schon auf ihn wartete und schlang die Arme um ihn. »Der ist tot, das spür ich.«

»Nein«, sagte Urs und strich ihr übers Haar, »das spür *ich*.«

Er brachte sie nach Hause und ging wieder los. Erst gegen fünf Uhr morgens gab er auf. Nicht-Alfons konnte an jeder Ecke einen Haken geschlagen haben, konnte überall tot liegen – es war eigentlich völlig sinnlos gewesen, bis nach Zähringen zu gehen und nach ihm zu rufen. Trotzdem nahm sich Urs vor, genau dasselbe gleich morgen wieder zu tun und den Radius dabei einfach zu vergrößern.

Er machte kein Licht und zog sich leise aus, zupfte das lächerliche Kondom ab und überlegte, ob es jetzt gebraucht war oder neu. Neu, entschied er und steckte es in die Hosentasche. Dann legte er sich zu Marie und rückte so nah wie möglich an ihren warmen Rücken heran. Bin gespannt, was das nächste Mal dazwischenkommt, dachte er und schämte sich, denn das Bild des verletzten Nicht-Alfons wollte ihm nicht aus dem Kopf.

»Hast du Regina heut schon gesehen?« Robbi war neben sie getreten, als Irene am Stand von Maro einen Bestellzettel ausfüllte.

»Nein«, sagte sie mit schlechtem Gewissen, denn nur für Rabulisten wäre das keine Lüge gewesen.

»Sie ist weg, seit gestern nacht«, sagte Robbi bedrückt, und Irene hoffte, er würde ihr nicht sein Herz ausschütten. Bitte nicht, dachte sie, ich bin der schlechteste Kummerkasten, den du dir aussuchen kannst, aber er drehte sich schon wieder um und sagte im Gehen: »Vielleicht nach Haus gefahren.«

Hoffentlich, dachte Irene, dann begegne ich ihr nicht. Das wäre das Letzte. Sie hätte ihr nicht in die Augen sehen können.

Ich bin ja gar nicht mal eifersüchtig. Ich fühle mich nur so mies belogen. In ihrem Kopf sagte eine sarkastische Stimme: Ihr seid doch nie eifersüchtig. Euch stört doch nur immer was an der Art und Weise, nie das Betrogensein selber. Man darf euch jederzeit betrügen, nur keiner weiß, wie.

Sie brachte an diesem Tag alles hinter sich und machte sich auf den Weg nach Hause. Bevor sie das Messegelände verließ, kaufte sie ein schönes, in schwarze Pappe gebundenes Notizbuch für Urs. Gern hätte sie auch ein Geschenk für Marie gehabt, aber nichts war ihr schön genug. Ich hab Sehnsucht nach den beiden, dachte sie. Meine Leute. Ich freu mich auf zu Hause. Die Gedanken klangen trotzig in ihrem Kopf, so trotzig, wie man eine Halbwahrheit betont, und eine Spur zu laut, als wolle sie sich selbst überzeugen. Aber eins war sicher: Frankfurt, die Messe und Regina, vor allem die, konnten ihr gestohlen bleiben.

Im Laden kam Marie nicht zum Verschnaufen. Die Medien waren voll mit Rezensionen, Autorenporträts und Artikeln über Literatur, und das machte sich an der Kasse bemerkbar.

Urs ging als erstes zur Zeitung und gab eine Anzeige auf: »Junger Hund, vielleicht verletzt, sehr lieb, mit weißer Schnauze und weißer Pfote in Bahnhofsnähe entlaufen. Vermutlich Richtung Zähringen. Hört auf den Namen Nicht-Alfons. Belohnung.« Dann ging er noch einmal jede Straße ab, kreuz und quer, vergrößerte den Kreis noch um jeweils zwei Parallelstraßen, aber diesmal rief er nicht mehr, sondern schaute bei allen Plätzen, an die sich ein erschreckter Hund verkriechen konnte, so genau wie möglich nach.

Am Nachmittag rief er die Tierärzte an, und am Abend heftete er fotokopierte Suchmeldungen an die Bäume. Leider ohne Bild.

Zehn

Geralds erster Impuls, als er den Anruf erhielt, war, einfach loszufahren, in diesen Laden zu stürmen und Marie an den Haaren hinter sich her nach Köln zu ziehen. Was glaubte die eigentlich? Erstens war er auf sie angewiesen mit der Kneipe – bis er Ersatz für sie aufgetrieben hatte, war alles drunter und drüber gegangen – und zweitens hatte sie auch noch zehn Hunderter aus der Kasse genommen. Und dann einfach so weg. Flitz. Das machte man nicht mit ihm. Aber er würde nicht diesem ersten Impuls folgen, sondern ganz lieb in Freiburg antanzen und sie bitten, mit ihm zurückzukommen. Sie brauchte ihn doch auch. Hatte sie oft genug gesagt. Na, ja, das war ein bißchen früher gewesen. Aber die harte Tour mochte sie, das wußte er genau. So was spürt man. Daß sie dabei immer so ablehnend und steif tat, war Teil des Spiels. Das gehörte zur Inszenierung. War doch sowieso alles hier nur eine Inszenierung. War doch nichts dran echt.

Gut, sie hielt nichts von der Bewegung, na und? Er doch auch nicht. Waren doch alles nur Jungs, die einen auf stark machten. Waren doch nur Sprüche, die taten doch niemandem was. Und Politik würden die auch nie machen, die nicht, also, wo lag das Problem?

Das Problem lag darin, daß er nicht so einfach wegkonnte. Und ihr bloß einen Brief zu schreiben, das war

Quatsch. Sie mußte schon direkt seiner Ausstrahlung erliegen, mußte seine Stimme hören, sein Gesicht sehen, wenn er schwor, daß er sie liebte, daß er sie brauchte und daß die Kneipe ja auch nicht sein endgültiger Lebenszweck sein mußte. Blöde Kuh.

Ob ein, zwei Ohrfeigen nicht doch ganz angebracht wären? Na, ja, das konnte er sich noch auf der Fahrt überlegen. Erst mal eine Vertretung für den Tresen finden. Seit er keinen Ruhetag mehr machte, war irgendwie nichts mehr mit normalem Leben. Scheißjob.

»Vielleicht hat ihn ja jemand aufgenommen und pflegt ihn jetzt gesund«, sagte Marie, der die Erschöpfung ins Gesicht geschrieben stand, als sie den Laden abschloß und daranging, die Kasse zu leeren. »Morgen kommt die Anzeige. Wenn wir Glück haben, ruft eine nette alte Dame an, die sich schon in ihn verliebt hat.«

»Hoffentlich«, sagte Urs, aber er glaubte nicht mehr daran.

»Das arme Vieh«, sagte sie.

Vor lauter Suchen hatte Urs keine Zeit gehabt, einzukaufen. Geschweige denn zu kochen.

»Irene hat noch Brot im Kasten«, sagte er. »Komm, wir essen alles, was im Kühlschrank ist mit Butterbrot und glotzen den dümmsten Film des Abends.«

Es war kühl in Irenes Wohnung, und Urs machte sich auf die Suche nach der Heizung. Wird bald Winter, dachte er, das paßt zu meiner Stimmung. Zu unserer.

Es gab Thunfisch, Dosenravioli und Bier. Dazu einen Amifilm, in dem es darum ging, möglichst viele böse unamerikanisch aussehende Drogenhändler in den Rücken zu schießen, dabei und auf dem Weg dorthin möglichst viel Blech zu zermatschen, und das alle paar Minuten mit irgendeiner unsinnigen Explosion zu illuminieren.

Die meiste Zeit schwiegen sie. Ihre Stimmung besserte sich nicht, nur manchmal, wenn einer von ihnen die Hand zum anderen schob, war etwas wie Wärme da. Aber das konnte auch von der Heizung kommen.

Irgendwann, der Film lief noch, aber sie waren beide in Gedanken ganz woanders, sagte Marie unvermittelt in das Geknalle und Gekreische des Fernsehens hinein: »Wir können's heut nicht machen.«

»Ja«, sagte Urs. Er war sich sicher, zu wissen, was sie meinte: Nicht so deprimiert. Nicht beim ersten Mal.

»Heh, ein Empfangskommitee, das ist aber nett.« Sie hatten Irene nicht hereinkommen hören und erschraken.

»Ihr braucht nicht so zusammenzufahren«, sagte Irene, »oder erwisch ich euch grad bei was Verbotenem?«

»Nein«, sagte Urs und stand auf, »der Hund ist überfahren.«

Irene stand starr und sah ihn zuerst ungläubig, dann mit immer weicher werdenden Konturen um die Augen an.

»Ist nicht sicher.« Marie machte zwei schnelle Schritte, weil sie sah, daß Irene die Tränen kamen. Sie nahm sie in die Arme und legte ihr die Hand auf den Hinterkopf. »Er ist nur weggerannt. Vielleicht hat er sich bloß erschreckt. Er ist in ein Auto gelaufen. Muß nicht schlimm sein.«

Irene setzte sich, und ihr Kopf sank langsam nach vorne. So starrte sie schweigend ins Leere, während Marie, deren Hand jetzt auf ihrer Schulter lag, ihr die ganze Geschichte erzählte.

»Schlaft ihr bitte bei mir?« sagte sie später, als Urs mit einem Bier für sie ins Zimmer gekommen war. »Das ist heut irgendwie zuviel.«

»Was war denn noch?« fragte Urs.

Marie schickte ihm einen strafenden Blick und schüttelte den Kopf.

»Nichts«, sagte Irene. »Nichts Erzählbares jedenfalls.«

Ich bin aufgewacht, weil ich irgendwas geträumt habe. Weiß nicht mehr was, nur daß ich aufgeregt war. Ein Alptraum war es nicht, die Aufregung war eher – ich weiß nicht. Keine Angst jedenfalls.

Das ist vielleicht ein komisches Gefühl, wieder in ein Buch zu schreiben. Wie ein Rückfall. Ich hatte mir das doch abgewöhnt. Na, ja, Musik hab ich mir auch schon mal abgewöhnt. So was scheint bei mir nicht lang zu halten. Ich sollte mir das Abgewöhnen vielleicht abgewöhnen. (Kuli, bitte! Geht das schon wieder los?) Sirene hat mir das Buch vor dem Schlafengehen gegeben. Es ist schön. Ich hab mich darüber gefreut. Vielleicht hab ich's nicht so recht gezeigt, war irgendwie nicht der Moment.

Wir liegen alle drei im selben Bett, das heißt, jetzt natürlich nur die beiden. Sirenes Bett ist riesig, ich könnte noch ein Pärchen von der Straße dazubitten.

Marie und Irene so beieinander schlafen zu sehen, das

ist ein Bild zum Heulen. Die Schöne und die Zarte – wenn sich eine nur ein bißchen bewegt, dann liegen sie sich in den Armen und wissen es nicht mal. Zerreißt mir das Herz. Wenn die sich berühren – ich könnte mir vorstellen, dann kommt ein Blitz, verbrennt das Bettzeug und mich gleich mit, und nichts bleibt mehr übrig als die beiden. Feuerwerk. Ich sollte mich wieder dazwischenlegen, bevor das passiert.

Sirene ist auch nicht in Ordnung. Sie kam schon todunglücklich zur Tür herein. Die Nachricht von Nicht-Alfons hat ihr nur den winzigen Rest gegeben, der noch fehlte. Sie wollte erst übermorgen kommen.

Eigentlich würde ich am liebsten alle beide in den Arm nehmen, streicheln, trösten und nicht wieder loslassen und gleichzeitig von beiden gestreichelt, getröstet und nicht wieder losgelassen werden. Aber ist das nicht ein bekloppter, überholter und widerlegter Hippietraum? Jules et Jim?

Sirene hat vor zehn Jahren noch mal mit mir geschlafen, und im Gegensatz zum erstenmal schien es ihr Spaß zu machen. Mir allerdings nicht, aber das hab ich ihr nie verraten. Ich fühlte mich wie bei einer Prüfung. Es war schrecklich. Und sie war betrunken. Also zählt es nicht.

Marie? Will sie mich?

Urs wachte auf, weil das Telefon klingelte. Ohne auf die Uhr zu sehen, sprang er aus dem Bett und rannte zum Apparat. Aber es war nur Sylvie, die wissen wollte, ob sie den Hund gefunden hatten.

Viertel vor acht. Er setzte Teewasser und Kaffee auf,

zog sich leise an und wollte eben aus dem Zimmer, um Brötchen und Milch zu holen, als er vom Bett her ein Rascheln hörte. Irene sah ihn mit wachen, lächelnden Augen an und legte einen Finger auf den Mund. Marie hatte sich in ihren Arm gedreht und schlief tief, die Lippen geschürzt und die Lider fest zusammengekniffen, als schütze sie damit ihren Schlaf vor grellem Licht. Auf Zehenspitzen trat er an das Bett und küßte Irene auf die Stirn. Sie schloß die Augen.

Nimm sie mir nicht weg, dachte er auf dem Weg zum Bäcker, aber diese Beschwörung stolperte seltsam fade und verlogen in ihm herum, so als repetiere er einen dummen Text, der davon nicht gescheiter wird.

Als er zurückkam, legte Irene gerade den Hörer auf. Marie war unter der Dusche; das Wasser rauschte, und Urs glaubte sogar das kleine Klatschen triolischer Sambaschnörkel zu hören.

»Schon der dritte Anruf«, sagte Irene.

»Und?«

»Gute Ratschläge. Nichts als gute Ratschläge. Und eine Frau will ihn bei den Obdachlosen gesehen haben.«

»Dann klappere ich die nachher ab. Das wär sogar möglich.«

»Weißt du was?« Irenes Stimme klang heller als gestern, vielleicht hatte sie sich schon wieder gefangen. »Mir ist eingefallen, daß er immerhin nicht schwer verletzt sein kann, sonst hätte irgendein Tierarzt was von ihm gesehen. Also ist er tot oder quietschfidel.«

»Ja.« Den Gedanken hatte Urs auch schon gehabt. Das Schlimme daran war ja die Alternative.

Ist das schon so lange her, fragte er sich, als er später am Stühlinger Kirchplatz auf den Boden starrte, um irgendeinen, auch noch so winzigen Rest des Kreidebildes zu entdecken. Aber da war nichts mehr.

Bei den Pennern hatte er kein Glück. Alle möglichen Hunde gab es dort, aber keinen Nicht-Alfons. Urs besuchte jeden ihm bekannten Treff. Es zog ihn zurück zum Laden, weil dort das Telefon stand.

Inzwischen spürte er auch keine Trauer mehr, nur wenn er an Irenes Augen dachte, zuckte es noch hin und wieder über sein Zwerchfell. Er dachte Dinge, die er selber albern fand, wie: Hoffentlich gibt's einen Hundehimmel, oder: Ich drück dir nachträglich die Daumen, daß es schnell gegangen ist. Schon komisch. Immer wenn's ans Abschiednehmen geht, dann will man den lieben Gott wiederhaben.

Der Mann im Dufflecoat mit dem irischen Namen fiel ihm wieder ein. Sie sind ein Engel, hatte er gesagt. Konnte sein. Bei Marie würd's mich nicht wundern. Ein Engel im Tiefflug. Auf Dienstreise. Hoffentlich mit dem Auftrag, mich glücklich zu machen. Oder wenigstens uns beide. Sirene und mich.

Vor dem Laden sah er den Mann. Er hielt das Bündel mit den fotokopierten Buchseiten unterm Arm, und steuerte auf die Dreisam zu. Der hat, was er will, dachte Urs, den hat sie schon mal glücklich gemacht.

»Keine Anrufe«, sagte Marie, als er den Laden betrat. »Keine brauchbaren jedenfalls«, korrigierte Irene.

Irgendwas war seltsam. Weder Irene noch Marie sahen

ihn an, obwohl niemand sonst im Laden war. Als hätte er sie bei irgendwas gestört. Er fühlte sich unwohl, wie in eine Runde geplatzt, die eben über ihn hergezogen hatte.

»Ich schlaf noch eine Stunde«, sagte er und ging nach oben.

Er wachte auf aus einem Traum, der im strömenden Regen gespielt hatte. Der Regen war so stark gewesen, daß er ein Kreideporträt von Nicht-Alfons in Sekunden von der Straße gewaschen hatte.

Marie kletterte aus der Duschkabine, kam auf sein Bett zu und kniete sich, nackt wie sie war, über ihn. Sie zog seine Decke zwischen ihren Beinen weg und sagte leise: »Ich reite dich. Schlaf weiter, dann träumst du mich.« Er schloß die Augen.

Erst als sie ihn in sich aufgenommen hatte und sich weich, die Hände auf ihre Hüften gestützt, zu bewegen begann, fiel ihm ein, daß er das Kondom nicht anhatte. Und wenn schon, dachte er und öffnete die Augen. Sie sah ihn an.

»Schlaf«, sagte sie.

»Wie spät ist es?«

»Halb zwei.«

»Und Irene?«

»Ist nach Hause. Waschen.«

»Du bist so schön.«

»Hm.« Sie strich sich über die Brüste und bog den Oberkörper nach hinten.

»Gut?« fragte sie irgendwann.

»Soll nie aufhören«, sagte er.

»Wird aber.«

»Nie«, stieß er hervor, aber nicht aus Ärger oder Angst, sondern weil er schon da angekommen war, wo alles aus ihm hervorgestoßen wurde. Sein Zögern, seine Vorsicht, sein Kummer und seine Kraft, aller Überschuß und Mangel, alles Eindeutige und Vage, alle Leere und alle Zufriedenheit, und ihm war für einen einzigen Moment klar, daß er hierher gewollt hatte, nirgendwohin sonst, an keinen anderen Ort, in keinen anderen Schoß, aber diese Klarheit verging wieder, denn sie war kein Gedanke, sondern etwas wie ein Strudel der Wahrnehmung, so reißend, wie Strudel nur Millimeter über dem Eingang sind, in den sie alles ziehen, dem Eingang zur Hölle, zum Himmel, zum Nichts.

Marie schien mit ihm dort gewesen zu sein, denn sie saß still, mit weichen Lippen und geschlossenen Augen und hatte ihre Arme ausgebreitet, als wären es Flügel und hebe sie jeden Moment ab. Und als wäre das ganz normal.

Er spürte ihre Wärme um sich und die Kühle ihrer Haut auf sich, und er konnte regelrecht zuhören, wie dieses Gefühl verschwand. Wie es schrumpfte, sich entfernte, sich aus ihm, aus ihnen beiden zurückzog, um irgendwohin zu verschwinden, vielleicht dorthin, wo der Strudel hinzog; und ein melancholisches Glück war in seinen langsamer und tiefer werdenden Atemzügen, denn er wußte: Das war einmal so und wird nie wieder so sein, und ich werde immer danach suchen, doch von jetzt an gibt es nur noch ein »Fast.«

»Musik«, sagte sie. »Die schönste und traurigste der Welt.«

»Soll nie aufhören«, sagte er.

»Hat schon.« Sie küßte ihn und streichelte seine Haut mit ihren Brustspitzen. Dann legte sie ihre Hände in seine Achselhöhlen, als wolle sie sich dort wärmen.

»Eine falsche Bewegung«, sagte er, »und du kitzelst mich.«

Sie machte die falsche Bewegung.

Elf

Sylvies Oma war wieder in Ordnung und sollte entlassen werden. Ihre Freude über den seltenen Besuch hatte nicht lange vorgehalten. Ebensowenig wie der Gesprächsstoff. Sylvie war froh, als am zweiten Tag ihr Onkel kam und die alte Dame wieder nach Hause holte.

Anfangs hatte sie sich unwohl gefühlt. Wie ein Provinztrampel. Ob sich die Szenerie verändert hatte, oder sie selbst – es war nicht mehr wie früher. Die Tanten hier waren alle so geschliffen und stilisiert; jeder Schritt und jede Geste saß, als lauere irgendwo eine Kamera. Ist nichts mehr für mich, dachte sie, ich werd alt, ich langweile mich mit Leuten, die jeden Abend dieselbe Glanznummer abziehen und die Kneipe wechseln, wenn das Publikum gähnt. Lauter einsame, coole Königinnen. Da bin ich lieber daheim einsam unter Fremden, dachte sie, als hier unter Gleichen. Sie fand die abgebrühte Show hier nicht mehr als ironisches Zitat der patriarchalischen Welt amüsant. Das war kein Zitat mehr, das war dasselbe.

Mit ihrer Freundin aus alten Tagen hatte sie sich zwei Nächte lang in den Trubel gestürzt, aber eine Frau, die sie fast pflichtschuldig abgeschleppt hatte, war ihr so blasiert und unreif erschienen, daß sich Sylvie hinterher geschämt hatte. Schämten sich Männer auch, wenn sie so loszogen? Ich muß weg hier, dachte sie, Berlin ist nicht mehr die belüftete Nische von früher, es ist die richtige Welt. Was hab ich in der richtigen Welt verloren?

Am dritten Tag machte sie sich selbständig und hatte das Gefühl, ihre Freundin sei nicht besonders böse deswegen. Sie besuchte die Nationalgalerie, Schloß Bellevue und Potsdam. Das ist das Richtige für uns Landpomeranzen, dachte sie. Und dann wieder dahin, wo die Heizung funktioniert. Oder wo man sie gar nicht braucht, weil es noch warm ist. Schlechter gelüftet, aber warm.

Endlich wieder im Zug fühlte sie Erleichterung oder Enttäuschung, irgendwas zwischen Entspanntheit und Trauer, und als sie sich konzentrierte, um herauszufinden, was es war, da wurde ihr auf einmal klar, daß sie die ganze Zeit an den Hund gedacht hatte. Bei jedem Anruf hatte es geheißen, nichts Neues, und sie hatte, solange sie in Berlin war, geglaubt, sie finde sich damit ab. Jetzt merkte sie, wie die Angst wiederkam, Nicht-Alfons könnte tot sein. Ich finde dich, sagte sie sich immer wieder, ich finde dich. Und bring dir bei, wie man sich im Straßenverkehr benimmt.

Die vergangenen Tage waren sonnig gewesen. Jeder verfügbare Stuhl wurde nach draußen gestellt, und alle schienen sich darin einig zu sein, daß man jedes Quentchen der letzten Wärme dieses Jahres auskosten müsse. Der Winter würde kalt werden – es sammelten sich Vögel zum Flug nach Süden, die sonst immer hier überwinterten.

Von Nicht-Alfons gab es keine Spur.

Urs stand auf und riß sich los vom Anblick der Blumenverkäuferin, die ihre Sträuße band, als wäre das eine spezielle Art der Meditation. Der Kaffee schmeckte hier noch immer nicht.

Mittagspause. Urs war auf der Suche nach Dekorationsstoff für die Schaufenster. Gestern hatte Marie die neuen Instrumente aufgebaut, und sie hatten eine Weile gespielt. So kann ich leben, dachte Urs. Genau so. Mehr brauch ich nicht. Mehr kann ich mir gar nicht vorstellen. Im Keller war kaum noch Platz für die Kartons. Er würde in der nächsten Zeit alle paar Tage zum Müll fahren müssen, sonst wäre ihr wunderbarer Proberaum verschandelt. Allerdings, in nächster Zeit würden sie eh nicht sehr viel zum Spielen kommen. Das Weihnachtsgeschäft warf schon die ersten Schatten voraus, und sie arbeiteten oft wie Maschinen. Oder wie Zahnräder einer einzigen Maschine, die gut ineinanderfaßten.

Irgendwann steige ich doch mal auf diesen Turm, dachte er und zögerte kurz, weil er überlegte, ob er einen Strauß Blumen für Marie kaufen sollte. Und einen für Irene? Nein, das war blöd. Er ging zum Kaufhof. Die Stoffabteilung dort war nicht schlecht.

Als er an die Ecke zur Grünwälderstraße kam, hörte er vertraute Klänge. Csárdás oder Polka. Oder Mazurka? Tatsächlich, es waren die Polen aus Köln. Oder Tschechen. Oder Ungarn. Egal. Er hatte eine Idee. Besser als Blumen.

Das kann nicht gutgehen, dachte Marie, es gefällt mir zwar, ist wie Champagner in den Adern, aber es kann nicht gutgehen. Die schöne Irene auf der einen Seite und der milde Bär auf der andern. Ich glaube, sie kann damit leben, daß ich mit ihm schlafe, aber er? Wenn er wüßte, daß ich es auch mit ihr tue? Und wie gut es mir gefällt? Ich bin tatsächlich in alle beide verliebt. Von mir aus könnte alles so bleiben. Aber es geht nicht gut.

Ich reite mich doch immer wieder rein. Hoppla, sie mußte lächeln, reinreiten, genau, das ist es, was ich tue. Sie zog sich aus, denn sie wollte die Mittagspause nutzen für eine halbe Stunde Schlaf.

Urs war unterwegs in der Stadt, Irene saß zu Hause über den Rechnungen, und Marie genoß die Müdigkeit, der sie jetzt nachgeben durfte. Sie streckte sich.

Es klingelte. Mist. Wer soll denn das sein? Urs hat einen Schlüssel, Irene auch, wer kann denn jetzt in der Mittagspause hier reinwollen? Sylvie? Die ist noch in Berlin. Und Regina im Urlaub mit ihrem Robbi. Yogi? Es könnte Yogi sein. Der kommt gerne ungelegen.

Sie ging, ohne sich anzuziehen, die Treppe hinunter und linste am Absatz über das Geländer. Erst mal sehen, ob sich's lohnte, da zu sein.

Für einen Augenblick blieb ihr die Luft weg. Gerald! Um Himmels willen. Wie hat der Scheißkerl mich gefunden? Er hielt eine Rose in der Hand. Jetzt klingelte er wieder. Langsam, als fiele ihr die Bewegung schwer, zog sie sich aus seinem Blickwinkel zurück und atmete tief ein. Jetzt ist alles kaputt, dachte sie, alles.

Und dann dachte sie nicht mehr, sondern handelte wie nach einem vorher festgelegten Alarmplan: huschte nach oben, zog sich an, stopfte alle erreichbaren Kleider in ihre Reisetasche, schrieb einen Zettel und stieg aus dem Fenster zum Hinterhof. Die Tasche hatte sie fallengelassen und jetzt ließ sie sich vom Fenstersims hängen, bis ihre Füße den darunterliegenden Vorsprung berührten. Dann sprang sie von dort auf die Steinplatten.

Die kenn ich doch, die Dame, dachte Joe; die hab ich doch schon mal gesehen. Aber ihm fiel nicht mehr ein, wo. War auch kein Wunder. Bei dem Job. Er kuppelte ein und gab Gas. Vielleicht machte sie öfter mal so lächerliche Fahrten. Vom Martinstor zum Bahnhof. Spuckweite. Mit dem bißchen Gepäck. Ist bestimmt was Besseres. Zu gut für einen Fußmarsch von acht Minuten.

Apropos Fußmarsch. Am nächsten Samstag ging's wieder ins Gelände. Taubergießen. Schöne Gegend. War fast wie früher bei den Pfadfindern. Nur daß es jetzt echt war. Kein Kinderspiel. Echtes Training. Mußte auch sein. Schang hatte gesagt, demnächst steht wieder was Größeres an. Gut. Bis Führers Geburtstag war noch ein Stück. Wir schlafen nicht. Sind keine Saisonbewegung. Keine Langeweile.

»Sechs Mark achtzig«, sagte er.

Irene konnte sich nicht konzentrieren. Sie hatte ein schlechtes Gewissen. Das wird wohl bei mir zum Dauerzustand, dachte sie. Wie kann ich ihm das nur antun, Urs vertraut mir doch. Zum Glück fand Marie auch, daß er nichts erfahren durfte. Sie hatte recht. Auf keinen Fall. Dabei könnten wir doch eigentlich zu dritt leben. Ohne Eifersucht. Wir sind doch keine Spießer. Sind wir nicht? Wer sagt das?

Trotzdem. Schlechtes Gewissen hin oder her, Marie war ein Wunder. Ein Engel. Diese Frau war zur Liebe geboren. Wenn Regina der Entwurf war, dann war Marie die Reinzeichnung. Oder besser noch, das fertige Modell.

Regina. Bin mal gespannt, wann die sich wieder meldet. Es tut seltsamerweise nicht mehr weh. Wegen Marie. Die hat mich gerettet. Vielleicht landet Regina ja noch mal bei Sylvie. Dann wäre hier so richtig schön aufgeräumt. Ordnung in unserer kleinen Idylle. Nein, halt, ich müßte parallel noch was mit Yogi anfangen.

Wenn bloß Urs nichts bemerkt. Lieber Gott, wenn es dich gibt, laß es bleiben, wie es ist und laß den Bär nicht merken, was wir hinter seinem Rücken tun. Der Engel und ich.

Der Zug fuhr an. In einer halben Stunde bin ich in Basel, dachte Marie, und dann noch sechs oder sieben bis Genua, die Zeit ist mir egal. Mir ist alles egal.

Sie suchte unkonzentriert in ihrer Tasche. Wonach? Wußte sie nicht. Vielleicht, um zu sehen, was sie alles eingepackt hatte. Das hier bestimmt nicht. Ein Heft. Wie kam das hier rein? Sie schlug es auf. Sie las: »Es ist Sommer. Der letzte meiner Kindheit...« Die Worte verschwammen vor ihren Augen. Obwohl sie sie wieder und wieder las.

»Boehler?«

»Urs?«

»Ja.«

»Hellmut hier. Der Typ mit der Baseballjacke, erinnerst du dich?«

»Hallo.«

»Was läuft denn da für geile Musik bei dir? Ist das Ethno?«

»Die läuft nicht, das ist eine echte Band. Die spielen vor dem Laden. Hab ich bestellt, um meine Liebste aus dem Schlaf zu musizieren. Du hältst mich grad auf dem Weg zum Wachküssen auf.«

»Oh, tut mir leid. Also, ganz kurz: Hast du Lust eine Tour entlang der Westküste zu machen?«

»Westküste? Von Sylt oder Friesland?«

»Depp. USA natürlich. Von Seattle nach Southern California. Goethe-Institut. Gut bezahlt.«

»Nein. Ich bleibe im Lande und nähre mich redlich. Ich mach 'ne Buchhändlerlehre. Kann hier nicht weg. Das Weihnachtsgeschäft steht vor der Tür.«

»Schade, dann frag ich Curt Cress. Oder Udo Dahmen.«

»Tu das. Und viel Spaß.«

»Ja, dir auch. Grüß deine Liebste von mir. Bei dem Krach kann sie bestimmt nicht schlafen. Bis die Tage.«

»Ja.«

Er ging nach oben. Marie war bestimmt schon aufgewacht. Ihre Polenband direkt vor dem Laden als Weckmusik, das mußte ihr gefallen. Viel besser als ein Blumenstrauß.

Ihr Zimmer war leer. Und ihre Kleider waren weg.

Und auf dem Tisch lag ein Zettel. »Verzeiht mir. Ich liebe Euch. Ich träume davon, Euch wiederzusehen. Vergeßt mich nicht. Marie.«

Gedämpft durch den Laden und das Treppenhaus hörte Urs, daß die Kapelle jetzt einen Walzer anstimmte.

»Was ist denn hier los?« Irene war hinter ihn getreten. Er reichte ihr wortlos den Zettel. Ohne sie anzusehen.

Der Walzer war längst verklungen, und die Musiker packten ihre Instrumente ein, als Irene mit fast tonloser Stimme sagte: »Das wäre sowieso nicht gutgegangen.«

Ihr Kopf bewegte sich kaum von der Ohrfeige, die Urs ihr versetzte. Sie sah ihm gerade in die Augen und zeigte keine Reaktion. Dann verschwamm ihr Bild.

Das nächste, was er spürte, war, daß er in ihren Armen lag und nicht mehr wußte, wo er aufhörte oder anfing.

»Heh, was ist denn hier los, ein Techtelmechtel?« Sylvies Stimme klang unsicher. »Eigentlich wollte ich fragen, ob du mir paar Fotzendübel leihen kannst, ich krieg meine Tage und Stöpsel sind aus.«

Irene und Urs schwiegen.

»Und außerdem steht Kundschaft im Laden. Ein Typ mit einer Rose und zwei leckere Studentinnen.«

»Hör schon auf«, sagte Irene und löste ihre Arme von Urs. Mit einem festen Griff um sein Handgelenk sah sie ihm in die Augen und fragte: »Hilfst du mir?«

»Ja.«